万丈星光

下册

锦凰 著

重庆出版集团 重庆出版社

第14章 她认真而又刻苦

"什么时候买的?"云想想震惊,"你买这么多做什么?"

"早上刚刚让宋尧去过户。"宋冕回答,"你以后在家里学礼仪,要住家里,你的厨师住得较远,如果再堵个车,遇上交通事故,你的早餐就没有着落。"

云想想的厨师在宋冕眼里并不合格,若不是要给云想想自己私人的空间,他真的很想换成他的人,但担心这样一来,云想想四周全是自己的人,让她觉得没有自由。

"所以,你买下楼下,是给他们住?"云想想总算明白了宋冕的用心良苦。

"我让宋尧分两层布置,楼上住女士,楼下住男士,楼梯口安装一扇门,钥匙只给住楼上的女士配备。"宋冕想得非常周到。

云想想的人,除了艾黎和宋倩,其他全部被安排住公司的宿舍,距离她这里的确有些远。

"至于这里,你假期可以把你爸爸妈妈接过来。"宋冕又说。

"所以,你那个玩具房……"云想想参观过宋冕这套房子。

想起宋倩说过两个月前宋冕就拿到这套房子,应该是两个月前重新规划和装修过。

和她的不一样,楼上没有书房,有五间卧室,楼下也没有那么大的健身房,有个杂物间和玩具房。

"给你小弟弟准备的。"宋冕笑道。

他请的室内设计师自然和贺惟不一样,相同的空间规划出来,会感觉大了很多,是充分地利用了每一寸空间。

采用了最先进的材料和技术,他把这里当做家,并不是住的屋子。

云想想看着宋冕,她的心暖暖的,眼睛也有点酸,默默地投入宋冕的怀里。

曾经云想想以为金钱攻势对她永远不会起作用,但金钱攻势不可怕,可怕的是金钱攻势里还糅杂着细心、爱心和暖心,让人难以拒绝。

宋冕没有说把房子送给她,这点钱比起他随意花五亿购买珠宝真的不值一提。

他只是以男朋友的身份帮助着她,如果她再拒绝那就是生分和逞强。

云想想是个自尊的人，但也不是自尊到不明白事理不知好歹的人。

"下午没事？"宋冕主动开口，带走云想想的情绪。

"嗯。"云想想轻轻应了一声，"下午在家里看剧本，做作业。"

昨天做了很多功课，但还有些没有做完，也得留点时间来熟悉操作，其余时间就看剧本。

"那就快点做，做完了明天才有时间。"宋冕牵着云想想就去了书房，也在一楼。

房采光非常好，外面视野空旷，远处正好绿树浓荫，是调节视力的好地方。

宋冕也拿了自己的电脑，两个人各就各位，并排坐着。

房间里很安静，午后的阳光洒落，在两人身上披了一层薄纱，他们专注地做着自己的事情，没有任何交流，四周却散发着浓郁的馨甜之气。

宋冕每过一个小时会和云想想说句话，提醒她缓解疲劳。

"你怎么翻看这些书？"云想想做完作业才三点，侧首就看到宋冕手里拿着一本植物基因相关的书。

他的电脑也显示诸多植物相关的页面，云想想不由打趣他："要改行做生物学家？"

正巧这个时候，宋冕的电脑弹出一个视频框，云想想隔着屏幕就这样和宋老爷对上。

两个人都惊了一下，宋老爷最先反应过来，第一句话就是："你们俩同居了？"

云想想慌忙解释："没有没有，宋叔叔，我只是请他教我功课。"

"哦哦哦，我懂我懂。"宋老爷嘴上说着懂，脸上却笑得意味不明。

云想想觉得她是说不清了，还好她现在衣衫整齐，不然指不定宋老爷怎么误会。

她把求救的目光投向宋冕，就见宋冕指尖轻轻一点，直接挂断……

"这样会不会不好……"云想想小声问宋冕。

"没事，他习惯了。"宋冕才刚刚说完，云想想就看到他的手机屏幕亮了。

云想想第一反应是宋叔叔打来的，但是屏幕上显示的是一串数字。

"我父亲。"宋冕笑着点了免提接听。

电话里传来了宋老爷气急败坏的声音："臭小子，你这个不肖子，回国了也不来看我，念在你是为了终身大事努力，老子也就不与你计较，你搞清楚现在是你求着你老子我，你还敢嚣张地挂我视频？你是不是真以为老子现在是靠你养活……"

宋老爷气势汹汹噼里啪啦数落了一大堆，宋冕才幽幽开口："父亲，我开了免提。"

宋老爷：……

完全不考虑宋老爷的感受，宋冕又插刀一句："你似乎吓到我女朋友了……"

云想想的确有点目瞪口呆，不过不是被吓到，而是感觉太颠覆了。

她上次见到的宋老爷，多么高贵清雅，不食人间烟火的一个美男子，就像那种从古代走出来的翩翩佳公子，在云想想心里宋老爷应该是雍容华贵那一款。

然而现在……

静，死一般的静。

一向觉得自己情商高，处世圆润的云想想也不知道该说什么。

"哎哟，我头疼，头疼，不说了，先挂了。"宋老爷终于找到了个借口，果断地挂了电话。

"好了，清静了。"宋冕也愉快地挂了电话。

云想想冲着宋冕傻笑，她努力找话题："你怎么不给宋叔叔备注？"

点开手机，宋冕把电话给云想想。

云想想拿起来看，是宋冕的通讯录，竟然一个备注都没有，全是电话号码。

不过宋冕的电话簿里竟然只有十几个人，认真地看了一遍："我的呢？"

唇角止不住地扬起来，宋冕拿出另外一部手机："你的在里面，只有你。"

云想想惊愕地发现这部手机除了颜色以外竟然和她的一模一样。

她脑中蹦出了一个词：情侣手机。

她突然脸热，将宋冕的手机还给他，然后站起身收拾东西："作业做完了，我看剧本。"

知道女朋友是害羞了，宋冕也不为难她，立刻让了路。他也收拾好东西："我去给你准备点下午茶。"

云想想胡乱地点了点头，就拿着剧本埋头研究。

之前的剧本都是现代电影，云想想需要做的功课并不算特别多。

《王谋》的剧本，实在是年代久远，又是现场取原声，几乎是每一句台词，云想想都要反复揣摩。

尽可能地把自己融入到里面去，身临其境地把自己想象成这个角色。

她在这个场景，说着这样的一句话，该是怎样的神情和心境。

　　每一次揣摩都会有不同的感受，云想想会把心得都写在便签上贴在那里。

　　有些引经据典的地方，还得去查找相关资料，方便理解，等到拍摄的时候和别人对戏也容易。

　　幸好这是电影剧本，并且是大男主戏，云想想的戏份不多，一个下午她也就备注出来了。

　　电影剧本不像电视剧剧本，女主角可能七八本，一大摞……

　　尤其是中间还有男朋友的美味点心和果茶，云想想觉得效率大大提升。

　　等她做完之后，宋冕已经开始炒菜，云想想自觉地洗手，然后把云霖叫上来。

　　"姐姐，你可算想起我这个可爱的弟弟了。"云霖抱着小仙女出现在门口。

　　"哎呀，你不应该感谢我，让小仙女和你独处？"云想想捏了捏云霖的小脸。

　　不要以为她不知道，如果不是因为有小仙女，这小子早就耐不住上来寻她了。

　　"胡说，我这是不让小仙女打扰你们二人世界。"云霖义正词严，"像我这么好的弟弟，你再也不会有第二个。"

　　云霖真是时刻不忘争风吃醋，云想想哭笑不得地推他："快去洗手。"

　　吃了晚饭，云霖自觉地抱着小仙女下楼，云想想帮着宋冕一起洗完碗筷。

　　宋冕泡了一杯消食的茶水，坐在沙发上，面前是张折叠简易滑动的桌子，继续他的事情。

　　云想想横坐在沙发上，背靠着宋冕的肩膀，捧着剧本，背台词，揣摩意境。

　　九点的时候云想想回去，趁着可可他们还没有走，就把让他们搬宿舍的事情说了，咨询了贺惟，贺惟不干涉她的安排。

　　她又打了个电话给管孜，问她可不可以过来住，管孜也欣然应允。

　　云想想就把余下接管孜，和给管孜安排房间的事情交给了可可。

　　练完功，躺在床上的云想想却在想明天该准备什么礼物登门。

　　上次事先不知道，不但没准备礼物，走前还搬了宋叔叔一盆天价兰花。

　　这次她登门的身份又不一样，必须准备礼物才行。

　　宋家送保健品很显然是打脸，吃的不是自己亲自做也没有必要，用的也不知道他们的喜好，说不定人家对吃穿用都有特别的讲究。

无聊的云想想就点开朋友圈，想着找个人商量，却发现李香菱发了条信息。

说是朋友有一块龙涎香出售，有意价格私聊。

云想想立刻给李香菱打了个电话："香菱，你那卖龙涎香的朋友可信吗？"

"可信，她是我室友，家里就是做香料的。"李香菱对云想想说，"我去过她家。"

"我看你发的图片，她这个是纯天然的龙涎香，应该不缺人买。"云想想疑惑。

"这里面有些是她家里的隐私，我不方便对你说，但这块龙涎香肯定没问题。"李香菱保证，"它的品质没问题，来源也没有问题。"

"我相信你。"李香菱做事非常稳重，不会意气用事，她敢挂在朋友圈，肯定信得过，"她要多少钱？"

"一共801克，每克2000元，按整数算800克。"李香菱回答。

比市场价略高一点，不过龙涎香的品质看着很不错，而且这种东西已经越来越稀少。

"今晚可以给我送过来吗？"云想想问。

"我问问。"李香菱就喊了室友，两分钟后回答云想想，"你把地址给我。"

"我先给你转账？"云想想又问。

"我刚刚和她商量了，东西先给你，你先验货，没问题再转账，我做担保人。"李香菱自然是向着云想想更多。

云想想很感动："那你先把银行账户发给我。"

这么大的数额只能网银转账了。

云想想挂了电话，给李香菱发了个定位。

【想想，你把地址给到大门口就行，我虽然说是我朋友，但我的朋友有几个能够买得起，很多人都猜得到，容易暴露你的地址，等会儿我让送的人给倩姐打电话，你叫倩姐去取。】

云想想现在是公众人物，不知道多少人想要知道她的地址，送货的是她同学的家人。

李香菱可以保证她同学的人品，但不能保证其他人，她不希望因为自己给云想想带来困扰。

【好，谢谢香菱。】

云想想立刻去把这件事告诉宋倩，看了看时间才十点十分，她等了大概五十分钟，宋倩就接到了电话，她发了条短信给宋冕。

【你睡了吗？】

【刚刚躺下。】

【等我十分钟，我有东西请你帮我看看。】

【我下来。】

宋冕是穿着一身睡衣出现在云想想面前的："什么事？"

"我刚刚买了块龙涎香，我不知道真假，你帮我看看。"云想想笑道。

龙涎香不仅仅是一种古老的香料，也是一种中药材，云想想相信宋冕肯定懂。

"女朋友，我吃醋了。"宋冕突然开口道，"你还没有给我准备过礼物。"

这个时候，这么急，云想想对香料也没兴趣，除了明天去看老头，还能是给谁？

"等你生日的时候，我肯定好好准备，比谁的都好。"云想想保证。

"生日太久。"宋冕不妥协。

"新年，不能再短，不然我就敷衍你。"云想想退一步。

宋冕这才展颜，迈进屋子。

没多久宋倩就抱着一个非常高端的盒子上来，直接递给了宋冕。

宋冕打开，闻了闻，拿起来瞅了两眼："多少钱？"

"不告诉你。"云想想冲着宋冕做个鬼脸，哪有送给人家父亲的东西，告诉儿子价格的道理？

似乎知道云想想心思，宋冕就说："是真品，品相很好，两百万以内不亏。"

云想想立刻笑弯了眉眼，把东西收拾好："谢谢男朋友，不耽误你休息，请吧。"

已经不是第一次被女朋友用完就扔，宋冕的心态完全不受影响。

这里和她的房间不一样，有其他人没关系，最重要不能影响云霖，宋冕就没有磨蹭，好脾气地站起身，对云想想说了声晚安就离开。

云想想立刻登录网上银行按照李香菱发来的银行卡号转账。

看了看又瘪下去的钱包，云想想不由哀叹："赚钱，赚钱，必须赚钱！"

她和宋冕交往，现在只认识宋冕的父亲，其他人还没有到见面的那一步。

以后见了面，见面礼肯定少不了，虽然这都是个心意，按照宋冕家族的素养，就算她送的不是贵重物品，也不会有人说什么。

云想想也不是要打肿脸充胖子，可她也不想给宋冕丢人。

一夜无梦，周日收拾好，云想想就带着云霖一起正式去看宋老爷。

当车子停在宋家大宅门口的时候，云霖看着宋冕先下车，偷偷拽着姐姐："我没有做梦吧？"

"没有。"看来宋家的宅院不是她一个人被吓到。

"姐姐，你确定你不是把我带到你的拍摄现场了？"云霖又问。

"不是。"

这个时候宋冕已经走到云想想这边，亲自给她开了车门，云想想就顺势下车。

云霖紧跟着，虽然他内心震撼，但努力表现出礼貌。

这次来迎接的自然不是和他们同路的宋尧，而是另外一个穿着灰色长衫，看起来也不过三十出头的样子，但举手投足都十分沉稳大气的人。

云想想猜想这应该是宋尧的父亲，宋老爷身边的大管家——宋安。

"安叔好。"云想想先打招呼。

"安叔好。"云霖跟着姐姐。

"云小姐，云少爷好，我们老爷可算把你们盼来了。"宋安一脸笑意地让开路，"请进。"

跟着宋安往前，云霖眼睛一直瞪得大大的，震惊的表情想收敛都收敛不住。

云想想和云霖这次是直接被带到归矣院，一进去云霖的震惊就变成惊叹。

即便男孩子没有女孩子那么爱花，可看到这么花团锦簇的地方，也是忍不住赞叹。

"这里好漂亮，我从来没有见到过这么多花，好多都不认识。"

"有眼光的小子，我喜欢。"宋老爷的声音插进来。

今天宋老爷穿了一身随意的纯白色练功服，颇有世外高人的神秘大气感。

如果没有昨天那个插曲的话，云想想会十分敬重宋老爷。

"父亲的头疼好些了吗？"宋冕孝顺关切地问。

云想想努力抑制自己上扬的唇角。

宋老爷凉飕飕地扫了宋冕一眼，就走到云想想和云霖中间："我今天给你们准备了一顿鲜花宴，全是以花为食材。"

"真的吗？"云霖第一个兴奋起来。

"宋叔叔好，一点心意，希望你能够喜欢。"云想想连忙把礼物递上去。

"这是第一次,我就收下了,以后就别客气。"宋老爷亲自接过来,然后递给宋冕,"拎好。"

宋冕十分给面子地伸手。

宋老爷又对宋冕笑着说:"没事你就去忙,我招待他们,饭点再叫你。"

"我今天也没事。"宋冕回答。

宋老爷轻哼了一声,然后对上云想想和云霖立刻又变了脸,变得和蔼可亲:"我带你们参观我的花园。"

上次云想想来,并没有待多久,一半时间听曲儿,一半时间看了兰花园。

这次宋老爷是真的带着他们把整个花园逛了一遍,一边逛着,一边给他们介绍花。

见云霖和云想想都听得聚精会神,宋老爷也就更开心地从来源、栽培、产地、品种方面非常详细地讲,一个上午让云想想学到不少知识。

她这才知道原来很多花的药用价值非常高,就算不能药用,也可以商用。

"这个屋子好香。"他们路过一间小屋,云霖深吸了口气。

"这是香房,我平日没事喜欢收集些香料。"宋老爷让宋安开门。

"您平日里喜欢收集香料?"云想想讶异。

没有想到她误打误撞竟然投其所好。

宋老爷是多么心思敏锐的人,一听就明白宋冕手里提着的竟然是香料。

"你小子透露的?"

宋冕摇头:"她买了之后,请我鉴别了一番。"

"哈哈哈哈……"宋老爷可开心了,"丫头,我们就是有缘。"

"赶巧了。"云想想也很高兴,送礼物嘛,自然要送到人家心坎里。

"来来来,我看看是什么香料。"宋老爷原本出于礼貌是不当着面拆的,不过这会儿情况又不一样,"一会儿我给你们点香,让你们品一品。"

"我们对此一窍不通。"云想想立刻表态。

这么高雅的东西,云想想是真的不懂。

"我最喜欢诚实的外行人。"宋老爷笑言,"才能知道他们最直观的感受。"

云想想又想到了上次宋老爷幸灾乐祸的二胡曲,就默默牵着云霖跟着进去。

"呀,是上好的龙涎香。"宋老爷把礼盒一打开,就看到里面的香料。

虽然猜到经过宋冕鉴定,肯定不是普通香料,宋老爷也没有想到竟然是这么贵的龙涎香。

"太破费了,你现在还是学生。"宋老爷虽然喜欢,但也责备了一句。

"我也不是特意挑贵的买,恰好昨天看到朋友在卖,就觉得这东西和您十分匹配。"云想想解释。

她是不知道宋老爷喜欢香料,只觉得这样古老的家族,对古文化肯定比较偏好,恰好香道就是中国最源远流长的古文化之一。

"下不为例。"宋老爷子很高兴地把云想想送他的龙涎香放好,拿出了自己的香料。

香房有个案几,一应香具俱全,云想想姐弟和宋冕坐在对面。

他们静静地看着宋老爷的动作,他的一举一动都令人看得入神,院子本就安静,等到香气溢开之后,真的令人恍然间仿佛穿梭了时光进入了遥远的古时候。

香气幽雅清洁,甘冽绵长,持久不散。

不知何时耳旁竟然有古琴的声音飘然而来,亘古岁月,魂牵梦萦。

香烬,琴歇。

云想想侧首,琴声传来的地方,宋冕坐在琴案之后。

是最古老的那种七弦古琴,云想想不会,因为不懂,所以云想想也不好评判高低,但宋冕的琴声有魔力,令人不自觉放松神经。

宋冕抚琴,宋老爷焚香,云想想觉得这大概是最高的待遇,也许还是首例。

中午的时候在宋家,吃到了鲜花宴,菜端上桌的时候,云想想真的是眼花缭乱。

炒菜、汤菜、糕点全是以花为主原料。

集齐了牡丹、黄菊、茉莉、金银花、蜡梅、玫瑰、丁香、月季、芍药……

云想想还是第一次知道这么多花竟然能够做成菜,每一道都十分吸引眼球。

"我可以把它们拍下来吗?"云想想最喜欢拍美食。

"拍吧拍吧,喜欢常来,还有不少花能做菜,保证不重样。"宋老爷笑眯眯用美食诱惑。

云想想腼腆地笑了笑,没有接话,拿着手机就开拍,最后选了一张菜全部入镜的照片,将周边的餐桌都糊掉,发到朋友圈:百花盛宴,最美午餐。

李香菱和宋萌都知道云想想今天和传说中的男朋友在一起,李香菱回了个色的表情。

宋萌直接下面留言：这不是午餐，这是狗粮。

然后还附带了几个柠檬在后面。

用完了午餐，云想想坐了会儿就起身告辞，宋老爷虽然不舍，但也知道云想想有事儿，没有过多地挽留，吩咐她常来玩。

宋老爷考虑到上次的兰花，这次没有赠送云想想礼物，不过给云霖送了一把非常精巧的匕首。

云想想已经不想问匕首的价值了，就叮嘱云霖自己当心。

坐上车的时候，宋老爷还特意敲开了玻璃窗，对云想想和宋冕说："你们要注意安全啊。"

云想想第一反应是非常礼貌地回答："您也要注意身体。"

等到车子开了一半，云想想越品味越不对劲。

如果宋老爷说的是开车注意安全，不应该叮嘱开车的宋尧吗？为什么会叮嘱她和宋冕？

云想想蓦然想到了之前宋老爷误会她和宋冕同居……

她的脸噌地热了起来，不自觉地就往一边挪，尽可能地距离宋冕远一点。

"姐姐你干吗？"被挤到了的云霖莫名其妙地看着姐姐。

"姐姐有点晕，我们换个位置，你坐中间。"云想想反应很快，并且编了个恰当理由。

"哦，好，姐姐你没事吧？"云霖关切地钻过去，坐在了中间。

云想想把车窗摇下来一点，吹着风觉得好多了："姐姐没事。"

宋冕由始至终低着头，翻阅着放在腿上的书，不过他上扬的唇角，暴露了他的心思。

回去之后，云想想再也不敢去寻宋冕，正好可可把管孜接来，云想想就有理由去学习。

跟着管孜先学习坐立，仅仅两个看似简单的姿势，云想想都学了很久。

"两手相合，手臂一定要自然，这样衣服才会顺势铺成柔和的曲线……"

"站着时一定要平视眼微垂，这样既礼貌又谦和……"

"肩膀要平正，背脊要挺直，又不可僵硬，才能有气质……"

站了两个小时，每一个细微的姿势都纠正了十几遍，云想想才达到管孜的要求。

到了学坐容的时候，云想想就更累，那个时代的坐姿，是双膝并拢，臀坐在脚跟上，脚背贴地，双手放在膝盖上。

坐得要端正，坐得要有仪态，坐的时候如何保证裙裾好看？坐的时候如何活动手？什么场合怎么坐？坐着的时候如何凸显气质？等等，一大串的注意点，一个下午就这么过去。

晚餐，云想想还是上去和宋冕一起吃，考虑到他明天就要走，云想想也就没有抓这一两个小时用功，一直和他聊天。

很随意的聊天，大多数的时候是云想想在问，问关于宋冕的过去，宋冕会认认真真回答。

"你明天几点飞机？"快到九点要去练功的时候，云想想问。

"早上五点。"宋冕回答。

"我起来送你？"这会儿，云想想有点舍不得。

宋冕在她额头上亲了亲："不用，是自己的私人飞机。"

云想想才反应过来，宋冕和她不一样，不需要购票："要飞多久？"

她没有去过非洲国家，听说直飞要十个小时。

"我还要去别的地方停留一会儿，到了那里刚好是当地晚上八点左右。"宋冕回答。

这样就好，落地就可以好好睡一觉，云想想在宋冕脸上亲了一口："晚安，等你回来。"

"嗯。"宋冕将云想想送下去。

早上五点钟醒过来的云想想，第一反应是上楼。

按门铃已经没有人应，门上录入了她的指纹，开门进去之后，扑鼻而来的饭菜香气，让云想想疾步走到了饭厅。

饭菜都用保温盒装得很好，上面贴了宋冕写的纸条：记得吃早餐，等我回来再为你做。

不知为什么，一颗眼泪就这么滑下来，云想想的心胀胀的、酸酸的有点难受。

这会儿她才明白，宋冕五点钟走，是为了给她做早餐。

迅速地整理情绪，云想想拿出手机，给宋冕发了个短信：等你。

宋冕走了，云想想第一次体验到思念一个人的滋味，但并没有影响她的生活。

她需要更努力，让宋冕下一次回来看到的是更加优秀的自己。

知识学习，剧本揣摩，礼仪培训，占据了云想想大部分时间。

偶有点空闲，就是和家里打电话，和宋冕视频。

宋萌和李香菱她们抽了个周末来看她。两人看到云想想一直忙于学习，也就无奈地离开，只能等她有时间约她们。

和管孜学习了二十天，管孜说云想想已经达到最佳效果，云想想就打了电话给吴钊。

刚和吴钊约定好,那边林家良也打来电话,说《正义无私》月底在香江上映,他们要去香江大学宣传,请云想想来参加。

如果这通电话早几分钟打来,云想想直接就答应,可她和吴钊已经约好了周六就去剧组。

《正义无私》的宣传也是周六,云想想如实告知,林家良很是慷慨,让云想想录个视频传给他,到时候现场播放一下。

电影后期的宣传,是演员的义务。

《关爱》那是没有条件,《大学梦》云想想的全国高考状元给了最大的宣传,韩静也就体谅她在拍戏,没有要求她。

对于林家良的大方,云想想再三感谢,如果他强制要求,云想想势必要去。

"想想,你明天就开始请假,我们得去拍摄广告。"可可看了看通告之后对云想想说。

"我记得,放学前已经找系主任和副院长签字了。"云想想把批假条递给可可。

这次一请就是两个月,要期末才回来,这么长的假期辅导员没有办法批,就连系主任单独批都不行,她为了假条跑了好几趟,解释了好几遍,再三保证期末成绩才拿到。

薯片的广告,之前已经试镜和定妆一次,然后拿回公司,他们公司制作部再经过确认之后,才正式开拍,定在明天。

"你好像对广告没有多少兴致。"可可敏锐察觉到云想想的情绪。

按照云想想的认真程度,这也是她的工作之一,她不应该是这样的态度。

"这个广告脚本,写得……一言难尽。"可可是自己人,云想想就实话实说。

"我觉得还可以……"可可想到之前陪云想想去试镜拍摄。

"唉……"云想想轻叹口气,"我不懂,为什么一个薯片广告,也要加入爱情的桥段。"

这个广告情节是一对情侣,男的有几句台词,问女主角周末要做什么,约会逛街看电影全部被女主角否定,最后男主角递上了一包薯片,女主角非常高兴。

广告台词还不错:香香脆脆,就是我要的滋味。

广告的男主角是个还在读大学的学生,还没有出道,说是给云想想做配，但广告出镜率，台词都不比云想想少。

云想想还有种她才是给这位男主角做配的错觉，不过她不是计较这些，纯属是对广告的内容无语，这和最初的脚本有很大的出入，但是合约里写明，制作方可以修改脚本，只要脚本内容在演员允许范围内。

云想想提的允许范围，人家都没有越线，她也就不好说什么。

"你要是不满意，可以提要求啊。"可可就不舍得云想想忍着。

"我是代言人，他的产品没有问题，其他的我按照他的要求完成就行。"云想想才懒得费功夫。

"可是广告的影响力不大，对你的业绩也有影响。"可可不懂为什么云想想不在乎。

合上书，云想想坐直身体对可可说："人一定要有好胜心，但好胜心却不能过强。就像我拍的电影，《关爱》有十亿票房，《大学梦》更高，我总不能要求以后的每部电影，都一部比一部高。"

"这不现实，我的责任是认认真真把属于我的工作完成，至于我呈现的作品，观众买不买账，这不是我需要去计较的。

"如果原因是出现在我身上，比如我演技不好，比如我没有给他们代入感，那我肯定反思。

"可如果是剧情问题，是服装道具问题，这我没办法，我唯一能够做的，最多是日后我尽量避开剧情不好，剧组不够精良的制作。"

有贺惟在，她有底气避开雷剧和不精良的制作，可是多少演员是没得选择？

然而，雷剧不一定都被吐槽，也有被追捧的例外。

不精良的制作也未必不能成为爆款，也有人不是讽刺而是惋惜。

所以，观众的口味，谁都拿不准，演员和观众在定义一部作品好坏上有很大的不同。

做演员，就不能有颗玻璃心，也不能太在意数据，要经得起赞美，更要经得起诋毁。

拍完广告，云想想休息了一天，才带着可可、周婕、艾黎一块去了鄂省，《王谋》的拍摄地。

宋倩和王永留在家里照顾云霖，吴钊也不准演员带着一帮人进剧组，更不许开小灶。

他的电影，都是统一的盒饭，不管多大牌，都得和群众演员一样吃。

最多就是住的条件稍微好一点，给云想想的也就两个标间。

"来了就好，试个镜。"吴钊完全不给云想想做准备的机会，"就息夫人入蔡国见姐姐那段。"

云想想知道这是最后的考验，不得不说吴钊很厉害。

这一段戏，云想想要走到大殿，要和蔡夫人互相见礼，然后蔡夫人引她入内，要坐下说话……

囊括了云想想培训的所有知识点，并且这里还有个暗雷等着她踩。

息夫人虽然这个时候也才十七八岁的样子，年纪和云想想现在符合。

但两者有着巨大的时代差异，在现代十七八岁的人普遍还是不谙世事的高中生，青涩而又稚嫩。

而古代十七八岁的人，大多已经是两三个孩子的母亲，成熟稳重。

云想想知道吴钊在担心什么，担心她美则美矣，却缺少风情。

属于女人的那种风情，娇而不媚，柔而不俗。

这一点，云想想也是前几天反复问自己和息夫人还差什么的时候才想到，对着镜子练了好几天眉目风情。

这部戏对于云想想来说很重要，她天生的美貌是优势，同时也是弊端。

很多人会把她定义为花瓶，就是只需要负责貌美如花。

尽管有嘉惠和夏红在前，可力度不够。

这部戏三大影帝，个个都是公认的演技派，只有和他们同台竞技，才能够让所有人意识到：哦，原来云想想演技并不逊色于美貌。

造型师是剧组的人。云想想征得同意，化妆师用自己的人。

换上服装，梳好发髻，造型师一边赞叹云想想发质好，一边说这个发髻的来源，是根据出土的春秋时期玉雕女人像高度还原，并且对云想想说她的服装也是曹驰跑了许久，请到还有古时手艺的大师定做的。

光是服装的尺码就淘汰了不少人，这么精良的衣裳，自然是不可能批量制作。

弄好造型，周婕就上前给云想想化妆，关于妆容这一点，云想想查了大量资料。

和周婕也是探讨了好多次，周婕都没有想到云想想这么认真。

面部要莹洁柔美，特意请宋冕帮她定制了香粉，胭脂点水匀晕于双颊。

"咦，你的眉毛……"站在一旁的造型师看到周婕给云想想擦了眉，云想想的眉毛竟然被剃了，不由惊呼出声。

在吴钊这里，也就是主演和群演分开化妆间，没有单独化妆间。

陆晋恰好进来，看到这一幕也是很诧异："你把眉毛剃了？"

云想想笑着说："我查过资料，春秋时期的女子，都是把原有的眉毛除去，以妆粉覆盖，再用黛画眉，这就是所谓的'黛眉'。"

昨天晚上她剃眉毛，还被可可硬生生地拦着，她说来了也得剃，可可还不信。

陆晋什么都没有说，只对云想想竖了大拇指，然后坐到自己的化妆台前。

他进剧组比较早，刚开始为剃眉毛，不少人得罪了吴钊和熊傲，不仅仅女主演要求剃，就连群演女生也得剃，好多就是镜头一扫而过的人，连句台词都没有，都得遵守规则。

吴钊给的群演费比一般的高，但也不是人人都愿意牺牲眉毛。

有些女配角，考量到下一部戏，剃了眉毛，长起来之前很多戏就会受到限制，画出来的和其他人不一样，别的剧组肯定不要，就自动离开了剧组。

眉毛剃了要两个月左右才能长起来，这期间基本就别想参与其他作品。

就算是同样题材时期的作品，如果其他导演没有这个要求，也肯定不会要个异类。

云想想的干脆果断，让陆晋都只能敬佩。

"你让我想起了一个人。"陆晋突然开口。

他们俩是男女主角，陆晋距离云想想并不远。

在画眉中，云想想没有说话。

"一个和你一样认真的人。"陆晋继续说，"她为了拍好一个精神病患者，一个只有几场戏的小配角，真的去精神病医院观察了半个月。"

云想想突然抬眼，周婕的最后一笔眉毛画错，连忙补救。

"不好意思，打扰到你化妆。"陆晋看到云想想这里的变故，有些歉意。

"没有，我就是听得诧异，忘了自己还在化妆。"云想想解释，笑得非常自然。

刚刚她那一瞬间的惊诧，只有周婕捕捉到，不过周婕只当是云想想敬佩陆晋口中的人。

陆晋被周婕挡住视线，也没有看到云想想的变化。

只有云想想自己内心掀起了惊涛骇浪，因为陆晋说的那个人就是花想容。

花想容的确和陆晋合作过，是一部电影，演的就是陆晋口中那个精神病患者。

一个只有三场戏的小配角，甚至和电影男主角陆晋完全没有对手戏。

为了演好这个角色，她真的去精神病医院观察了半个月，回来也差点真的成为精神病。

里面的患者实在是太恐怖，没有去身临其境，无法体验那种感受。

这件事应该只有文澜和花想容以前的助理知道，陆晋是怎么知道的？

也许有什么是连花想容自己都不知道的事情，云想想没有深究，不过她却不由暗自惊讶，她也觉得她可能是受花想容影响，有些地方和她相似。

可毕竟是两个人，相似也是轻微，陆晋是多在意花想容，才能够这么敏锐？

"好了。"周婕化好妆的声音拉回了云想想的思绪，"很美，让我拍个照。"

"拍照可以，但不能公开上传社交平台。"云想想不得不叮嘱。

要知道第一个合格的息夫人，就是上传照片被吴钊踢了。

"放心吧，我知道。"周婕作为化妆师，自然是要收藏作品，云想想这个妆容就是非常漂亮的一个，所以她才会拍下来，以后可以作参考。

当云想想穿了一袭春秋时贵族流行的常服，桃粉色以浅紫淡粉搭配的深衣式袍服，出现在众人的面前时，所有人都惊艳无比。

春秋时的服装特色讲究宽大博带，而楚地较之其他地方领沿较宽，会用精美的织品作边，看起来华美、飘逸，又不失庄重。

"怎么样，这个息夫人你满意吗？"吴钊问着站在旁边的一个中年男子。

这个中年男子轻微地发福，但非常严肃，在用极尽挑剔的目光打量着云想想，看了好一会儿，似乎没有挑出毛病，点头："现在看着还行。"

云想想已经猜到这就是那位时常和导演吵上新闻的编剧——熊傲。

"来，让我看看你这二十天的功课学得怎么样？"吴钊立刻招呼人开工。

别看是试镜，那也不是随便挑个地方表演一下，而是真刀真枪，让众人开始动工。

息夫人坐着马车来到宫门，车子停下，侍女上前，原本正襟危坐的她掀开帘子。

就是那一眼，宛如有水波在眼中划过，她的出场，不辜负前面铺垫的貌美之名天下皆知。

她下了马车，站在宫墙外，停顿了一瞬间，才在仆从的簇拥下，娉娉婷婷地缓步往前。

行时裙摆不翻扬，裙裾轻拂如微微波浪。

看得吴钊和熊傲频频点头，眼底都露出了赞赏之色。

蔡夫人站在远处，看着那一抹渐行渐近的袅娜身影，眼底划过冷光与阴沉的嫉妒，不过等到妹妹走到近前，她笑得又是那样的端庄得体。

"姐姐。"息夫人盈盈行礼，行的是平辈之礼。

绵言细语，声声盈耳，那是一种令人惊艳的嗓音。

"好！"熊傲颇有些激动地一拍手，然后满面红光地一拳捶在吴钊胸口，"老吴，不愧是你亲自审核的人，好，非常好。"

"太难得了，我还以为他不会夸人。"蔡夫人在云想想耳边低声说。

饰演蔡夫人的是获得过申市电影节影后桂冠的孙琦萝，说起来上次她们有过一面之缘。

云想想的《关爱》参加电影节的时候，两人一起提名最佳女主角，不过最后孙琦萝获胜。

一年半后，她们又奇迹般地在同一个剧组遇上，这也算是缘分。

"琦萝姐。"云想想主动打招呼。

"你比一年半前，更漂亮。"孙琦萝赞美，"我们拍的时候，我就想你可以演息夫人。"

之前孙琦萝就和另外两个演员对过戏，连累得她也被熊傲骂，当时就想快来个会演息夫人的拯救她吧。

不是说前面两个不会演，而是她们没有演出吴钊和熊傲要的味道，这两个圈子里出了名挑剔的人，作为他们手底下的演员，就要承受不止双倍的轰炸。

要不是她的心态好，她都差点坚持不下去。

"救星，我终于有种熬出头的感觉。"孙琦萝说得那叫一个悲惨。

"琦萝姐，你别吓我。"云想想真的不知道吴钊和熊傲到底是怎么折腾人的，把孙琦萝折腾得这么心酸。

"唉，说了你也不明白，但愿你一直不明白。"不明白，就意味着不会被骂得狗血淋头。

"你们俩嘀嘀咕咕什么呢？"吴钊看着远处交头接耳的女演员，对她们招手。

两个人走到近前，吴钊把刚刚试拍的放给她们看，将一些无关紧要的细节指出来。

云想想和孙琦萝点着头，认真专注地听着。

"想想这个停顿非常好，这个眼神也特别带感。"吴钊夸赞，"有灵性。"

剧本是不会特别详细到演员每一个细微的动作，只会标注当时的场景，情绪，角色是个什么状态就得自己去揣摩。

演员并不是按照剧本生硬地照搬，而是灵活地将剧本里的人物丰满起来。好的演员会很快融入角色，不经意间就表现出角色的鲜活性。

这是息夫人第一次来到蔡国，任何人第一次来到一个陌生的地方，都会大致地看一眼。

不是防备，不是被城池震撼，只是一种人的本能反应。

剧本上没有写，只写了息夫人下马车，仪态万千走向蔡夫人。

只有真正把自己当做了息夫人，而不是告诉自己在饰演息夫人，才会有这样的细节处理。

一个细节处理也许不起眼，也没有多大影响，可多个细节处理，是可以牵动观众神经的。

"谢谢吴导夸奖，我会更努力。"云想想谦虚地回答。

"你今天刚来剧组，就让你休息一天，晚上我们一块吃个饭，大家介绍认识一下。"吴钊显然心情很好，所以格外通情达理。

"我说错了，你不仅仅是救星，你还是福星。"回化妆间的路上，孙琦萝对云想想说。

"琦萝姐，你快别夸我了，都被你夸得不好意思了。"云想想实在是招架不住。

"你要是第一个来，我才不会对你这么热情，说不定我还会嫉妒。"孙琦萝心直口快，"实在是我被折磨得快疯了，我现在不管是谁，只要不连累我挨骂，我都供着她。"

"这话要是给吴导和熊老师听到，有你好果子吃。"一进化妆间，就有人朗笑。

"哎哟，夫君，你这是从哪位美人宫里出来？"孙琦萝一点不客气回怼。

"曹美人，夫人是否要教教她规矩？"

"美人势大，妾不敢。"孙琦萝立刻认怂。

这位曹美人，估计是制片人曹驰。

云想想看着眼前这位一身正气，五官刚毅有型，四十多岁却看起来差不多三十岁的男人。

听了孙琦萝的话，就知道他是饰演蔡侯的侯舱，连忙打招呼："侯老师好。"

"这么漂亮的小姑娘，我都不知道怎么称呼。"侯舱一脸为难，"叫老师叫老了。"

艺人之间，为了表示尊重，一般都会叫老师，当然也有晚辈叫前辈哥啊姐啊的。

"叫我想想就好。"云想想比这里所有人资历都浅。

"那我也叫你想想。"孙琦萝顺势说，"我们的息侯呢？"

"曹美人扣着呢。"侯舱回答，又对云想想说，"晚点等你夫君来了，我们就集齐了。"

"她夫君我不是在这儿坐着?"坐一旁的陆晋开口。

"你是二婚。"孙琦萝一点也不客气。

"对对对,你是二婚,我才是原配!"这时候又一道干净清润的声音掺进来。

云想想回过头就看到一张特别干净的脸,面如冠玉,唇红齿白,有一种如玉般无瑕的美,眼如点漆,明亮空寂,像缀着繁星的夜幕。

身材不壮实,也不瘦弱,十分修长,约莫有一米八的身高。

"夫人,这厢有礼。"贺星洲文质彬彬地上前对云想想行礼。

"小童见过大王。"云想想也配合着行礼。

"好,好一个小童。"熊傲本来是有点事过来通知,却没有想到听到这句话。

"小童是什么意思?"孙琦萝低声问,她大概猜到,但不确定。

所有人都把期待的目光投向自己,云想想落落大方地解释:"小童,是春秋战国时期诸侯正配夫人的自称。《论语·季氏》中说:'邦君之妻,君称之曰夫人,夫人自称曰小童。'"

孙琦萝想到刚刚自己对着侯舱自称妾,不由哀叹:"套用当年颁奖典礼若非群那句话,我有种即将被拍死在沙滩上的恐惧。"

"夫人,你为了这部戏做了多少功课?"贺星洲弱弱地问。

"我大概翻了《礼记》《春秋》《左传》《论语》中记录我们戏份这段,然后翻了一点《诗经》。"云想想如实回答。

"瞧瞧,瞧瞧。"熊傲立刻指着其他人,"学着点。"

"编剧大大,臣妾做不到。"孙琦萝嘤嘤嘤哭泣。

"古诗文对我比催眠曲还管用,我能记住电影台词就阿弥陀佛。"贺星洲也表态。

侯舱更可爱:"老熊啊,我是心有余而力不足,你让一个初中毕业生去看国粹,我怕要翻烂几十本字典,才能把字认全。"

"不思进取。"熊傲被这群人气得吹胡子瞪眼,转身就走了。

等他走远了,陆晋才开口:"他是不是忘了正事?"

熊傲专门过来,肯定是有事情交代。

"哈哈哈哈……"孙琦萝乐了,"估计是被我们气昏头,忘了。"

"忘了好,他寻我们总没有好事儿。"贺星洲暗自高兴。

"快卸妆,走人,免得他想起了又折回来。"孙琦萝连忙去换衣服,拆掉发饰。

妆容就不管了，把属于剧组的东西全部留下，就光速闪人。

"想想你住几号房？我有空找你对剧本。"贺星洲也学孙琦萝，不过溜之前问了云想想。

"1022。"这个不是秘密，她不说人家也会知道，基本都在同一层。

"我记住了。"贺星洲说完就跑了。

"沾想想的光，今天不用干活，晚上还有大餐，我回去补个眠。"侯舱伸个懒腰，打个哈欠，也走人。

化妆间就剩下云想想和陆晋，云想想坐到自己的位置，由着可可和周婕细心地帮她卸妆。

"吴导、熊编剧虽然拍戏的时候严苛，但私下很随和，为人大度。"陆晋提点云想想。

"看得出来。"云想想应声。

如果不是私下的时候特别大度，也不会养成孙琦萝和贺星洲他们这样的相处模式。

这是一个非常融洽的剧组，云想想其实更喜欢拍电影也是因为电影剧组的人员相对少。

一部电影，主角配角加起来七八个人已经是非常多，多数都是三五人，或者二三人。

电视剧因为剧本长，如果没有点感情戏，电视剧非常难火爆，个别例外的也是构架庞大的剧，这样一来男女主，男女配角，加起来就是个大团体，人多了就容易生是非。

《王谋》算起来他们五个人已经不少，来之前云想想还琢磨着会不会遇上奇葩。

现在看来，几个人都很随和好相处，这对于云想想而言很令她满足。

息夫人由云想想饰演已经定下来，至于酬劳合约这些，都不用问她，直接找贺惟。

等贺惟拟定好之后，自然会拿给云想想签字，她相信贺惟会为她争取最有利条件。

晚餐的时候，吴钊并没有带他们去餐厅，而是从外面叫了摆在他的房间。

有鄂省著名的美食，被称之为楚菜或者鄂菜：清蒸武昌鱼、天门三蒸、红烧义河蚶、八卦汤、藕丸子、蟠龙菜……

吃得最欢的就是孙琦萝，完全不顾形象，吃完之后餍足感叹："可算吃顿好的了。"

"沾了想想的光。"贺星洲深表同意。

"这么不满意伙食,滚蛋。"吴钊直接开口。

"那不行,我都拍了一半,眼看着要完了,现在滚蛋,岂不是白被你们骂了几个月?"孙琦萝摇头,"等我拍完肯定麻溜地滚。"

"明天开始,对你抓重点。"熊傲开口。

孙琦萝立刻认怂:"编剧大大,我错了,求原谅,求宽容。"

"明天就要拍戏,你们多熟悉熟悉。"吴钊撵人,"我这儿挤得慌,吃完就快走。"

"现在就走。"贺星洲一副求之不得的模样。

"多谢吴钊招待。"侯舱也很果断。

云想想见他们都走,也自觉跟上。

"不介意,就去我那儿坐坐?"出了吴钊的房间门,陆晋开口询问众人。

"晋哥,开瓶罗曼尼康帝?"孙琦萝双眼亮晶晶。

"一定要78年的。"贺星洲补充。

陆晋笑了笑,他的笑容十分迷人,问云想想:"想想喝红酒吗?"

对上孙琦萝和贺星洲无比期待的目光,云想想诚实地摇头:"我不喜欢喝任何酒。"

红酒、白酒、啤酒,甚至是果酒和米酒,云想想都不喜欢。

很多人说醉后令人飘飘欲仙,但云想想却感觉醉后是神志不清,迷失自我。

"晋哥,看看我们,看看我们。"贺星洲立刻刷存在感,指了指他和孙琦萝。

侯舱不参与这个话题,比起红酒他更爱烈性的白酒,不过明天要拍戏,他不会喝酒。

望着可怜巴巴的孙琦萝和贺星洲:"今晚不喝,别耽误明天开工。"

见两人耷拉下脑袋,他又接着道:"等我们电影上映,吴导开庆功宴,我就把你们惦记的红酒带去做贺礼。"

两人又高兴起来:"好好好,我们电影一定大火。"

几个人说说笑笑地进了陆晋的房间,大家的房间都一样,都是标间,陆晋也只带了一个助理,助理立刻帮忙端茶倒水,他们坐在房间里正式自我介绍。

接着就聊了很多关于剧本的看法,个人的见解,以及将一些拿不准的地方提出来,大家一起参考探讨。

一聊就聊到了深夜十点钟才散去,几个人第一次聚在一起,云想想也不好意思提前喊散,可可按照宋倩的吩咐已经给她弄好了药浴。

云想想泡完之后接着练功，少了宋倩的穴位按摩，效果肯定没有那么好，不过现阶段云想想已经能够忍受疼痛。

等她十一点躺在床上，正要关机睡觉，发现许久没有动静的四季群竟然有了群消息。

【魏姗姗：深夜拍戏，有人陪我吗？】

【方南渊：有鬼陪你。】

【魏姗姗：南神，我这里偏僻荒凉，行行好，积点口德。】

【云想想：姗姗，你的新戏是不是要播了？】

【魏姗姗：就知道你不逛微博，我今天才发了信息！】

云想想是真的没什么事想不起微博，她立刻登录上去，果然看到魏姗姗今天发了微博宣传。

原来电视剧是明天播，这就是云想想当初建议魏姗姗选择的当女配角的古装剧。

为了补救，云想想立刻转发。

谁也没有想到，云想想前一秒转发了魏姗姗的微博，替魏姗姗宣传，下一秒陆晋竟然关注了云想想。

云想想的粉丝瞬间炸了。

【啊啊啊啊，陆大影帝关注了想想！】

【老天，我想想是什么神仙收割机，前有薛神，后有陆皇！】

【有生之年，我竟然看到了陆皇和薛神同时关注一个人。】

【脑补出一场双龙争一凤大戏。】

四季群里，魏姗姗也炸了。

【魏姗姗：云想想同学，你老实交代，我陆皇为什么关注你！】

【云想想：我正在和他拍同一部电影，只能说这么多。】

【魏姗姗：……】

【方南渊：方南渊已退出该群。】

【易言：易言已屏蔽群成员云想想。】

【魏姗姗：我自闭了，我不想说话了，云想想同学请你去睡觉，谢谢。】

【云想想：云想想遵命。】

每次和他们聊天，云想想就会心情愉快，他们的友情不知不觉已经有两年了，虽然一年半没有见，偶尔连句问候都没有，但总觉得他们不会改变。

就在云想想要退出去的时候，吴钊把云想想拉进了《王谋》的临时群。

【吴钊：陆晋就算了，你们几个不准现在关注云想想。@全体人员】

【贺星洲：我都已经点开想想主页……】

【孙琦萝：我也打算关注。】

【侯舱：关注！】

【吴钊：等到戏拍完之后，息夫人的宣传海报，我打算用背影，留悬念。】

息夫人是个著名的美人，这样会引起很多人的猜测，云想想足够的惊艳，这部戏和以前的不一样，吴钊还是要在拍完之后适当宣传，以半遮半掩的方式吊观众胃口。

如果这个时候，整个剧组人员全部关注了云想想，几乎不用想就能猜到。

【贺星洲：可是晋哥已经关注，晋哥是男一号，他们未必不会猜到。】

陆晋的影响力绝对不比薛御低，如果要说电影圈的成绩，陆晋可以碾压薛御。

薛御之所以能够和陆晋平分秋色，是因为薛御的歌也非常出众。

陆晋被称之为"陆皇"，源自于他包揽了太多影帝大奖，是演艺圈陆地皇者。

【陆晋：这个交给我，我会在宣传之前，引走他们的注意力。】

【吴钊：好，那就交给你。】

群里安静了，云想想退出去，手机响了，是陆晋打来的。

"我这里有个广告，正好需要一个女主角，不知道你愿不愿意。"

原来陆晋说的引走粉丝注意力，是用这个法子。

不过不失为一个好办法，一般艺人互相关注，必定是有了合作。

在《王谋》被大众知晓之前，陆晋和云想想就有过合作，那么粉丝们就释然了。

"什么广告？"赚钱的机会啊，云想想当然不想放过。

"跑车。"陆晋回答。

"谢谢晋哥照顾，我得问一问惟哥，才能答复你。"云想想听了之后说。

关于她的代言走向，肯定是要征询贺惟，虽然只是参与广告，称不上代言。

并且作为女艺人，类似于跑车这类的代言不太可能落在她身上，对她的影响不算大，但她必须尊重贺惟。

陆晋说了声好和晚安，就挂了电话。

云想想看了看时间，觉得贺惟应该还没有睡，就打了他的电话。

"这么晚，还不睡？"贺惟有点诧异。

"有点事想告诉惟哥……"云想想把事情前因后果说了。

"我明天就去你的剧组,和曹驰签合同,到时候我再去寻陆晋了解一下。"贺惟沉吟之后回答,"了解清楚,再帮你做决定。"

"好,那我就睡了,惟哥也早点休息,再见。"

挂了电话,都已经十二点,云想想立刻关灯睡觉。

就算是在酒店,云想想也不忘早起去酒店的健身房锻炼,吃了酒店的早点,才坐车在规定的时间之前赶到拍摄地。

取景基本是鄂省楚地,息国和蔡国两个地方,也是根据历史资料,还有豫省息县和蔡县两个地方遗留的古迹,高度还原搭建出来。

云想想很快就融入其中,不过她并没有做到不被骂,吴钊和熊傲就是两个探照灯,哪里有一点失误都挑得出来,吴钊和熊傲骂人,就是当着众人的面。

陆晋也是没有逃得了被骂的命运,云想想不懂被骂跑的人,连陆晋都被骂,她被骂不觉得很正常?

整个剧组被骂得最少的肯定是陆晋,群演被骂得更多,云想想是真的看到有人被骂哭。

一旦下了戏,吴钊和熊傲就是另外一个人。

就连孙琦萝戏称他们俩一个吴刀,一个熊杀,组合名杀千刀,他们两个人都不生气。

拍了几天戏,云想想终于明白为什么那天晚上孙琦萝吃得那么狼吞虎咽。

每天的盒饭都是一荤一素一汤,虽然每天的菜不同,但是味道真的很一般。

好在云想想来的时候带了好多酱,后来又让王永做了不少罐头。

"好香啊,这是什么?"这天中午,云想想终于忍不住拿出来,刚一打开孙琦萝就闻香而来。

其实大家都在化妆间,云想想本就没有打算藏私:"我让人做的酱菜和罐头。"

云想想开了一瓶香菇酱,一瓶鱼罐头,都是香辣的味道,放在正中间。

"好吃!"孙琦萝不客气,弄了点尝尝,立刻将她的菜全部挑到一边,用勺子挖了几勺酱,把饭一阵搅拌。

"开了就得吃完,大家一起帮忙分担。"云想想见三个男人有点不好意思,就主动招呼。

于是就拿着一人分了几勺,刚好均分完毕。

"想想,你真是太聪明了,等我回去也让人做一些,以后拍戏我也带着。"孙琦萝吃得心满意足，不吝啬夸奖云想想。

"这东西不是人人都做得好吃。"侯舱也会做饭，对做吃食有点心得。

"想想，有秘方吗？"孙琦萝连忙问。

云想想摇头："我也不知道，这是我请的助理做的，不知道能不能分享。"

"那算了，说不定是人家祖传手艺。"孙琦萝还以为是云想想鼓捣出来，云想想肯定不靠这种手艺吃饭，才会询问。

人家专门靠着厨艺吃饭的人，孙琦萝自然不会去觊觎，这是断人财路。

"我带了很多，以后每天开两罐，够你们吃一个月，吃完新的肯定做好。"云想想还蛮喜欢孙琦萝，立刻又说。

"我就说你是福星，有你在真是太幸福了。"孙琦萝抱着云想想，"下次我要是去荒凉之地，记得送我几罐。"

"好，你提前跟我说肯定有。"这个云想想还是能够保证。

王永应该也会很开心，这么多人喜欢他的手艺。

"还有我。"贺星洲连忙举手。

"以后我要不就送这个当你们新年礼物？"云想想突然笑着说。

"我不介意。"侯舱表示没问题。

其他人跟着点头，他们都算是有些家资的人，也不需要什么贵重礼物，朋友之间嘛心意最重要。云想想自家做的罐头，外面买不到，也肯定是保证了食品安全和食材好。

因为云想想的酱和罐头都不重复，孙琦萝每次吃盒饭的视死如归变成了满脸期待。

很快就被吴钊等人发现了端倪，知道他们几个开小灶，吴钊表示很生气，最后果断把当天刚开的两瓶抱走，以示惩戒！

不准演员特殊待遇，不意味着不准他们自己携带下饭菜，吴钊吃了一回，从此以后就每天带着熊傲和曹驰来蹭，云想想也从开两罐变成了四罐。

也许是吃人嘴软，拿人手短，之后云想想他们再犯错，吴钊和熊傲虽然没有视而不见，但也没有最初那么炮仗般一点就炸。

"早知道这样就能够堵住杀千刀的嘴，我早就该行动了！"孙琦萝一脸悔不当初。

剧组里的每一日都很欢乐，云想想会每天抱着电脑，拿着书进剧组，没有她的戏，她就找个地方认真地学习，抓住每一分每一秒。

马琳琳她们三个非常暖心，每天都会整理好笔记和录音，网上传给她。

还有不懂的，云想想会画下来，晚上问艾黎。

每天都会给宋冕发个短信，给父母和云霖打电话。

她的时间安排得很满。

终于到了月底《正义无私》开始在香江上映，云想想虽然人在剧组，但还是关注着电影。

香江上映了几部电影，《正义无私》票房一直遥遥领先，虽然没有特别火爆，但也绝对是当季的大赢家。

有云想想的粉丝特意看了粤语版，也有很多表示听不懂粤语不妨碍他们观看，等到内陆上映之后，他们再去看一遍。

网上对《正义无私》没有特别夸赞的评价，也没有什么严厉的抨击。

《正义无私》就像一杯温开水，让人喝了觉得很舒服，但又没有什么滋味。

很多人给出中肯的评价：值一张电影票。

就是看了没有觉得特别惊艳和值得津津乐道的地方，也不会觉得后悔或者没有看点。

"我还是第一次看到这种现象。"孙琦萝因着和云想想一块拍戏，自然也关注她的作品。

"是挺奇怪的。"云想想也没有想到是这样的结果。

倒不是她对电影期待值多高，而是一般来说，大众对于一部电影不是好评就是差评，当然中肯的有，这种都是少数。

到了《正义无私》竟然成了好评和差评很少，中肯评价一大把。

好像看电影的人突然都变得非常理性了一般。

"管它呢，你的票房好就行。"孙琦萝对云想想说。

"嗯。"云想想觉得这样就好。

其实她并没有想要多少赞美，只要大部分觉得这部电影让他们看了没有亏就很好。

《正义无私》在香江以两千万票房收官，两千万不是香江最高的票房，但已经能够排入香江前十，内陆审核之后，定于圣诞节上映。

"这下惨了，圣诞节有国外的大片上映。"孙琦萝恰好翻了一下网上订票软件。

"电影必须趁着现在热度赶紧上映，有利于票房保证。"云想想也很无奈，"时也命也。"

云想想也看了收藏表示想看的数据，《正义无私》虽然排第二，但被第一的国外大片甩开很远。

有了香江那边的反馈，云想想知道这次《正义无私》想要抢欧美大片的风头是不可能的。

不过这依然没有影响到她,《正义无私》虽然没有成为爆款,但也没有扑街。

虽然比不得《关爱》和《大学梦》亮眼,却也绝对没有成为云想想的败笔。

网上对于她和高锋的演技都是全部的认可,之所以平淡,是剧情的原因。

站在云想想的角度,她很喜欢这样的剧本,但站在大众的角度,这样的剧情会让他们觉得缺了点震撼。

像《关爱》那样魏优的死亡,齐小冉的跳楼带来的震撼。

像《大学梦》那样即将迎接光明却瞬间希望破灭的震撼。

嘉惠的结局,感人是感人,却会让他们觉得有些不过瘾。

就题材相比,《关爱》呼吁着社会,几乎是整个社会关注的事情,受众广。

《大学梦》也有社会因素,但更多是不可置信和难以想象牵引观众。

再加上《大学梦》有她当时轰轰烈烈的五校争抢事件预热,才会那么成绩斐然。

换个时候上映,未必能够取得优秀的成绩。

随着冬天的到来,云想想他们的苦日子就开始了,就在这个时候云想想收到了一个包裹。

包裹上署名和电话都是陌生的,艾黎拆开之后,云想想就知道这是来自于宋冕。

里面有很多搭配好的小药包,大小都有,和上次一样贴了便签。

大的药包用来泡脚,小的药包用来泡茶,还有种非常轻薄的贴布,用来贴关节。

最后又翻到了鞋垫,鞋垫一拿出来,云想想就闻到了中药的味道。

翻着翻着,宋冕的电话就打来了,第一句话就是:"给你寄了个包裹。"

"我收到了。"云想想正拿着鞋垫,"这个鞋垫和上次不一样。"

"上次是吸汗防滑护脚。"宋冕带着点笑意回答,"这次主要是保暖。"

"鞋垫还能保暖?"云想想第一次听说。

"这鞋垫有无机盐、活性炭粉以及高纯度铁粉,可以持续发热十二小时,我又加入了艾草等中药精华,发热就会激发药性,由足底的涌泉穴排毒祛湿。"

宋冕耐心地对云想想解释,"你明天用了就会明白。"

云想想此刻的心就像寒冬腊月喝了一口热水。

"阿冕，你现在很忙，不用分心照顾我。"

"我就动动嘴而已，这些东西都是让人准备的。"宋冕的声音愉悦而轻松。

宋冕这样说，云想想就不知道该如何去接，她知道他说的都是实话，却又不尽然，如果不是时刻关心着她的一举一动，对她的健康状态了若指掌，宋冕又如何去吩咐人做出适合她的东西？这份用心，并不是动动嘴那么简单。

"怎么了？"察觉云想想的沉默，宋冕低声询问。

指尖无意识地滑动着，云想想说："我只是觉得你为我做了很多，但我好像不知道能为你做些什么。"

低低的笑声从电话那端传来："爱情不是等价交易，对我而言，能为你付出才是最快乐的事情。你能够接受并且享受我的付出，也是我最大的成就。"

云想想此刻的心涟漪阵阵，完全无法平静。

她和宋冕交往到现在，宋冕甚至连一句我爱你都没有说，但他的情话却多到犯规。

并且每一句，都是那么的直击心扉，让云想想毫无招架之力。

偏偏云想想一直觉得男人的嘴是骗人的鬼，却忍不住被宋冕甜到。

她就像一个自己曾经鄙夷的沉沦爱情没有智商的女人。

心里盲目地就觉得宋冕的每一句话都是真心实意！

"宋冕，你当心我有一天真的不把你放在眼里。"为了掩饰自己的心情，云想想语气凶巴巴地说。

这惹来了宋冕更加魅惑人心的笑声："我没有想过你把我放在眼里。"

云想想诧异了一瞬，宋冕轻柔的声音又响起："我只想你把我放在你心里。"

放在心里，成为你的逆鳞，无人可触及。

明明隔着电话，云想想却有种宋冕就是在她耳畔轻声细语的感觉，一股电流麻了她的耳朵，这一刻云想想有点理解什么是让耳朵怀孕的声音。

非常懂得适可而止的宋冕，似乎知道内敛的云想想不知道怎么回答他，自然地转移话题："最近还好吗？"

"很好，就是有点小忙。"云想想顺势放松，又补充一句，"我注意了劳逸结合，你什么时候回来？"

"我这边还有点事，我一定会回来陪你过新年。"宋冕保证。

这是他们交往后的第一个新年，对于他们俩都是意义非凡。

"我可能也要忙到年关。"云想想估测着拍摄进度。

这部戏剧本上描写的攻城略地，在实拍的时候是非常难的。

攻城略地被吴钊拍摄得十分大气磅礴，每一场战争戏，群演就有上万人，声势浩大，从俯视角度，那种波澜壮阔的画面非常震撼。

也因为吴钊的精益求精，这部戏应该要拍到年关，不过她也许能够早点杀青。

两人就日常身边的琐事聊了会儿，云想想才挂了电话。

"想想，这个枕头好香好暖。"看云想想终于挂了电话，可可把从包裹里取出来的枕头递给她。

云想想拿到手里，闻到了淡淡的药香，宋冕给寄了两个，看了看艾黎和可可。

一个分不均，那就一个都不分。

晚上枕着药枕睡了一晚，云想想觉得脑子要比前几日清醒，依然咬牙坚持晨练之后，云想想洗完澡，换上了宋冕给她的装备。

现在拍摄的不全是冬天的戏，就算是冬天的戏份，戏服穿在身上也是冷得打哆嗦。

一下戏一个个就立刻在助理的帮助下全副武装，就差裹上棉被。

云想想却走得慢条斯理，看得刚刚对完戏的孙琦萝急死了，一把抓住她："演完了，你不用再这样仪态万千，冷死了。"

两人坐到一边看其他人拍戏，孙琦萝舍不得放开云想想的手："你的手又软又暖。"

比她的暖手袋还舒服。

"喝点。"云想想将自己泡的茶给孙琦萝。

"什么茶，这么香？"孙琦萝仰头就是一大口。

初时只觉得热水灌入身体里，热气散开暖洋洋的感觉，等了一会儿发现竟然一直暖着，孙琦萝就盯上了云想想的茶水："这茶挺神奇的，喝了一口我整个人都暖了！"

"有这么神奇吗？"坐在一旁的贺星洲伸着脖子问。

"尝尝。"云想想看着他一脸好奇，也给他倒了一杯。

喝完没一会儿，贺星洲就冲过来："想想，你这茶好喝，给我再来点。"

"是吧？暖身效果堪称神奇。"孙琦萝也喝了一杯，"哪里买的药包？"

"是我一位中医朋友配的，非卖品。不过我那里有不少，我匀点给你们。"宋冕寄了好多泡茶的药包，她一个人肯定喝不完。

"我这个老油条，竟然不及你一个小姑娘有生活经验！"孙琦萝觉得和云想想这个比她小了几岁的姑娘相比，她才是那个被照顾的人。

因为她没有往男朋友方向去想，以为是云想想早就想到冬天的苦，所以自己提前找了中医做了准备。

云想想笑了笑，没有说话。

"我不管，以后谁要是再问我最喜欢和谁拍戏，我肯定说想想。"贺星洲捧着茶杯，"太幸福了，我以前拍的都是假戏！"

"你以前遇到的都是假人。"孙琦萝翻个白眼。

云想想见两人又要怼上，连忙岔开话题："熊大大这是怎么了？"

今天一整天熊傲都坐姿十分怪异地靠着，颇有些有气无力，一点都没有往日的气势，连犯了错的群演，他都没劲儿开火。

"作家，编剧，搞文字工作的人，哪个没有颈椎病？"贺星洲小声回答，"他这是老毛病，到了冬天就更严重，这怕是又病发了。"

云想想点了点头，熊傲很明显十分难受，但依然坚持到片场来，就连曹驰和吴钊劝了两回也没有劝走，对此云想想很是敬佩。

转过头她打电话给宋尧，宋尧接通的第一时间就说："云小姐，您找少爷吗？我马上……"

"没有，我就问问你。"

第15章　爱情最美的样子

"嗯？"宋尧没有反应过来。

"不用打扰他，我就是想问问昨天我收到的包裹，有两个枕头，我睡了很舒服。"

云想想知道宋冕非常忙，从他在年关才能赶回来就可以看得出，这种小事她就咨询宋尧："枕头有什么独特地方吗？"

"哦哦哦。"这个宋尧自然清楚，宋冕都是吩咐他去办。

"可以防治头颈畏寒、头部冷痛、失眠等，有助于改善脑动脉硬化症、脑梗死、颈椎病、偏头痛及睡眠障碍等症状。"

"能够改善颈椎病？"云想想听到很高兴。

"有一定的缓解改善作用，云小姐颈椎不舒服？"宋尧连忙紧张起来。

"没有没有。"云想想马上否定，"是一个长辈，看起来很痛苦，我就想送一个给他。"

"这个……"宋尧迟疑了下才说,"云小姐,少爷给你送来的所有东西,配方都是按照你的体质搭配。"

"血瘀体质,阳虚体质,痰湿体质……各有不同。不过您可以送,但效果肯定是没有针对你那么好。"

宋尧必须提前对云想想说清楚,以免云想想质疑宋冕的本事。

"好的,我知道,没有害处就行。"只是一点心意,不图好,只要不害人就行。

"这个你放心,不是吞服,没有坏处。"宋尧回答。

"宋冕还好吗,有没有生病?"云想想冷不防地问。

"没有,少爷很好。"宋尧回答得没有任何停滞,这就是大脑第一反应。

云想想的确是突然袭击,宋冕这么忙,她还是担心他,但她如果问他,宋冕肯定不想自己担心,未必会说实话,就要这么冷不防地问他身边的人。

等到云想想挂了电话,宋尧反应过来云想想的突查,不由警钟大响:"下次和少夫人说话,得多留个心眼。"

他们家少爷的确没有生病,但却受了点小伤,这次来这里,就是为了上次的暗杀事件。

"你一个人嘀嘀咕咕什么?"宋冕从浴室出来,就听到宋尧的后半句,"留心眼?"

"刚才少夫人打电话来,问您好不好,有没有生病。"宋尧小心试探,"您是不是昨天露馅了?"

宋冕淡淡扫了他一眼,不过想到女朋友特意打电话给宋尧关心自己,他的唇角就忍不住上扬:"逃跑路线查出来了吗?"

"还没有,这是他们的老巢,您已经掀了他们的窝,就剩下几个人成不了气候,为什么……"宋尧有点不太理解,"您这次也有点冒进。"

"我没有时间和他们捉迷藏,这次一定要赶尽杀绝。"宋冕潋滟的紫黑色眼眸闪过锋利的冷锐之光,"杀鸡儆猴,十年之内,我不想还有人敢打我以及我身边人的主意。"

宋尧想到宋冕这次几乎是大开杀戒,行事是前所未有的狠绝,只怕知道这场变故的人,面对再大的利益诱惑,都不容易提起勇气来接任务对付宋冕。

以前宋冕从来没有这样过,这是第一次在没有完全把握的情况下出手。

先前宋尧还不明白为什么他家少爷改变了行事作风,这会儿算是明白了。

宋冕是不希望有一日他和云想想的关系暴露,或者被人察觉之后,有人把手伸向云想想。

今天，宋尧可算明白了一个词：冲冠一怒为红颜。

其实这些人盘算得挺好，以为宋冕就算成功逃脱，也不会迅速地杀过来。

如果没有云想想这个意外的话，宋冕也许会忍他们一次，可惜……

宋冕要给云想想一个无人打扰的环境，那就只能让他们早点消停。

宋冕时隔半年才行动，也的确是为了麻痹他们，来了一招出其不意。

在他们沾沾自喜，放松警惕的时候，打得他们毫无还手之力。

他们这一次，几乎把这一片最强大的黑恶势力瓦解，当然也付出了很大的代价。

宋冕在做什么，云想想并不知道，她只以为宋冕是去给人看病，或者参加学术会，或者巡查自己的企业。

她把另外一个没有拆开的枕头送给了熊傲，头两天熊傲还没有什么感觉，睡了五天之后，明明天气越冷，却越觉得自己的病情轻缓了不少。

"我这病啊，缠了我好几年，从来没有像今日这么轻松过，这枕头真是神了。"熊傲要不是亲自试过，根本不敢相信。

"想想，你在哪里认识这么好的中医？"孙琦萝立刻追问。

"帝都宋氏药房宋碁宋医生。"云想想自然不能把宋冕供出来。

不过上次她听到了宋冕让云霖带朋友去寻宋碁看病，那么宋碁的医术肯定非常好。

至于宋碁擅长什么，云想想不考虑，转头她就把这件事告诉宋冕，等到他们真的有三病两痛寻上门，宋冕肯定会有所安排。

"宋碁宋教授？"熊傲不可置信。

云想想心一跳，这反应，难道是熊傲已经找过宋碁？

完了完了，这下不就露馅了？

之前熊傲去寻宋碁肯定没有治好。

"你是怎么预约到宋碁教授的号的？还给你配枕头？"孙琦萝也是一脸不可思议的表情。

"宋大夫的号很难预约？"云想想弱弱地问。

这反应，把孙琦萝刺激得恨不能掐死她："想想，你不要告诉我，你不需要预约。"

"宋教授的号，一周只有星期三开放十个，不接受提前预约，很多人守着点打电话都排不到队。"倒是陆晋开口解释了一句。

云想想真想给自己一巴掌，是她疏忽了，没有提前查一下这位宋教授是什么人。

实在是上次宋冕给云霖推荐，就是那么云淡风轻的口气，她只当这位宋碁医生是个普通医生。

不关注中医的云想想，自然不知道宋碁已经快六十岁，他被公认为是华国中医界泰斗之一。

这个世界上只有两个人能够指挥他办事儿，一个是宋冕，一个是宋冕的父亲。

能够挂到他号的概率和中彩票差不多。

让他配药枕，想都不敢想……

对上几双疑惑的目光，云想想喝了口热水，十分从容地开口："我曾经救过一个人，和宋碁教授颇有些交情，是他将宋碁教授引荐给我，今天之前我都不曾知晓宋碁教授是这样享誉盛名的国医。"

这也不算是说谎，云想想觉得还是说实话比较好。

众人才恍然，难怪云想想方才是那样的反应。

"你救的这个人难道是宋教授的亲儿子？"孙琦萝思维发散，"不然能够令宋碁教授这样纡尊降贵？"

"虽然也姓宋，但我确认和宋碁教授没有血缘关系。"云想想连忙担保。

"看来这个人和宋碁教授关系匪浅。"孙琦萝抱着云想想的胳膊，"想想啊，我对你好吧？"

孙琦萝这打主意的模样不要太明显，其他几个人都忍不住笑了。

"很好。"云想想点头，"你告诉我你是哪方面的病情，我请宋碁教授给你推荐一个专业医生。"

术业有专攻嘛，就算是泰斗也未必是十项全能。

"有你这句话就好，等我们回了帝都，我就去找你。"孙琦萝并没有说什么病。

"好，我能帮的我一定尽力。"云想想很是仗义。

其他人包括熊傲在内就没有说什么，这是拐着弯的恩情，用一次，就少一次，总不能时时刻刻占旁人便宜。

熊傲日渐生龙活虎，拍摄又十分顺利地进行，圣诞节很快就到来。

《正义无私》如期在影院上映，前期寰娱世纪也是做足了宣传。

甚至连薛御都大气地包场陪粉丝们看了首映，对此云想想只能打电话去表示感谢。

"好说，我就你这么一个师妹，我不挺你，谁挺你？"薛御语气轻快。

"我怎么听着师兄这话有点弦外之音？"云想想试探地问。

薛御默了会儿才说:"陆晋那小子,你离他远点。"

"噗!"云想想的想法被证实,忍不住就笑出声,"我早就听说你们俩有点龃龉,师兄啊,人家晋哥一句话都没有在我面前说你。"

"说我?他哪儿有脸说我?哼。"薛御气哼哼道,"别以为他这是绅士,他就是道貌岸然。"

"他怎么着你了?说出来,师妹给你报仇。"云想想颇有些同仇敌忾。

薛御一噎:"这是我们男人间的事儿,你别插手,总之你要记住我是师兄,你得和我最亲!"

云想想捂着嘴偷乐,这段时间相处,她早就发现陆晋为人很好,肯定不会做出什么暗害薛御的事情,才故意试探薛御。

果然,他们俩最多是点王不见王的别扭,估计也就薛御一个人别扭。

有时候真觉得薛御像个长不大的孩子,竟然会做出这么幼稚的事情。

"好好好,亲疏有别,我晓得。"摊上这样的师兄,她只能哄着啊。

"《正义无私》我看了,挺好的片子,就是少了点味儿,但这片子要是多点味儿,反而不美。"薛御又恢复了一本正经,"时代如此,并不是它不好。"

"师兄啊,你这是怕我哭鼻子?"云想想心里挺感动,"虽然电影没有大爆,但我也没有丢人,现在的票房我很满意。"

香江有两千万票房,已经回本,在内陋上映只要能够取得两亿票房,除去各种分成,投资方也有得赚。

况且首映三千万的票房虽然不高,但按照这个趋势走下去,马上又是元旦节,四亿票房应该是很稳,所以她没有什么好失落。

"老贺说得对,我不如你。"薛御突然感慨。

他还记得当初他的前两部电影火了之后,突然有部电影爆冷,也许是年少气盛,他有一段时间很是气馁,甚至一度不想再拍戏,只想唱歌。

明明是薛御打电话要来安慰云想想,最后变成了云想想安慰他。

两个人有说有笑好一会儿,才挂了电话。

才刚刚挂掉电话,云想想的手机又响起来,竟然是珀西,云想想有些惊喜。

"哦,云,我有个好消息告诉你。"珀西的语气有点激动。

"让我猜猜,你又有好灵感了?"云想想说。

"不不不,是关于门罗。"珀西迫不及待地说,"前几天的蓝血舞会,有六位名媛同时佩戴了我设计的天使,哦,实在是太轰动,这几日门罗的成交额超过了莎温!"

蓝血舞会，云想想听说过，国际三大名媛舞会之一。

那几套珠宝都是宋冕买走的，他说是年礼，那么这六大名媛就是宋冕家族有往来的顶级豪门。

名媛舞会，那是最争奇斗艳的地方，和这个相比，众星云集的红毯不值一提。

一位名媛偏爱某个品牌的珠宝不值得关注，但如果是六个……

要知道一场舞会本就只邀请那么二三十位名媛，有五分之一以上的人佩戴了同一个牌子的最新款，是足够引起上流社会潮流的。

云想想是个十分聪明的人，她不认为这是巧合，而是宋冕暗中帮助她。

她的心突然有种胀胀的感觉。

因为她不准他给自己开后门，所以他就更加用心，在她看不见的地方为她造势。

既不让任何人知道她有人暗中帮助而否定她的实力，又真正地为她筹谋一切。

"云，你在听吗？"许久没有听到云想想的回答，珀西问。

云想想立刻回神："抱歉珀西，我方才想到别的事，你能再说一遍么？"

"明年一月二十二日，公司准备新品发布会，奥斯汀让我通知你来参加。"

"好的，我一定来。"这是身为代言人的义务，云想想自然不能推辞。

"云，你上次发给我的设计图，我寻到了一块紫色蓝宝石镶嵌，价格会远高于预算。"珀西又提到了另外一件事。

这个是云想想闲暇的时候，自己画出来打算送给宋冕的新年礼物。

这是送给宋冕的第一份礼物，云想想十分重视和用心。

"好的，我知道了，珀西先生，我能够接受。"

是她亲手设计的东西，贵一点就贵一点吧，拍完《王谋》片酬就全部到了。

挂了电话，云想想连忙翻开日历，新年是一月二十九号，赶回去过新年应该来得及。

《王谋》应该会在一月中旬杀青，期末考试一月十三号开始，看来还是得请假。

随着拍摄到尾声，期末考试也越来越近，云想想更专注地拍戏，同时也抓紧复习。

大一接触的知识点并不算难，云想想也不知道其他同学的情况。

在这个学霸云集的地方，云想想要考全系前十也不敢托大。

十一号的时候，云想想还有点戏份没有完，是吴钊临时增加的，所以云想想只能请假。

拍戏前就已经说好，吴钊自然是痛快批准。

云想想马不停蹄地从鄂省飞到了帝都，就在家里睡了一个觉，第二天就进了考场。

上午考完，一脸菜色的陶曼妮吊在云想想的身上："好难啊，好难啊，我觉得我要挂科。"

"我觉得还好，考试的范围老师都重点讲过。"云想想感觉发挥得不错。

马琳琳推了推眼镜："我应该能够及格。"

"哎呀，考都考完了，说这个做什么？下午还要继续考，先去吃饭。"冯晓璐觉得考一场试，已经把胃掏空，快饿死了。

几个人到了饭堂，校花久违地又出现，自然是引起一波格外的关注。

"我怎么觉得他们好像第一天见到我一样。"云想想觉得久别也不应该这样。

"瞧我这记性。"祝嫒拍了拍自己的脑门，"想想，明年大学生电影节在我们学校举行！"

帝都大学生电影节虽然不是国际性质的，但是在国内的含金量非常高，是华国所有大学生电影节之首，每年都会有无数电影咖参加，设立的奖项也是非常多。

其权威性受电影界人士认可，被誉为华国电影界具有国际水准的大奖。

电影节主会场设在帝都师大、青大、帝大三大名校之一，会同时在帝都二十多所著名大学放映参赛片，评委也是各大名校的学霸。

"就在开学的时候，今年我们学生会寒假都得留校布置。"楚葶补充，"我们一定支持想想！"

"有我的作品参加吗？"云想想自己都不知道。

"暂时还不知道，不过《大学梦》可以参加，我们的主场啊！"冯晓璐一边吃着东西，一边激动地说，"你必须是最大的赢家，是最著名的主角！"

这个倒不是冯晓璐偏颇，放眼娱乐圈，现在大学生粉最多的肯定是云想想，尤其是名校学霸。

不夸张地说，整个帝都三分之二的名校生都是云想想的粉，为了能够看一看云想想，多少人打着参观学校的名头往她们学校跑？

评委都有至少一半粉着云想想，结果还需要去猜吗？

当然，她们也不是因此就偏袒，云想想的作品的确好啊，谁也挑不出刺儿。

"你就好好拍戏，其他的事情交给我们。"马琳琳冲着云想想眨了眨眼睛。

她们现在都是云想想粉丝中的核心成员，可以说云想想的后援会领军人物，十个有八个都是青大的，剩下两个不是帝大的就是民大的或者传媒大学的……

平日里都是云想想对她们好，终于有她们用武之地了。

看着她们五个颇有些斗志昂扬的架势，云想想笑道："你们做好你们的事儿就行，我的事情不重要，我们学校的荣誉更重要。"

今年他们主办，那就必须拿出青大的气势，主人家的气势绝对不能失。

"都重要！"祝媛强调，"放心吧，我们分工合作，你不知道杨奇他们，兴奋得狼嚎。"

这群家伙一听电影节在他们学校，一个个打鸡血似的商量要帮忙到最后才回家，过完年一定第一时间赶来。

有一群暖心的朋友，云想想特别感动："好，我努力，不辜负你们。"

不辜负你们所有喜爱我的人。

中午聊得十分愉快，近两个月不见，说不完的话，下午考完各自回家。

他们一月十六号放假，二月十二号返校，二十多天说长不长说短不短。

考完试之后，云想想也想和他们聚一聚，奈何戏还没有拍完，为了不耽搁二十二号的行程，云想想只能立刻飞往鄂省，那里还下起了大雪。

最后一场戏，是楚文王死在征战的途中，他临死之前有壮志未酬的惋惜，也有心爱之人不在身侧的遗憾。

他想到了万里江山，最后时限定格在了雪景之中思念的妻子身上，模糊间他仿佛看到她雪中起舞，蹁跹婉柔，最终他含笑闭上了眼。

真实的雪景，云想想穿了非常单薄的衣裙，翩翩起舞。

有宋冕的暖贴和鞋垫，她一点没有感觉到冷，整段舞行云流水，令人如痴如醉。

等到吴钊喊卡的时候，所有人都欢呼，他们终于完成了这部作品。

孙琦萝拍戏的时候恨不得下一刻就走，真的到了要分别的时候，竟然眼眶泛红。

"我也拍了不少戏，第一次这么舍不得。"

其他人也是有点伤感，吴钊终于不吝惜了，请他们去最大的酒楼吃了一顿最好的大餐。

因为接近年关，吴钊、曹驰和熊傲还凑了一笔钱，给还在场的群演发了个红包。

"广告开年之后去意国拍,在二月十八号。"陆晋和云想想都回帝都,就坐了同一班飞机,两人的位置刚好在一起。

陆晋说的是跑车广告,贺惟来签约的时候和陆晋的经纪人详谈过,后来贺惟答应下来。

"好的,我知道了。"时间贺惟肯定早就安排好,她只需要请假就行。

二月十八号已经开学,只要她成绩没有问题,假期很容易。

拍广告也就几天时间,并且靠近周末,她可以少请两天假。

回到帝都的时候,云想想打电话给父母说她还有事,要年关才能回去,先让宋倩把云霖送回去和他们团聚。

然后她打了个电话给宋冕:"我要去大苹果城,你什么时候回来。"

"几号?"

"后天去,二十五六号回来。"云想想已经计划好。

"我去那边接你,一起回家。"

云想想没有拒绝宋冕来接她,两人商议妥当,云想想开始整理行李。

"想想,惟哥来了。"可可敲敲门对云想想说。

放下衣服,云想想下楼,就看到贺惟果然坐在沙发上。

"息夫人拍完,感觉怎么样?"贺惟关怀地问。

"感觉很好。"云想想心里很暖,她知道贺惟是关心她的承受力。

息夫人这部戏真的是在高压下完成,云想想差点承受不住,拍戏前还是太高估自己。

贺惟仔细打量了云想想的神色,看不出一点勉强,他才说:"你入行第一个新年,我也不想给你增加压力。"

云想想点着头,她现在的工作力度真的是不值一提,还有那么多时间去学习,全靠贺惟。

"我在为你争取尼古的代言,不过他们十分犹豫。"贺惟十指相扣,"觉得你的国际影响力不够。"

尼古和门罗不一样,后者是有贺惟的情面在里面,所以给了个机会,后面能够拿下,是因为云想想本身优秀。

尼古显然是不愿意给云想想这个机会,这也很正常。

云想想的作品还不多,尼古是全球女性服装排名前五的巨头,专注于女性服装,扩展有奢侈品牌包包和鞋子,其销售市场覆盖全国。

"惟哥,我记得尼古的华国代言人好像是郁金琳。"自从郁金琳拿了国际影后大奖之后,这些年尼古一直是郁金琳的专属。

续了三次合约,八年的时间,算算恰好今年合约到期。

万/丈/星/光

他们这是要去众星时代嘴里抠食?

这可不是无伤大雅的小打小闹,非得让原本就势如水火的两家公司闹翻脸。

"怕了?"贺惟问。

云想想摇头:"不是怕,就是想知道是什么变故,让公司做这样的决定。"

按道理讲,那是属于众星时代的一手资源,算是明晃晃的打脸,正常情况下都没有必要。

这世界又不是只有尼古一个国际服装奢侈品牌,两家公司虽然王不见王,但面子功夫还是要做。

可如果不是公司许可,贺惟这么稳重的人,不可能私自做这样的决定。

"郁金琳应该是被众星时代雪藏了。"贺惟语出惊人。

云想想不可置信地睁大眼睛:"众星时代这是在闹什么?台柱子也敢雪藏,嫌钱多?"

"这就是别人家的事儿,我们也不好打听,尼古的确想要重新在华国寻找代言人。"贺惟不着痕迹地岔开话题。

云想想也没有八卦的心:"惟哥有什么安排?"

"我给你接了《魅塔》的封面采访。"贺惟含笑道。

"《魅塔》?"云想想惊得不知道该说什么,"我没有记错的话,迄今为止只有两位华国女星登上过《魅塔》。"

一个是老牌已经退圈的国际影后,一个就是黎曼。

《魅塔》是意国顶尖时尚杂志,米都是世界五大时尚之都之一,更是欧洲四大经济中心之一,可以想见《魅塔》的国际影响力。

"这次多亏陆晋。"贺惟也不隐瞒云想想,"他是意国最受欢迎的华人影星,这次你帮他拍摄跑车广告是友情出演。"

"如果可以,我想晋哥宁愿给钱。"云想想瞬间明白了这个杂志采访怎么来的。

一定是贺惟在和陆晋谈跑车广告的时候提出了要求,虽然广告费什么的都是品牌商出资,但是陆晋可以不让他们出钱,他们自然更高兴。

广告担当影响力的就是陆晋,云想想只是个填充广告的人,和场景摆设一样的地位。

奈何活人都是要给钱的,陆晋是地道的东方面孔,他们尝试过用西方面孔和陆晋搭。

不过并不协调,广告一直没有过审,这次又是主打华国市场,这才考虑女演员用东方面孔。

因为这个广告女主角没有重要性,所以大牌女明星不会接,小透明品牌方看不上。

正好便宜了云想想,品牌方也不会觉得云想想没有档次,陆晋又为他们省了钱,自然是手到擒来。

作为回报,陆晋这个和《魅塔》合作过两次的人,极力推荐云想想,又有贺惟从中周旋,估计还有蓝血舞会门罗带来的影响。

多重考虑之下,《魅塔》决定给云想想一个封面。

"只是一个周刊,虽然是封面,但不是他们的全版。"贺惟说。

杂志的刊期分为周刊、旬刊、半月刊、月刊、双月刊、季刊、半年刊、年刊等。

也就是一定的时间更新一期,该杂志的周刊数量肯定有限,并且只有七天时间。

全版也就是全部版面,像时尚杂志包含所有和时尚相关的内容:服饰潮流、穿着搭配、美容美妆……

不是全版,那就只是一个版,也许还是非常不起眼的小版。

说白了,也就是无关痛痒的小投资,因为云想想上了也不会影响他们,正好可以赢得寰娱世纪的人情,又卖了陆晋的面子。

顺带如果云想想以后发展好,也有香火情。

对于云想想而言,什么版面什么刊期,甚至酬劳都不重要,重要的是镀金,刷新履历,好接洽尼古的代言。

大家各取所需而已。

"我现在很满足,总有一天,我会凭我自己的实力,登上他们的年刊。"云想想眼底迸射出无尽的光芒。

"好,这才是我贺惟的艺人。"贺惟鼓掌,十分欣赏这样的云想想。

之前云想想非常的……用网上流行的话形容就是佛系。

好像只要有戏拍就满足,贺惟虽然没有逼迫云想想,但他还是希望云想想有野心,有力争上游的壮志。

这也是他对云想想的期望。

云想想腼腆地笑了笑,这么多人为她铺路,对她寄予厚望。

她再随遇而安下去,就有点说不过去。

并且她已经不是那个没有追求的云想想。

她希望有一天她能够和宋冕并肩而立,以足够的优秀与他匹配。

这也许……

就是爱情的力量。

爱情……

这才是爱情。

一种愿意为对方拼搏向前，奋发向上，充满力量和勇气的感觉。

得到了云想想的同意，贺惟当即着手去办，开年封面哪怕是小版面也不可能给云想想。

正好云想想二月要去意国拍摄广告，贺惟和杂志方谈了许久，终于敲定在二月拍摄。

这次去大苹果城，贺惟依然陪着云想想，她特意带了华国的东西作为年礼送给奥斯汀和珀西。

奥斯汀是个非常精明的商人，上次他特意打电话给贺惟告诉他六套珠宝的售卖情况有异常。

这的确有贺惟的人情在里面，不希望他的艺人在不知情的情况下被大资本家盯上。

后来贺惟没有任何回复，再后来这六套珠宝被来自于六个国家的顶级名媛佩戴，出现在蓝血舞会上，奥斯汀就猜到云想想背后有一座不可动摇的高山。

珀西就更清楚这座高山是谁。

他们对云想想都是分外的热情，不提其他，就说云想想带来的业绩，让他们真是扬眉吐气。

这次奥斯汀直接邀请云想想和贺惟住在了他的家里，并且殷勤地为云想想准备好了礼服和珠宝。

"珀西先生，你的身体还好吗？"奥斯汀和贺惟谈事情，云想想就和珀西说话。

"上周医生说我的癌细胞没有再扩散。"提到这个事情珀西也非常高兴。

"这真是个好消息。"云想想也替珀西感到高兴。

"我要感谢你。"珀西说着，就把他准备好的礼盒拿出来递给云想想，"你要的礼物。"

云想想立刻拿过来，礼盒打开，两枚胸针静静地躺着。

比她画的还要美，其实她并不懂设计，只是画出了想要的样式传给了珀西。

这两枚胸针，是铂金围成云朵形状的圈，里面一顶镶嵌着宝石的皇冠。

男士的皇冠是国王冠，女士的是王后冠，形状并不一样，都镶嵌着紫色蓝宝石。

她姓云，云朵代表她。

他名冕，冕是帝王之冠，皇冠代表宋冕。

寓意着华国一句古老的情话：你中有我，我中有你。

至于为什么制作成胸针，因为胸口是距离心脏最近的地方。

她还记得宋冕说过，想她把他放在心上。

"太美了。"云想想情不自禁地伸手轻轻触碰。

这一刻，她突然有点迫不及待地希望宋冕立马出现在她的面前，这样她就可以提前送给他。

想要看一看他的表情。

手机铃声心有灵犀地响起来，这是属于宋冕的铃声。

云想想都忘记了珀西还在，拿起电话就直接接通。

"你在哪里？"

"你在哪里？"

两人异口同声，说完两个人都忍不住甜蜜地笑出声。

"我在家里。"宋冕先回答。

云想想知道他嘴里的家，就是上次去吃饭的地方。

"我跟惟哥打声招呼，我打车去找你。"地址云想想还记得。

"把地址发给我，我让宋尧去接你。"好像是担心云想想不满自己不亲自去，宋冕补充一句，"我给你做好吃的等你。"

"你又做什么？"云想想是相当好奇。

"新学的，做了好几次试验，觉得火候到了，才敢展示给你。"宋冕却没有直接说。

"我现在就过来。"云想想迫不及待。

挂了电话，对上珀西笑意深藏的目光，云想想大大方方地说："男朋友。"

"看得出来，你们很幸福很甜蜜。"珀西点头。

云想想站起身就去寻贺惟，也是直接说男朋友来接她，在贺惟这里过了明路，云想想自然不遮掩。

贺惟没有拦她，很快宋尧打了电话，贺惟亲自把她送到宋尧的车上才放心。

"好香啊！"一进门，云想想就闻到了香味，饥饿感瞬间袭来。

和云想想一脸期待相比，宋尧憋着气一脸痛苦。

这道菜他们家少爷才开始练习一个多月，天知道他作为试验品吃了多少顿！

一个月几乎没有间断地试吃,他现在闻到这股味儿就想吐。

"我就不打扰云小姐和少爷的甜蜜时光了。"宋尧等到云想想进了门,立刻关上门跑了。

再闻下去,他怕忍不住。

这种唯恐避之不及的态度,看得云想想一脸莫名,走到厨房就问:"宋尧怎么了?"

"这两天胃有点不舒服。"宋冕回答得云淡风轻。

宋尧要是听到这句话,估计要悲愤:我这胃不舒服,也不知道谁荼毒的!

"又是一道菜?"云想想伸长脖子张望,奈何盖得严严实实,"是什么大菜?"

"孔府一品锅。"宋冕也不卖关子,"这算是一道药膳,可以一定程度补虚养身,养颜美容,延缓衰老。"

并且宋冕还在不影响口感的基础下,搭配了中药材。

"有男朋友的日子真是太幸福。"云想想双手环住宋冕的腰。

"男朋友这么好,有没有奖励?"宋冕非常自觉地弯身凑上俊脸。

云想想迅速地亲了一下,然后推开他,把自己定制的礼物捧到他面前:"新年礼物。"

宋冕看了看云想想,才低头打开盒子,看到两枚胸针,他那双潋滟的紫黑色眼眸流光溢彩,笑意让他的容颜更加俊美无双。

"我也有新年礼物送给你。"宋冕拉着云想想走到客厅,客厅的桌子上摆放着正方形礼盒。

云想想打开之后,惊住了。

宋冕送给她的礼物是一枚金光闪闪的戒指,黄金色的圈有一片扁平的云朵,云朵上刻了皇冠的图形。

"噗嗤!"云想想拿起戒指,"看来我们俩心有灵犀。"

"小心。"就在云想想仔细看戒指的时候,宋冕握住她的手,"这不是一枚普通的戒指,这里有个暗扣,你拨动之后,戒面能够释放五千伏电压。"

云想想看着指环下面凸起的一小杠,不由觉得戒指有点烫手。

宋冕噙着笑,亲手为云想想戴上:"电流只在戒面上,这里也需要力气才能扣动。"

云想想试了试,果然不是随意能够触动的,她把手张开在宋冕面前:"男朋友,为什么是无名指?"

对此,宋冕义正词严解释:"扣动点在指环最下方,大拇指扣动,无名指根部最方便。"

云想想试了试大拇指到四根手指根部的距离，的确是无名指最顺。

"无名指是吧……"

云想想笑眯眯地看着宋冕，当着他的面，将左手无名指里套着的戒指取下来。

换了个手，把右手伸出来，将戒指套入右手的无名指："嗯，大小很合适。"

左手的无名指代表着已婚，而右手的无名指却代表着未婚。

宋冕轻轻地笑了，握着她的右手，在戒指边缘落下一吻："这只是一个防身武器。"

是上次的学校事件给宋冕警醒，云想想需要一个贴身，且不被人防备的武器。

宋倩她们再厉害，也有触及不到的地方。

"我知道。"云想想又端详了几眼，"我很喜欢，以后会随身携带。"

宋冕怎么可能在这个时候送她结婚戒指？至于戴在她左手上，应该是故意逗弄她。

也或许是一种间接的宣示，很明显当她曲起手指以戒面电人，用拇指扣动扳机的时候，右手要比左手更得心应手。

"它以太阳能充电，电满之后会自动关闭吸收。"宋冕补充了一句。

云想想爱惜地摩挲着戒指，这东西肯定耗费了宋冕不少精力。

"你的事情都处理完了吗？"云想想关切地问。

"今年的事情都已经做完。"宋冕牵着云想想的手，"女朋友要和我一起过新年？"

"年三十我得回家吃团圆饭，应该要在家里留两天。"云想想有些愧疚。

已经半年没有见到爸妈，她很想念他们，以后她也会越来越忙，陪着他们的时间就会更少，趁着现在就多陪伴他们。

"虽然我理解，但还是有点失落。"宋冕语气十分失落。

云想想双手捧着他的脸："得委屈你一年，等过一年我就把你带回家。"

她还要两个月才满十九岁呢，怎么着也得二十岁之后才能把宋冕带回家，不然她爸爸非得原地爆炸。

"从来没有觉得，一年的时间这样漫长。"宋冕感慨。

云想想笑着转到他身后，推着他去厨房："肚子饿了，快上菜啊，男朋友。"

"菜还有会儿才能吃，给你做了饭前点心。"宋冕去将准备好的糕点端出来。

一碟四块，晶莹剔透的糕点。

浅黄色的像果冻，中间盛开着桂花花瓣。

深紫色的像水晶，颜色由浅加深。

还有红色的和浅粉色的，都是菱形，恰好摆放成一朵花。

"好漂亮，我只知道这块是桂花糕。"云想想坐在餐桌前，都不忍心吃。

果断拿起手机拍，然后发朋友圈。

立刻引来一堆人围观，尤其是女士们，韩静和孙琦萝都忍不住高喊想吃。

只有李香菱和宋萌知道，这估计又是云想想那位男朋友做的。

突然间宋萌觉得她想到了什么了不得的事情，顾不得越洋电话多贵，直接打给云想想。

正享受着美食的云想想看到宋萌来电，就直接按了免提。

那边宋萌带着震惊的语气传来："想想，你男朋友是不是惟哥？"

"咳咳咳……"云想想直接被美味的糕点给呛到了。

"怎么这么不小心？"宋冕迅速地捧了一杯热水给云想想。

宋萌听到了一道非常好听的男音，她见过贺惟，自然分辨得出这不是贺惟的声音。

云想想也缓过来，拿起电话："你胡思乱想什么！"

"这不能怪我，你说的你和惟哥去大苹果城工作……"宋萌弱弱地开口。

云想想会不会做美食，宋萌心里门清，虽然这次糕点和上次不一样，但不妨碍宋萌觉得是云想想男朋友所做，都去了国外，男朋友还跟着……

她不想歪都不行啊。

"我男朋友也正好在这边。"云想想没好气地说道，"别胡思乱想，等过完年，我安排大家一起吃顿饭。"

宋萌也知道自己想多了，有些理亏，然后她低声问："你男朋友多大？"

她之所以这么急着打电话向云想想核实，实在是她觉得云想想和贺惟相差十八岁。

贺惟就比云爸爸小几岁，她作为好姐妹还是要劝一劝。

虽然她很崇拜贺惟，但这年纪相差太大，普通人还好点，关键是云想想一个艺人，贺惟又是她的经纪人，这要是传出去，云想想不得被说靠美色迷惑贺惟上位？

就算劝不了，她也得提前把未来他们可能遇到的风险对云想想说清楚。

知道宋萌是关心自己，云想想说："他不是圈内人，比我大八岁多，惟哥知情。"

"大八岁啊，那没关系。"十岁以内，宋萌都很容易接受，"不打扰你们甜蜜时光。"

说完，宋萌就挂了电话。

虽然被呛到一次，但云想想还是非常舍不得，将剩下的糕点吃干净。

吃完就知道紫色是紫薯，红色是红豆，粉色竟然是玫瑰。

"初五，你有空吗？"云想想问着宋冕，"初五我约闺密和你见面。"

"有。"宋冕点头，"在哪里？"

"帝都吧，我和她们早点到学校来。"总要分点时间陪男朋友不是？

宋冕这边说定之后，云想想就去微信群告诉李香菱和宋萌，两个人表示：你提前回去陪男朋友，我们俩单身狗提前到学校，睡冷被窝？

云想想十分大方：可以住我那儿，现在有房间！

宋冕把楼下的房子规划得十分好，二楼有八个卧室，现在就住着可可和周婕两个人。

既然云想想安排得这么妥帖，出于对云想想男朋友的好奇，两个人也就点头答应。

晚上云想想在宋冕这里吃了孔府一品锅，她以前没有吃过，不知道正不正宗，但是好吃得让她想要咬掉舌头。

吃完了看着宋冕忙碌的身影，想到新年也不能陪伴他，于是打了个电话给贺惟，让宋尧去把她的行李带过来，她以后就住这里。

小洋楼还有几个空房间呢。

贺惟只叮嘱她注意分寸，就不干涉她的自由。

和宋冕在一起，最大的好处就是可以享受营养美味的早餐，吃完元气满满。

地址发给贺惟，由贺惟接她去参加新品发布会。

第16章 她是个幸运女神

蓝血舞会带来的轰动，一下子把珀西的地位抬高，也把门罗的地位推高，所以这次他们的新品发布会很多上流社会的人关注，来了很多客人。

云想作为代言人也跟着奥斯汀见了不少大苹果城的富豪，男女参半。

新品发布会进行到高潮的时候，奥斯汀准备了一个抽奖环节。

奖品全都是门罗的饰品，最高奖项是一颗重2.2克拉的蓝钻石裸钻，价值约二十万。

这钱对于他们而言其实并不是多么大一笔数字，可没有切割镶嵌的钻石，能按照自己心意来，还是很让人觉得激动。

有邀请函的嘉宾都可以去抽奖，珀西站在云想想旁边："云，你也可以去试试。"

制作好的统一刮卡，交给邀请来的珠宝协会副主席打乱，铺开在长桌上，抽奖人随意抽取，很快有人中了黑珍珠耳环，铂金吊坠，水晶项链……

云想想手里拿着一杯香槟，拿了这么久，一直都有人和她说话，可她的香槟基本没有动，她总能以最精妙的言语吸走人的注意力。

"是的，云，你是我们的幸运女神，快去试试。"奥斯汀也鼓励。

原本奥斯汀和珀西就是主角，很多人目光都追着他们，这会儿面对这么多人的关注，云想想也不能再拒绝，她放下酒杯，提着裙摆缓步走到抽奖区。

"我的生日是二月二日，听说今天最大的奖项蓝钻也是2.2克拉，我就选第二十二张。"云想想对着主持抽奖的人笑着说。

对方立刻从头数到第二十二张给云想想。

云想想自己刮开，上面写着和平之星，她莫名有点不祥的预感，正当她要把奖票收走，说没有中奖的时候，旁边也在抽奖的女士惊呼出声。

"哦，我的天啊，和平之星！"

一句话落，满堂寂静。

奥斯汀和珀西还有其他负责人立刻冲上前，这次发布会请的记者也围堵上前。

"门罗将和平之星作为奖品，这是真的吗？"

"奥斯汀先生，为什么会有人抽出和平之星？"

"奥斯汀先生，你们真的会把和平之星送给这位东方天使？"

"……"

一连串的问题把还处于懵然状态的奥斯汀给炸醒，云想想已经被珀西护送着到了一边，一直跟着她的艾黎直接把记者拦在外面。

"珀西先生，和平之星是什么？"

其实云想想心里有点猜想，能够叫做"××之星"的珠宝，那绝对都是世界级的顶级珠宝，并且独一无二。

珀西的经验告诉他，他们的公司遭到了暗算，但他没有欺骗云想想："和平之星是一颗重达188克拉的艳绿色钻石。"

也是门罗的镇店之宝，更是门罗的象征。

这世界上再也不会出现数字如此吉利,颜色如此明艳动人的绿色钻石。

那是无价之宝。

"你们公司出了奸细。"云想想笃定,很可能还不是一个。

将他们定制的奖票做了手脚,这需要多大的人力和财力才能够办到?

众目睽睽之下,有人抽中和平之星,今日请来的人虽然不是顶级富豪,但也绝对不是缺钱的人,能够抽到和平之星,只怕门罗给出天价,他们也不会要钱。

并且还有这么多的媒体,想必这件事已经播出去,都不需要明天就尽人皆知。

这个时候如果门罗把和平之星送出去,明天门罗就会沦为笑话,对公司会是非常大的打击。

如果不送,门罗的声誉和信誉,将会一落千丈。

商业的竞争手段,就是这样的残酷,门罗大出风头的时候,自然有人看不顺眼。

奥斯汀还在被媒体轮番轰炸,这个时候他送,整个门罗都会对他失望,甚至高层会因此将他革职,也许这就是一场里应外合、各取所需的阴谋。

他不送,所有的顾客会对他失望,会对这个品牌失望。

"艾黎,帮我开道。"云想想对艾黎说。

别看艾黎是个女人,但她直接蛮横地撞出一条道路,云想想就走到了奥斯汀的旁边。

"我很高兴我能够抽到和平之星。"云想想一把抢了一个话筒,侧首问奥斯汀,"奥斯汀先生,我想问一问和平之星是否属于我?"

云想想问出了所有人都想知道的问题,齐刷刷的目光落在奥斯汀身上。

奥斯汀脸色灰败,他无力地点着头:"和平之星属于你。"

云想想的笑意更加明媚:"既然是属于我,那我就有处置权。和平之星,寓意和平,我希望它带来的也是和平。"

所有人都安静下来,他们隐隐猜到这个东方天使要说什么,但都不可置信。

那是和平之星啊,任何人都无法拒绝的世界绝无仅有的珠宝!

多少珠宝大盗为了它丢掉性命!

她不偷不抢,正大光明得到,竟然……

在他们震惊的目光下,云想想把奖票递给奥斯汀:"现在我就将它无偿送给奥斯汀先生。"

别说其他人了,就连奥斯汀都惊呆了,大脑不知道怎么反应。

这个世界上还有人把和平之星这么处之泰然地拱手相让！

这件事本来就和云想想无关，她就算拿走和平之星，奥斯汀也不能责怪她，所有责任完全是他们公司和自己承担。

但这个代价实在是太大，到现在他都不知道是谁有这样通天本事罗织了这么大个阴谋。

"奥斯汀先生，我们华国习惯在新年的时候给好朋友送年礼。"云想想依然笑得恬静，"虽然你们的新年已经过去，可我要过的是华国新年，所以请接受我的新年礼物。"

奥斯汀终于从震撼之中回过神，他眼睛有些泛红地看着这个美丽的姑娘。

她不但拥有最美丽的容颜，还拥有最动人的灵魂。

"我很惭愧，也感激你，我的幸运女神。"奥斯汀颤抖着手接下来。

和平之星不能送给云想想，但他会在其他地方弥补云想想的损失。

云想想的一个举动，彻底拯救了他和门罗。

今天换了其他任何一个人抽到和平之星，他相信都不会像云想想这样大方，并且寻找得体的理由归还。

一场不知道酝酿多久的惊天阴谋。

一场不知道费尽多少心思的策划。

就这样被云想想轻描淡写地化解。

"我很抱歉让先生女士们感到遗憾，抽奖依然继续，所有奖全部有效。"奥斯汀迅速恢复过来，一句话掷地有声。

一下子所有人的热情再度高涨，毕竟云想想连和平之星都抽出来了，说不定还有其他宝贝。

虽然不可能再有比和平之星更珍贵的珠宝，但门罗价值上千万的珠宝不胜枚举！

也许是奖票的掺假不容易，过多会被察觉，也许是对方觉得一个和平之星对门罗的打击足够大。

整个抽奖之中只有和平之星这一个意外。

后面的奖品也是不少，尽管不贵重，但很多都是珀西出品，意义就不一样。

新品发布会非常圆满地结束，甚至和平之星的意外，给门罗做了免费的宣传。

晚上结束了宴会，时间大概在八点钟，云想想和奥斯汀礼节性地拥抱告别。

"云，今天非常感谢有你，后天有个慈善晚宴，我希望你能参加。"奥斯汀对云想想发出邀请，"我相信现在很多人，对东方天使很好奇。"

"谢谢奥斯汀先生，我明天再给你答复。"云想想觉得有必要和贺惟商量一下。

今天贺惟有点私事没有陪着她一起来，现在二十二号，大苹果城比帝都晚十二个小时，国内已经二十三号，她必须赶回家过新年。

还是宋尧开车来接她，云想想一上车，宋尧就解释："少爷临时来了个客人。"

"你这么紧张做什么，我又不会怀疑你家少爷。"云想想哭笑不得。

"少爷让我务必解释。"宋尧强调。

低头轻轻地笑了笑，云想想开始摘身上的首饰，往首饰盒里面放。

这套首饰是门罗的天使系列新品，价值几千万，她明天得还回去。

突然车子一个急刹，云想想身体本能往前倾，还是艾黎揽住她，才没有撞到。

宋尧那张平日里无害的脸变得严肃，眼底有森寒的光芒蔓延，他盯着车镜看向后方。

"怎么了？"云想想察觉气氛有点不同。

"有人跟踪。"艾黎简略地说。

云想想立刻转过身看向后方，这条路往来车辆很少。

所以后面停着的三辆黑色面包车，一目了然。

"来者不善。"云想想面色凝重。

门罗作为全球排行前十的珠宝公司，能够一招将之差点打入泥里的对手，其势力之庞大可想而知。

他们精心设计，耗费了不知道多少心血，就差临门一脚成功，被云想想给打乱。

这口气，他们的确很难咽下去。

其实早在做出这个选择的时候，云想想就有点猜到，可当时的情况她没有办法冷眼旁观。

好歹她也是华国人，想着这些人最多背地里下阴招，她多提防就是，不过一两天就回去。

没有想到这些人这么明目张胆！

后面的三辆车突然亮起了车灯，宋尧沉声叮嘱："云小姐坐稳！"

话音还未落下，车子像离弦的箭一般飞射出去，云想想立刻抓紧顶棚拉手。

· 348 ·

宋尧的速度已经快得云想想稳不住身体，但后面的车更像是装了几十个马达。

宋尧的车技十分了得，好几次都直接将他们给甩开。

云想想拿出手机想要拨打报警电话，却被艾黎按住："没用的，这些人不是普通人。"

这些人都是穷凶极恶的人，他们既然动手，这个时候云想想的电话根本打不出去。

刚刚宋尧停车的时候，艾黎就已经试过，信号完全被干扰。

就在这个时候，前方一辆同样的黑色的车似乎等在那里，直接朝着他们撞过来。

宋尧一个扭转，斜插过去，借助对方的碰撞，车子迅速旋转，然后急刹，几乎是不停滞地踩油门狂飙出去。

没有一会儿后面的车还是赶上来，狠狠朝着他们撞过来。

宋尧也不知道怎么开的车，剧烈的撞击车子竟然没有偏移多少，只是在地面上划出刺耳的声音。

云想想也没有感觉到多大的颠簸。

对方连撞了几下，都没有把宋尧撞到栏杆上，索性一个扭转，挤了上来。

后面也有一辆车加速从尾部撞上来，另外一辆超到前方，在前面将他们的车夹击。

他们两个目的，迫使他们停下来，或者直接撞破栏杆，将他们从这里掀下去。

这不是警告或者出气，这是要他们命的节奏！

云想想不可思议，好歹她是华国人，他们这么明目张胆地在大苹果城要了她的命。

完全不怕引起两国的事端？

竟然有恃无恐到了这个地步？

还是说他们已经想好了退路？

刹那间，云想想明白了，他们这是蓄意谋杀，很可能会嫁祸给奥斯汀！

虽然不知道他们做了什么，但云想想觉得一定是这样。

云想想今天因为要穿礼服，就没有带宋冕给她的手机，她没有想到这样的变故。

就在这个时候，云想想看到和他们并驾齐驱的车子里，车窗下降，一只肌肉暴起的手握着枪伸出来，对准了她。

"小心！"艾黎反应比她还快，将她的头给按下去。

子弹打在车窗上，发出了沉闷的声音，心如擂鼓的云想想，因为车子被夹击，头撞在车门上好几次。

她看到了枪，真实的枪！

她没有想过有人可以公然持枪杀人！

这不是在拍戏，是真实的要人命！

幸好这辆车的车窗防弹，否则云想想受到的冲击不止这么点。

宋冕不想让云想想过于瞩目，给她带来负面新闻，安排的这辆车看似很普通，材质却不普通。

一枪下去，惊觉对方的车竟然防弹，这些人马上察觉到不对劲。

如果云想想真的是个简单的华国演员，怎么可能开得起这样的定制防弹车？

他们都是刀口舔血的人，自然明白这件事恐怕超出他们的预估范围，可到了这个地步，那就只能一不做二不休。

几辆车迅速退开，宋尧的车飞驰出去。

身后一辆车伸出一只胳膊，手里的枪对准了车子的加油口。

第一枪，宋尧及时闪过，打在了尾部。

似乎惹恼了对方，第二枪直接打在车胎上。

车胎爆开，车子有一瞬间的失控，就在这时又是一声枪响。

旋即是直升机的声音，后方的几辆车已经迅速撤退。

宋尧将车停下来，转过头担忧地问："云小姐，你还好吗？"

云想想已经缓过来，虽然车子里一阵颠簸，不过艾黎一直把她保护得很好。

除了撞了几下头，没有任何擦伤，云想想摇头："我没事……"

话音刚刚落下，车门被人蛮横地拉开，云想想抬眼就对上了宋冕担忧的脸。

本来她一点也没有觉得有什么，即使方才对上了枪口，她都能够镇定。

但这一刻看到宋冕，不知道怎么地眼泪唰地一下就流出来。

云想想不愿被宋冕看到她这么娇弱，她扑入宋冕的怀里。

"没事了，没事了……"宋冕紧紧地抱着她，轻声细语地安抚，"是我不好。"

云想想摇了摇头，伸手擦了擦眼泪："是我自己招来的祸端。"

如果没有宋冕，没有宋尧，今天她恐怕就真的死在这里了。

云想想从来没有经历过这样的事情，她没有想到这些人，这样视人命如草芥。

更没有想到异国的社会和他们国家不一样,不能一概而论。

"不好意思,打扰下。"这个时候,一位穿着警服看起来很壮实的男人走上前,"我们需要这位女士,和我们一同回去做笔录。"

"抱歉,她现在受到了惊吓。"宋冕揽着云想想,将她护在怀里。

这个时候远处已经开来了一辆新的车,停在了宋冕和云想想的面前。

宋冕将云想想抱上车,他自己上车之前,看着那位警官:"这件事令我很不开心,如果不能给我一个满意的答复,我将用我自己的方式来解决。"

没有给对方回答的机会,宋冕坐上车,司机还是换成了宋尧,直接开走。

云想想从车里回过头看到站在警用直升机前,无奈的警官:"阿冕,还是交给警方吧。"

"当然交给他们,他们才是名正言顺的人,我只是给他们施点压力。"宋冕让云想想靠在自己的肩膀上。

"那我什么时候去警局做笔录?"该走的流程,云想想还是要尊重司法。

刚刚是宋冕已经出头,她总不能打宋冕的脸。

"好好休息一晚,明天去。"宋冕懂云想想的心思。

一整个晚上,宋冕都小心翼翼,甚至刻意放轻了动作,好像是害怕云想想被惊吓到。

看到这样的宋冕,云想想是又温暖又心酸,她抱住宋冕的腰,撒娇:"你陪我睡。"

如果今天晚上宋冕不睡在她旁边,估计要担心得一整晚睡不着。

云想想的确被吓到了,尤其是看到枪的一瞬间被吓得不轻,可她自我调节的能力很强,现在已经没有事了。

不过她说再多,宋冕也许都会觉得自己在逞强,不如让他亲眼看到。

躺在宋冕的怀里,云想想迷迷糊糊快要睡着的时候说:"阿冕……"

"嗯?"宋冕时刻关注她的反应。

强撑着眼皮,云想想声音带着困倦:"我是你的女朋友。"

聪慧如宋冕,没有立刻理解云想想的含义:"是。"

"你的女朋友,不能是弱者。"说完,云想想就闭上了眼睛,很快呼吸变得均匀。

从我答应做你女朋友那一刻起,我就要把自己变成一个强者。

不过是一场有惊无险的意外,我承受得起。

读懂了云想想的意思,宋冕宝石般潋滟的眼眸,涌现出无尽的爱怜和柔情。

他低头在云想想脸上亲了一口，才拥着她闭上了眼睛。

这件事并没有见报，但奥斯汀还是一大早打电话给云想想，很是焦虑和担心。

"奥斯汀先生，在那样的情况下，我只是做了我该做的事情。你不要感到抱歉，我现在很好。"

谁让她抽到了和平之星呢？如果不是她抽到，换个人她才不管别人家的事儿。

从她抽中那一刻起，这件事她就不能独善其身，她身为代言人，怎么可能把自己代言的公司搞臭？

奥斯汀要是被罢免，她和门罗的合约也就到头了。

其他品牌看到她这样的举动，以后还能用她？

尽管她是无辜的，但她是最大受益者，难免被人牵连怨怪。

当时那么多媒体在，如果她不表态，门罗和奥斯汀都下不了台。

就算她选择私下赠送回去，难道就不会遭受报复？

奥斯汀丢了和平之星不能怪她，她被殃及池鱼也不能怪奥斯汀。

好不容易安抚了奥斯汀，云想想硬着头皮对上了冷着脸的贺惟："惟哥，我……"

"这件事我不会这么算了。"贺惟沉声开口。

"啊？哦。"云想想还以为贺惟的冷脸是因为她的冒失，原来是要为她出气……

贺惟看着云想想的反应，面部柔和下来："你做得没错，我为你感到骄傲。"

"我没有后悔这样做。"哪怕再来一次，明知道要经历昨晚的惊险，云想想还是这样选择。

这是她做人的基本道德操守和良知，当然也考虑到自己的利益。

和平之星给了她就是压箱子，就算她把它分割了，还能天天戴着它不吃不喝？

这不现实，她本身对珠宝的爱就只有那么深，比起钻石，她更看重和门罗的长期合作。

经此一事，只要奥斯汀在一日，门罗的代言，将永远没有人能够从她嘴里抠走！

"我们晚两天回去，刚刚《菲亚》总编给我打电话，想要给你专访，月刊封面。"贺惟脸上终于有点笑意。

"《菲亚》杂志？"云想想咽了咽口水，"大苹果城最具影响力的时尚杂志？"

"没错，因祸得福，他们想要了解一下是怎样的东方天使，如此的高洁。"贺惟抱臂点头，"你现在是大苹果城家喻户晓的名人。"

很多人就算是考虑到长久的利益，也经受不住和平之星的诱惑。

云想想只要把和平之星拿到拍卖行，就能一夜暴富，几辈子衣食无忧。

乍然被幸运女神眷顾，一个十八岁的少女，能够这样迅速冷静下来，并且沉稳大气地面不改色地将之归还。

消息今天报道出来，所有人都在惊叹这个少女的品质。

有之前云想想给门罗代言预热，很多人都对云想想有点印象，这次无疑是深刻了印象。

从此以后，和平之星和云想想就画上了等号，想到和平之星就会想到云想想。

华国的艺人想要在欧美国家留下印象很难，地域的差距，注定很多华国喜欢的作品，国外未必看得懂。

所以靠作品在国外扬名的人少之又少，而国外对国内演员的能力普遍是质疑的，他们也不会邀请国内演员出演重头戏份。

云想想这算是另辟蹊径，就像当初她在国内成名也是因为她是全国高考状元。

"什么时候？"云想想问。

"打铁要趁热，后天拍摄访问，下个月就上封。"贺惟笑道，"这次尼古的代言应该没有问题，《魅塔》那边你还要上吗？"

上《魅塔》本就是为了填补国际影响力不够的空白，是奔着代言尼古而去。

现在有了《菲亚》的月刊封，二月份虽然不是开年封，但很重要了。

"上，为什么不上？"云想想没有觉得她上了《菲亚》，就有资格看不起《魅塔》。

"总不能我拍了吴导的戏，以后不如吴导有名的导演的戏，我就不拍了吧？"

这不是云想想的风格，她从来没有觉得走高了一步，就要俯视台阶之下的人。

"况且米都和大苹果城又不一样，而且这还是晋哥的人情。"不去那也是打陆晋脸。

贺惟赞赏地点头："要的就是你这一份平稳的心态。"

云想想也不知道为什么,她就喜欢贺惟夸奖她,面对贺惟,她的心态是小学生遇到老师的那种感觉。

所以,她笑靥如花:"对了,惟哥。奥斯汀说后天有个慈善晚宴,希望我能参加。"

"我昨天去见朋友,就是打算带你去慈善晚宴。"贺惟知道这件事,"去见见世面,对你有帮助,也不耽误你赶回家过年。"

这次慈善晚宴发起人是大苹果城举足轻重的大人物,到时候许多著名影星都会参加,华国目前为止还没有影星参加过这个慈善晚宴。

这个慈善晚宴并不是想挤进去,就能够有资格。

就连奥斯汀也得觍着脸去求才能够帮云想想求到机会。

"我需要准备什么吗?"云想想细问。

"礼节这些我就不用说,要么准备捐赠被拍卖的东西,要么准备捐款拍东西。"贺惟说,"其中轻重,我相信你明白。"

这样名流云集的开年大型慈善晚宴,参加的人都是为了慈善事业出一份力。

虽然没有强求,但去了两手空空总不好,她又是华国人,做得不好别人可不会把她看成一个个体。

但是,要拿出像样的拍卖品,不说人人捧场,至少得有人愿意购买,对于云想想而言有点难。

尽管她知道奥斯汀既然对她发起了邀请,肯定不会让她丢人。

但最后她捐赠的东西被奥斯汀拍卖走,大家也是心照不宣,不过是面上好看点。

可是要她去竞拍,不说她囊中羞涩,还很容易得罪人。

和人家抢就是夺人所好,而且这里面的弯弯绕绕,她初来乍到也不懂。

云想想担心自己搅了人家商量好的事,无形之中树敌。

思来想去,云想想觉得还是捐赠个拍卖品更保险。

宋冕要亲自陪同云想想去做笔录,贺惟就去安排自己的事情。

云想想把事情的经过说了一遍,但她的猜想,她怀疑什么,都没有说。

她不会用自己的主观意见去影响警务人员的判断,虽然她未必有这个影响力。

做完笔录,云想想坐在宋冕的车上:"阿冕,我们去跳蚤市场逛逛?"

"要去淘宝?"宋冕一手撑在方向盘上,侧首笑看着她。

"我知道你有很多好东西可以让我拿去拍卖,我也知道奥斯汀会给我准备拍卖品。"

云想想如实说，"我更知道，我未必能够淘到宝物拿去拍卖，但我想去试一试。"

希望是渺小，但不能做都不做，就等着享受别人给的果实，并且她对传说中的地方还蛮好奇。

最重要的是这可是第一次和男朋友逛街。

国内不行，只能在国外啦。

"我们需要装扮一下。"

宋冕带着云想想去换了身休闲情侣装，云想想戴了棒球帽，戴了墨镜，这种装扮很常见，大半张脸都遮住，就算被拍到也很难认出。

国外也有华国记者，还有很多时刻关注国内新闻的华人。

两个人和其他来大苹果城度假的小情侣并没有多大区别。

越是这样大大方方，反而越不引人瞩目，云想想高兴极了。

第一次，拿着一杯饮料，陪着喜欢的人，这么无拘无束走在街上。

跳蚤市场就是个旧货市场，有地摊有店铺，都是各种物品随意摆放。

云想想和宋冕在几个摊位逗留观赏了一下，发现每个地方都一样，喜欢宰外来户。

还有不少华国元素的东西。

走到一个拐角，云想想听到了很好听的风铃声，就被那个店铺吸引。

"这个风铃好独特。"云想想伸手握住风铃，对宋冕招手。

风铃是小木块，特别有意思的是小木块被制作成一个个麻将。

"木头也不错。"宋冕先看的是质地。

"有香气，难道是檀木或者沉香木？"那就太奢侈了。

"不是，是普通的香楠木，这应该是从我们同胞手中收购而来。"

不论是香楠木还是麻将，这都是华国人的爱。

"喜欢，我要买回去。"云想想有个爱好——打麻将！

宋冕就去找店家询问价格，云想想继续看着，发现这家店东西好多。

门面不大，不过很深，墙壁的木架上也有很多华国元素的东西。

当然，西方国家的东西就更不少，大的小的，家具装饰品很齐全。

云想想又挑了些西方国家味道比较浓的精巧东西，带回去当礼品。

老板看云想想和宋冕买了这么多东西，就随手抓了一把徽章送给他们做纪念。

逛了一整天，虽然没有什么收获，但云想想很开心。

顺便把每个人的礼物也准备齐全，明天参加完慈善晚宴就可以直接回家。

回到家，宋冕去做饭，云想想整理今天的战利品。

把所有的都归类好，才去处理那些徽章，至少有二十来个。

云霖最喜欢这类东西，正好给他带回去，也可以让他和小伙伴分享。

突然间，云想想拿起一个觉得重量有点奇怪，她对比其他，确实重了很多。

"铁的？"云想想对着光，发现这是一个铁质的，难怪这么重。

云想想正要收起来的时候，却发现有个边缘凹下去了，看着凹下去的痕迹倒像是空心的。

可空心的怎么可能这么重？

云想想又拿起其他徽章作对比，发现它略厚一点。

于是她拿起徽章去找宋冕，宋冕竟然不在厨房，转头看到他站在阳台。

她靠近的时候正好听到宋冕说："你告诉他，买家让他做什么，他现在就去对买家做什么，我就放过他这一次。"

云想想顿住脚步，她认识宋冕这么久，这还是第一次听到宋冕的语气里隐藏着杀伐之气。

很冷，也很强势，不容置疑。

就像他此刻的背影，挺拔如高山，令人仰望。

电话那头不知道说了什么，宋冕的声音依然冷冽霸道："五年之内，我要他求医无门，谁给他看病，就是和我为敌。愿上天保佑他，别生病。"

说完宋冕就挂了电话，转过身对上云想想，他也没有意外，俊美无双的容颜依然柔和。

那双潋滟璀璨的眼依然温暖："手里拿着什么？"

"这个徽章，我觉得有问题。"云想想也扬起笑，走到近前把徽章递给他。

宋冕拿到手里，第一眼也没有看出门道："铁的？"

"你看这里，这个凹痕。"云想想把这个非常隐蔽不容易看到的地方指出来。

"空心……"虽然痕迹很小，但从凹痕的棱角不难发现，只有空心才能造成。

这重量不可能是空心，宋冕拿到客厅，取了工具箱，很快就把边缘很小心地划开。

一层非常薄的铁皮，铁皮掀开，里面是一块金币。

金币和铁皮之间只有很小的间隙，所以这徽章也就比普通徽章大了一点。

这种规格也不稀有，也正是如此，很多人会以为这是一块纯铁徽章。

如果不是那个凹痕，云想想的细心，只怕他们也会当做普通徽章处理。

"1900年，古董哦。"云想想把金币拿出来。

面额是二十美币，正面是精美的自由女神头像，围绕着十三颗星星。

背面是一只雄鹰，雄鹰一爪抓着橄榄枝，一爪抓着三支箭，还刻着英文：

IN GOD WE TRUST（我们相信上帝）

宋冕笑了笑："是古董，有收藏价值。"

"它大概值多少钱？"云想想对这个不是很了解。

"一万吧。"宋冕粗略给了个价格。

看宋冕这模样，就知道一万不是美币，还以为是个大宝贝呢。

不过一万就一万，它比较有意义："就捐赠这个。"

又不是去比阔绰，心意到了就好。拍的人也不是为了物品本身，而是为了慈善。

有很多名人直接拿着自己使用过的东西去捐呢，可惜她没有那么大魅力和影响力。

"如果遇上喜欢收藏钱币的人，价格会更高。"宋冕很中肯地回答。

这种人国内外其实很多，云想想白得的这个金币现在市存也不多。

用了晚饭，云想想就拿出电脑，趁着宋冕在，把不懂的作业摊在他的面前。

他们很多作业都是在电脑上完成，宋冕也非常有耐心地给云想想讲解，讲完就让云想想自己动手操作，他拿着书在一旁看。

搞定了作业中最难的之后，云想想收拾完东西又看到宋冕在钻研花粉植物学。

她没有打扰他，而是自己去练功洗漱。

第二天贺惟接着她去了《菲亚》的公司，见到了访谈的主编，一个语言非常幽默的黑人。

他们的采访模式和国内不一样，没有提前给她看要提的问题，像是一种随意的闲话家常。

云想想很愉快地接受访问，然后去拍了照片。

中午的时候主编还请他们用了午餐，最后和云想想交换了联系方式。

贺惟又马不停蹄地带着云想想去造型屋做造型。

快到年关，可可和周婕包括王永他们，云想想都在来大苹果城前给他们放了假。

"你怎么在这里?"到了地方,云想想看到了宋尧。

"少爷让我给云小姐送礼服。"宋尧将礼盒递过来。

云想想参加新品发布会的礼服是奥斯汀准备的,慈善晚宴的礼服打算临时在这里买。

不过既然宋冕都已经准备好,她自然就不拒绝了。

这是一条具有华国风的礼服裙,飘逸垂地的纯白色抹胸长裙,裙摆是精美的孔雀翎刺绣。

纯丝绸同样绣着栩栩如生的孔雀翎羽的披帛可以系在肩膀上。

造型师把她的头发全绾偏向于左边,用了两根孔雀羽毛做装饰。

两只水滴状的翡翠耳环,同款水滴状翡翠项链,和颜色纯正的翠绿色翡翠镯子。

"首饰是门罗的吗?"她合约里写得很清楚,任何公众场合她都必须佩戴门罗的饰品。

"他们不仅仅做宝石生意,翡翠也必不可少。"贺惟点头,"这是昨天我看到礼服,就发给珀西,让他特意送来的首饰。"

和宋冕见过面之后,贺惟有宋尧的联系方式。

"走吧,美丽的姑娘。"已经穿戴整齐的贺惟对云想想伸出胳膊。

云想想自然地环上去,转头问:"你们家少爷在哪里?"

"少爷下午就出门了,我也不知道去了哪里。"宋尧笑得露出了两颗可爱的虎牙。

这场慈善晚宴也是经过重重检查,甚至还有持枪械的人负责安保。

庄严而又肃穆,的确有很多荷里活影星,但是现场并没有多少记者。

云想想与贺惟到的时候,还是引起了很多人的关注,大多是好奇的目光。

就像贺惟说的那样,很多人对于一个经得起瑰丽珠宝诱惑的女孩子感到好奇。

晚宴并不是一到场就各就各位等着拍东西捐款,这样就显得刻板与无趣。

要提供拍卖品的人先登记,并且当场将物品交给负责人。

如果是古董之类,还有专业的鉴别人员,核实之后才登记。

然后宾客就会被引到大厅,是个极其富丽堂皇的地方。

上空垂吊着的巨大水晶灯,折射出温暖而又华贵的光,洒在每一个人的脸上。

映衬出了无与伦比的珠光宝气,特别是佩戴昂贵珠宝的女士,更是万丈光芒。

"嗨,东方天使。"云想想和贺惟刚寻到地方站定,就有一道年轻富有活力的声音响起。

现在东方天使四个字在大苹果城基本是云想想的代称,云想想便回头看过去。

是一位穿着格子西装,搭配着红色领结,笑容阳光的年轻男子。

金色头发,蓝色眼睛,充满朝气。

"维森·卡洛琳,贵族后裔。"对方还没有走近,贺惟就对云想想简略科普。

贺惟既然来参加这场宴会,自然对来的人有大致的了解。

"你好,我的名字是维森,我知道你的名字是云。"维森显得十分热情,笑得也很纯粹。

"很高兴认识你。"既然对方都知道她的名字,云想想也就略过。

"我和我的小伙伴们对你都特别好奇。"维森说着就指向远处。

一群华冠丽服的少年少女,都十分友好地举杯,云想想礼貌地隔空回敬。

"你真的不喜欢宝石吗?"维森问。

"不,我很喜欢。"云想想笑着回答,"但是我认为友谊比宝石更珍贵。"

"幸运的奥斯汀,我羡慕他能够成为你的朋友,我是否有荣幸成为你的朋友?"

云想想笑容不变:"当然,我的荣幸。"

"我的朋友们也很想认识你,可以吗?"维森被不远处的好友催促了好几次。

云想想也听到、看到他们的小动作,她把目光投向贺惟。

贺惟顿了顿才点头:"年轻人的世界,你只能自己去适应。"

这句话有点意味深长,云想想就和维森走到了他的朋友圈,全是西方面孔,而且一个个肯定都是超级富二代。

大多还算客气,有些生疏,有些热情,也有些冷漠。

"我知道,一个华国小演员。"这时候旁边一道好听的女音响起。

"嘿,多莉丝,这是我的朋友,你说话客气点。"维森不高兴地警告出声的女孩。

女孩看起来也就十七八岁,对方穿着十分华贵,长相也绝对是欧洲美女级。

她高傲地看着云想想："朋友？她有什么资格和你做朋友？什么出身？什么血统？或者崇高的地位？"

"多莉丝，你喝醉了，我们去冷静冷静。"似乎看到维森脸色变了，维森的朋友想要劝走多莉丝。

"听着，我只喝了一杯百加得，我现在很清醒。"

多莉丝推开人，带着轻蔑的笑，端起酒杯对着云想想，"百加得你知道吗？也许听说过，不过这里的酒都是独家定制，你得多喝几杯，应该没有下一次机会。"

说完，多莉丝就当着云想想的面，仰头一饮而尽。

周围很多看好戏的目光投来，并没有负责人上前来调解，维森要说什么，却被云想想给拦下。

她动作非常优雅地端起了一杯酒，在指尖轻轻地摇晃，折射出艳丽的光，将她纤细的指尖衬得更加柔软秀美。

云想想喝了一口，仔细品尝之后说："的确很美味。"

所有人都看不明白云想想，多莉丝这样地羞辱她，她竟然面不改色，是没有听懂？

把玩着酒杯，云想想迷幻剔透的眼眸对上多莉丝："多莉丝小姐，我很冒昧地问一下你的年龄。"

"她十九岁。"维森回答。

"你比我大，你是跟着你父亲一起来的吗？"云想想又问。

"是，我爸爸是……"

"我爸爸只是华国一个非常普通的老师。"云想想打断了多莉丝的话，"但我今天能够拿到邀请函来到这里。"

众人安静了下来，他们大概能够猜到云想想要说什么，纷纷脸色都不好看。

云想想完全不在意，她扫了所有人一眼："我一直以为美利坚国的传统是独立自由，走出家园自己谋生，以回巢安乐为羞耻，多莉丝小姐让我有点怀疑贵国的传统。"

"我没有爸爸的帮助，就能够喝到这里的百加得。多莉丝小姐你要嘲笑我，请你在脱离你父亲帮助以后，还能够站到这里，那时候你才有资格。"

扬眉笑了笑，云想想把酒杯放下，仪态万千地走出去，走了几步又回首："多莉丝，海洋女神。海洋更适合你，这里是陆地。"

"啪，啪，啪。"三声非常有节奏感的击掌响起，吸引了所有的目光。

那是一个非常具有压迫性的男人，他有约莫一米九的身高，笔挺的酒红色西装，浅碎的棕色头发，立体的五官，他的眼睛像深海，有一种令人向往而又不敢靠近的深蓝色。

直挺的鼻梁，性感的嘴唇，每一处都恰到好处近乎完美。

今天云想想看到了不少荷里活帅气的男星，但他们到了这位面前都黯然失色。

他就是那么随意地迈着长腿走过来，每一步却像是踩在人的灵魂上。

牵动人心的同时，又令人莫名地畏惧战栗。

如果不是经历过宋冕，云想想怕是要忍不住后退。

第17章 思念的滋味

直到他站在云想想的面前，云想想依然波澜不惊地回视着他。

"叔叔！"多莉丝奔上来，亲昵地挽着来人。

这个人看了看自己的侄女，又看了看云想想，主动伸出手："路西华。"

他没有报姓，只报了名，云想想礼貌性地伸手："你好。"

云想想索性连名字都不想报。

对方也不介意，反而诚恳开口："我为多莉丝刚刚的冒犯，向你致歉。"

"叔叔。"多莉丝震惊地望着路西华。

"多莉丝，如果你父亲知道你这样失礼，我想他会感到难过。"路西华教训多莉丝。

路西华只是一个眼神，就让骄傲的多莉丝乖得像鹌鹑。

也不知道是有意还是巧合，大厅响起了舞蹈的音乐，一下子把气氛调节过来。

路西华绅士地伸出手："美丽的东方天使，我有荣幸和你共舞吗？"

云想想听到了音乐中有人惊呼，她大概能够猜到这位路西华身份是多么高贵。

扬起礼貌的微笑，正要拒绝的云想想身后先一步响起了熟悉的声音："很抱歉，路西华先生，她是我的舞伴。"

云想想惊喜地回过头，对上那双含笑的潋滟紫眸，她几乎是毫不犹豫地朝着他走去。

"你怎么来了？"云想想旁若无人地询问。

这是云想想第一次看到西装革履的宋冕，和路西华那种压迫强势不同，一身纯白色西装，金线封边的宋冕，有一种令人惊叹的尊贵。

"我本来就受到了邀请。"宋冕握着她的手，走到了路西华的面前。

云想想注意到他的西装领口上露出来的装饰手帕，竟然是孔雀翎图案，眼底的笑就快要溢出来。

"好久不见。"路西华打招呼。

"我以为我们一个月前才见过。"宋冕意味深长。

"是吗？一个月前听说你在非洲，可我在澳洲。"路西华回答。

"也许，是我认错了人，路西华先生不应该是个偷袭者。"宋冕轻轻一点头。

路西华笑了笑没有接话，而是目光在两人身上一个来回："两位的关系似乎很亲密。"

"允许我隆重介绍，我的未婚妻。"宋冕将他和云想想交握的手举起来。

"看来多莉丝的确需要好好管教，作为赔礼，我想请你们二位到家里做客。"路西华说。

"抱歉，没时间。"宋冕不客气地说完，就拉着云想想入了舞池。

好在交际舞云想想学得还不错，宋冕都不问问她会不会，也不怕丢人。

"你这么聪明，就算不会，我临时教，你也能行。"宋冕似乎看穿了她的心思。

云想想靠近他压低声说："你怎么对别人说我是你未婚妻！"

女朋友和未婚妻是两种概念好不好、

"你现在太危险，只有做我的太太才安全。"宋冕揽着她的腰肢一个旋转。

他不会告诉云想想，女朋友不够隆重，他们这些阶层的人默认女朋友就是可以随时换的玩物。

为免云想想觉得他和他们一样乱，才没有解释。

"你干脆直接说我是你太太好了。"云想想瞪了宋冕一眼。

"如果可以，我乐意至极。"宋冕一脸期待地回答。

云想想不和他说话，垂下眼帘。

"你放心，这是个私密性极高的宴会，这里发生的任何事都不会传出去。"宋冕解释，"这里有一半以上的人不认识我，认识我的人都不会涉及你的圈子。"

"你以为我是为了这个不高兴？"云想想瞅了他一眼，"你明明要来，也不告诉我。"

这里连记者的影子都难以寻到,这一点云想想自然知道,不需要宋冕解释。

"对不起,我的女朋友。"宋冕耐心地哄着,"本来是想给你惊喜,结果晚到一步,让你受惊。"

"我才没有受惊,我是好欺负的人?"云想想轻哼。

"是是是,我的女朋友必须是只能欺负别人的人。"宋冕附和着点头,语气极尽宠溺。

"那个路西华是什么人?我觉得他对你有很深的敌意。"尤其是刚刚他们的话更明显。

"是敌非友。"宋冕只回答四个字,"他和我一样是混血。"

"啊?"云想想惊讶,路西华看着就是个纯粹的外国人。

"他的父亲是神秘家族的掌权人,母亲是我们的同胞。"宋冕解释。

"看来父系基因要强大点。"云想想得出结论。

宋冕母亲是外国人,所以他看着就一双眼睛有欧洲血统,五官也稍微立体一些,但和纯粹的欧洲人还是有差别。

路西华如果宋冕不说,云想想都看不出他有黄种人的影子。

"这么说来,我们以后的孩子会像我多一点?"宋冕不放过任何调戏云想想的机会。

"噌"的一下,云想想脸暴热,她借着一个换位,毫不留情地踩了宋冕一脚。

说不赢宋冕,云想想索性闭嘴,一支舞结束之后,宋冕带着她去吃了点东西,很巧妙地避开了所有要寻他的人。

大概一个小时后拍卖开始,他们被引到另外一个会场,云想想这才见到宴会发起人。

他站在台上说了开场白,妙语连珠一点不输给专业的主持人。

拍卖正式进行,云想想全程是个看客,不过桌子上有美味的蛋糕,她一点也不寂寞。

专注于吃的她听到自己捐赠的拍卖品,定价为五千美币。

"一万。"第一个叫价的是奥斯汀。

"两万。"第二个叫价的是维森。

云想想依然认真地吃着自己的东西,另一个声音传来:"一百万。"

一下子云想想就被噎住了,如果不是蛋糕软,她估计要失礼,拿起葡萄酒喝了一口。

"路西华先生出价一百万,还有更高的吗?"

看着宋冕要举手,云想想一把拉住他:"他人傻钱多,你要学他吗?"
本来这事关面子,到了宋冕和路西华这样的身家,钱都是小事。
不过云想想这么一开口,宋冕还真的偃旗息鼓。
云想想很满意地点头:"这才对,没必要和傻子争高低。"
云想想是小人物,不懂为什么面子要靠这样的方式来保全。
按照宋冕和路西华的经济实力,就算争抢到几个亿也是面不改色。
既然抬不抬高都不会让对方伤筋动骨,干吗还要去你争我夺?
争下去的后果就是云想想大出风头,然后这种金币立刻增值!
这种风头对于云想想而言不要也罢,也别便宜那些万恶的资本收藏家。
不争,并不是没有实力,也不是畏惧,只是不屑罢了。
在场的人认识宋冕的不多,认识路西华的却非常多,几乎没有人敢和他争东西。
一路下来,但凡路西华出价的东西,都是一锤定音。
宋冕没有拿出物品拍卖,后面就象征性地拍了个收藏品。
慈善晚会圆满结束,云想想还是认识了很多人,其中有不少各国顶奢品牌的人。
对她感兴趣的都打过招呼,虽然没有直接给她留下联系方式,但云想想已经很开心。
任何东西都需要一个开始,一旦得到了关注,就意味着很可能有以后。
宴会的发起人亲自送宋冕,他看着云想想赞道:"你们很般配。"
"谢谢,我也这样认为。"宋冕侧首,目光温柔地落在云想想身上。
云想想落落大方地站在宋冕身边,一句话也不说,只是保持笑容。
宋冕和他寒暄了几句,就挥手告别。
"K。"他们的车子开来,刚刚迈下阶梯走到车前,身后响起了路西华的声音。
宋冕没有回头,为云想想开了车门:"外面冷,你去车里等我。"
一月的天,大苹果城的确很冷,云想想穿得很清凉,在室内有暖气,在外面就算披上宋冕的外套也有些发抖。
入了车内,一下子就暖和了,早一步上了副驾驶的贺惟说:"奥斯汀约我们明天去他公司。"
"几点?"云想想问。
她和宋冕约定明天回国,和贺惟都蹭宋冕的私人飞机。
要飞十几个小时,两国间也有十几个小时时差,他们打算下午起航,到了那边刚好是晚上,回家就可以睡觉。

"上午。"贺惟也知道他们回程的时间,"应该是为和平之星对你进行补偿。"

"不要白不要。"云想想笑弯眼睛。

她是说过无偿赠送给奥斯汀,奥斯汀没有什么表示,她也不会不高兴。

但奥斯汀要补偿她一点,没有道理把好处往外推。

该高洁的时候要高洁,该为自己想的时候自然要为自己着想,她还是一个穷鬼。

只是云想想万万没有想到,奥斯汀的补偿这么大。

看着眼前这份合同书,云想想有些不好意思:"奥斯汀先生,如果可以我其实更希望您给我一张支票。"

"这是我们整个公司管理层商议的结果。"奥斯汀笑着说,"我们在用我们最大的诚意,对你表示感激,谢谢你让我们度过一次危机。"

云想想看向贺惟,奥斯汀竟然给了她门罗百分之二的股份!

也就是说签了这份合同,她从今年开始每一年都能够得到来自门罗的分红。

虽然百分之二的股份是不可能拥有什么大权,但却是一笔源源不断的收入。

除非有一天门罗亏损,或者门罗倒闭,否则她每年都会有一份额外收入。

"签吧,以后不用担心没饭吃。"贺惟特别幽默地对云想想说。

既然贺惟都让她签,那她就不客气了。

签完这个之后,奥斯汀又给了她一份合同:"这也是公司的决定。"

云想想翻开看了之后,都吓呆了,全球全线形象大使,并且是一份超长期。

时间以云想想离开娱乐圈的时间为终点。

也就是说云想想还在娱乐圈一天,还是艺人一天,门罗将不会考虑其他代言人。

门罗只有珠宝和腕表两条线,由于腕表的艺人合约要下半年才到期,所以腕表代言,要下半年才生效。

至于代言费却没有定死,而是随着云想想的市场价值浮动,增减就看云想想的能力。

云想想从来没有听说过这样的合约:"奥斯汀先生,我觉得这是个草率的决定。"

"我们都相信，你的未来不可限量，"奥斯汀非常从容，"这个合约是互惠互利。"

算是投资云想想，这个时候就绑定了云想想，从此以后云想想关于珠宝腕表这一块，就会和门罗终身合作。

利益会随着云想想的影响力增大而递增。

云想想拿着笔，她首先看到的不是荣誉和利益，而是责任和信任。

沉默了片刻之后，她一笔一画签了自己的名："奥斯汀先生，我会更努力。"

收下合约，奥斯汀又从旁边的助理手中接过一个礼盒："很抱歉我可能无法参加你的生日宴，希望你能收下我的祝福礼物。"

股份和终身合约都签了，推拒一份生日礼就显得矫情，云想想大方地收下："谢谢。"

谈完公事，奥斯汀想请云想想吃饭，云想想婉言拒绝，不耽误他时间，他们也要回国。

等上了车以后，云想想打开奥斯汀送的生礼物，华丽璀璨的珠宝闪得她眼睛疼。

和她想的一样，奥斯汀把新品发布会那天她佩戴的一套天使系列赠送给了她。

"得了宝贝还不高兴？"贺惟看着云想想垂头丧气的模样，不由好笑。

"只是觉得无功不受禄。"云想想轻叹，将盒子盖上。

"你啊，好像没有经过汗水浇灌的收获，你都觉得不踏实。"贺惟都不懂云想想怎么养成这样的性格，"你要知道，这些东西是你用命换来的。"

云想想差一点小命都不保，虽然没有付出心血，但也不是轻易得来的。

换个人只怕没命享受。

"惟哥这样一说，我倒是少了点心虚。"多回忆那晚的惊心动魄，云想想就多点心安理得。

"还有个消息，《正义无私》下映，总票房四亿八千万。"贺惟说着看向云想想。

"林家良导演很高兴吧？"云想想笑得很灿烂。

四亿八千万已经不低了，自然不能和云想想之前的电影票房比。

近几年香江电影低迷，在内陆票房普遍不高。

破十亿的几乎没有，四亿八千万不是最高，但绝对是偏高。

《正义无私》总投资也才一千二百万，赚了不少，尤其是电影没有多少差评。

"昨晚打了电话,说准备了庆功宴,但你要回去过年,我就给你推了。"贺惟点头。

"谢谢你惟哥。"云想想甜甜一笑。

艺人哪里有什么休息日啊?贺惟如果不是真心迁就她,怎么会帮她推了?

庆功宴肯定会有其他香江导演来祝贺,这是一个极好的融入香江圈子的机会。

"别高兴得太早。"贺惟瞥了她一眼,"明年的通告我已经发给可可。"

"听起来不是很轻松……"云想想故作防备地看着贺惟。

"公司有个开年庆必须参加,在初六。"寰娱世纪不搞年会,只搞开年庆。

初六,她还说初五约着宋冕和香菱她们见面,这不是第二天就要开工?

"初七开始去驾校,争取六月份前拿到驾驶证,下半年《飞天》可能选角开拍。"贺惟又说。

"《飞天》?"云想想反应过来,"女主是天天的那部神偷电影?"

贺惟颔首:"陆嵘已经死了,活着的是飞,男女主的名字命名的。"

"不过'飞天'我只想到了敦煌壁画,神话故事……"云想想偷乐。

云想想品味了一会儿,又觉得非常好:"飞龙在天,飞出牢笼,逃出生天,很好。"

这个名字初初听会想偏,但是知道是什么题材之后,却越读越有味道。

"我倒是有个想法,看看能不能和奥斯汀借和平之星,拍到电影里。"贺惟也是临时想到,"如果你能够借到和平之星入镜,天天这个角色更无悬念。"

制作出来的假珠宝就算后期处理得再璀璨,也没有真正的珠宝震撼夺目。

尤其是如果真的弄颗188克拉的大绿钻,宣传的时候也是很有话题。

云想想之前听都没听说过188克拉的绿色钻石,相信就凭这个足可以勾起好多人好奇心。

"借应该不难。"云想想考虑到奥斯汀的为人,"放到电影里,也是免费为门罗做宣传,双赢局面,安全性才是最难……"

从大苹果城运输到华国,再送回去,只怕很难瞒得住珠宝大盗。

这些人对珠宝的嗅觉,那是比狗对肉还要敏锐。

如果和平之星遗失,云想想就真的没脸面对奥斯汀了。

"先不急,等我想到了万全之策再计较。"贺惟打住这个话题,"三月

《九色》开拍。"

"《坏女人》更名《九色》?"云想想觉得电影的文艺，就在于看了电影名，永远猜不到电影讲什么，非得去看内容才行。

更名《九色》也很好，其实云想想挺喜欢九色这个名字，觉得非常动人好听。

"之前杜长荣是不是对你说过后期分账?"贺惟突然问。

"他提到过。"云想想还记得，因为杜长荣觉得给不了她太高片酬。

"这次《九色》的投资，全是公司出，没有再多找一个投资商。"贺惟问云想想，"你知道这意味着什么?"

"意味着公司投资我。"寰娱世纪那么多艺人，独自承担风险为艺人出资极其少有。

要知道一部电影能不能爆，并不是你觉得剧本好，你觉得拍得好，你觉得投资高就行。

更不是你不要命地一个劲儿砸钱做宣传就可以。

首先是演员的影响力，其次是观众的认可率。

有了演员的影响力，自然会吸引很多喜爱演员的观众，再由这些观众的认可形成自来水。

云想想虽然三部电影成绩都不俗，但是影响力还没有到一呼百应的地步。

"谢谢你惟哥。"所以，这个决定贺惟一定出了大力气，否则公司不会同意。

"你是我的艺人，我自然要为你着想。"贺惟轻描淡写，"公司答应投资五千万，但条件是票房超过十五亿，你才有分账权。"

"五千万!"云想想不可置信，杜长荣只想要个一千万……

"我不能保证你一定如大制作，但必须保证你的作品制作精良。"贺惟笑着说。

民国电影和现代电影不一样，服装场景道具都更烧钱。

剧本贺惟仔细看过，从平凡到富贵到权贵，一定要拍出层次感。

也要把那个时代富贵的奢靡，权贵的气派给拍出来。

不做则已，既然做了就要做到最好。

"我一定做到最好。"云想想突然斗志昂扬。

虽然贺惟什么都没有说，但她相信除了票房十五亿后她才有资格分账外，贺惟肯定还在其中做了什么让步。

寰娱世纪对外的时候同仇敌忾，但内里斗得也很厉害。

"大致事情就这么多，你自己看着安排学习时间。"贺惟闭目养神。

想到时间，云想想就蔫了。

驾校还好，开车难不倒她，学起来快得很。

《九色》开拍，意国的广告和杂志采访，贺惟还有意接洽尼古代言，其间还有电影节……

幸好《王谋》按照吴钊的性格，不需要路演，她应该能够挤出学习的时间。

车子直接开到了飞机场。

等候的宋冕看到云想想一脸沮丧："怎么了？"

云想想才不管贺惟就在旁边，伸手圈住宋冕的腰，就靠在他肩膀上："男朋友，我可能以后只有做作业的时间陪着你。"

自从上次枪杀事件后，云想想对自己的依赖就更深，宋冕眼底涤荡着笑意："正好，你做作业，我看书。"

云想想立刻笑弯了眼，推开他："这可是你自己说的哦！"

说完，云想想就噔噔噔地踩着楼梯上飞机，入飞机前还转过头冲着他比了个胜利姿势。

宋冕这才反应过来，他竟然中了美人计。

美人一个投怀送抱，一句黯然低语，他就心疼得什么都不顾。

让小狐狸一样的女朋友得逞，以后他可不能抱怨女朋友没时间陪他。

"哎，英雄难过美人……"

宋尧还没有感叹完，就迎来少爷一个冷飕飕的眼神。

飞机直接飞到了她家所在的机场，云想想依依不舍地和宋冕告别。

出了机场是一家人来接她，云想想看到爸妈和两个弟弟，突然眼眶泛红。

"我闺女又瘦了。"苏秀玲把云霆交给云志斌，手捧着女儿的脸心疼。

"妈妈，我好着呢。"云想想心里暖暖的，凑到云霆旁边，将他接过来。

"姐姐……"云霆正好喊出声。

"哎呀，姐姐的小暖男。"云想想高兴极了。

"姐姐，他现在喜欢走路。"云霖凑上前说。

"是吗？"云想想信以为真地把云霆放下来，云霆站得很稳，但硬是赖在姐姐怀里。

"云霆来，哥哥牵你。"云霖牵着云霆的小手。

刚开始云霆还有点不乐意，听云霖说陪他搭积木，立刻就屁颠屁颠跟哥哥走了。

"云霖回来后，都是他在陪着弟弟玩，现在弟弟最听他话。"苏秀玲笑着说。

以前她最担心的就是哥俩的感情，云霖正好是叛逆期开端，就怕他们不亲。

牵着云霆的云霖听着母亲的话心里轻哼：要不是为了让他听话，我才不陪他。

心里这么想着，但是有人过来，他还是反射性地把云霆护着。

"那是不是云想想啊？"

"帽子遮了大半边脸，看不清。"

"我们走近点，我可喜欢她了。"

"不好吧，要不是多尴尬，而且她也没有戴口罩，应该不是艺人。"

云想想听到议论声，就知道她要被认出来了，不动声色继续保持步伐往前。

她一直对自己的行程很保密，严禁粉丝接机行为，为了不扰乱秩序，也怕拥挤出意外。

"应该不是吧，我们距离不远，如果她是，听到我们的话不会这反应。"

"唉，我还以为遇到我偶像了，不过我偷拍了两个侧影。"

"我觉得不是，你看穿得多厚实，没见过明星这种装扮……"

云想想唇角微扬，后面的话她没有听到。

她的确穿得厚实，并且裹了围巾，下巴都包裹严实，大帽子又把半边脸遮住。

没有戴墨镜和口罩，和普通怕冷的小姑娘一样，不出挑自然不引人注意。

到了车上，云志斌一边开车一边对云想想说："什么时候返校？"

"下个月十二号，不过我初四就去学校。"云想想有些歉疚，"初六公司开年庆典。"

每年的开年庆典，公司的艺人都不得无故缺席，云想想更是第一年参加，自然要到场。

"只能在家里六天？"苏秀玲惊愕地看着女儿。

"嗯。"云想想轻轻点头。

苏秀玲一脸失落，不过很快就调整好："幸好我和你爸爸把升学宴推了。"

云想想高考考了第一，亲朋好友很多祝贺，不过当时云想想在拍戏，苏秀玲表示不弄升学宴。

到放了寒假,亲朋好友还没有放弃,还是想让云志斌办。

本来云志斌有点意动,但云想想说她要腊月二十八才回家,他就给推了。

这会儿知道女儿寒假还没有别人国庆节在家里时间长,颇有些不是滋味。

"你下个月十九岁生日,爸爸妈妈可能赶不过去。"云志斌心里突然空落落的。

"爸爸,生日又不重要,我那时候可能去了意国。"云想想算了算时间。

听了这话,苏秀玲除了叹气真的什么都说不出来。

云想想自然不能让气氛僵硬,立刻说了些趣事,很快就把他们逗乐,高高兴兴回家。

已经是晚上,苏秀玲确定云想想不饿,想到她飞了这么久肯定很累,就让她早点休息。

回到久别的房间,云想想摔倒在自己的床上,嗅着熟悉的味道,拿出手机给宋冕报平安。

然后去练功,练完之后正要睡觉,看到宋萌发的语音。

"想想啊,你的粉丝吵起来了!"

"有人拍了你的机场照放上去,说遇到了很像你的人。"

"我一眼就认出是你,也有粉丝说就是你本人,毕竟是我们家这边的机场。"

"还有粉丝说,肯定不是你,然后他们就吵着说对方不是真粉……"

这都能吵起来,云想想轻叹口气,打开微博果然看到争执还蛮激烈。

于是继上次宣传魏姗姗电视剧之后,终于更新了微博。

【演员云想想V:没错,这个大粽子就是我(照片)】

把网友照的照片保存发上来,瞬间粉丝们不吵了,全体围到她微博底下哭。

【想姐,什么时候安排我们接机啊!】

【我感觉我粉了个假明星,我这么积极却对你一无所知。】

【女神,女神,还有一个月就是你生日了,我们集资给你庆祝吧!】

【楼上机智,我们女神还有一个月就十九岁了。】

【女神,给我个地址吧,我想给你寄礼物。】

【想寄礼物+身份证号。】

【想寄礼物+圆周率。】

一下子粉丝就又恢复融洽地想着她的生日,云想想沉默了很久之后去了后援会群里。

【云想想:你们的年龄不同,但我相信你们爱我的心相同,你们在我心里也是一样重要。如果你们愿意,明天开始一人捐赠一块钱,每个人仅能捐赠一次且不能超过一元,等到我生日那天,以云朵的名义捐给可靠的慈善机构,就是你们送给我最美好的生日礼物。】

云想想的发言,一下子就刷屏,云想想还是捕捉了个关键回复。

【想想想的想想云朵:为什么不能多捐,大家凭自己的能力多好?】

【云想想:@想想想的想想云朵 为防止形成攀比心,防止落差让没有收入来源的孩子们心里难过,祝福是一份心意,我希望你们团结一致,同步同调。】

如果不是担心他们觉得自己根本不需要他们,不在乎他们,云想想连一块钱都不想让他们捐。

【想想想的想想云朵:啊啊啊啊啊,女神回复我了,女神回复我,截图一辈子收藏!】

接下来都是求翻牌宠爱点名。

看着滚动的屏幕,云想想眼花,就发了条信息。

【云想想:很晚了,大家睡觉,美人都是睡出来的,晚安。】

说完,云想想就开溜。

第二天开始宋萌就着手集资的事情,云想想在家里休息了一天,年三十去了二伯家吃团圆饭。

他们家里的团圆饭是一年轮一次,云志武现在对云想想可是稀罕得不行,他的小卖部开得有声有色。

虽然被云志斌故意压得价格很便宜,可薄利多销,还得到了不少孩子家长的赞扬。

"姐姐,我想学画画,你和我妈妈说说。"二伯家的堂妹云昭昭拉着云想想恳求。

云昭昭是云志武的小女儿,比云想想小两岁半,今年刚读高一。

"喜欢画画?"云想想轻声问。

"嗯,我只喜欢画画。"云昭昭鼓着腮帮子,"我期末考考得不好。"

这个时间考试成绩已经出来,云想想记得去年七月云昭昭好像是吊着尾巴考入了她的母校。

"考了多少分?"云想想问。

"不到五百⋯⋯"云昭昭很小声回答,"好累,我学不下去,上课只想画画。"

"走,带我去看看你画的画。"云想想拍了拍她的肩膀。

云昭昭也有自己的小房间,她很高兴地把自己所有画作都翻找出来交给云想想。

云想想一页一页地翻看,她自己也学过画画,鉴赏水平还是有。

云想想觉得在绘画这方面,云昭昭比她有灵性多了,并且非常有想象力和创造力。

看完之后,对上眼巴巴望着她的云昭昭,云想想说:"我帮你说说。"

虽然相处不多,但是云想想知晓二伯什么都听二伯娘的话,而二伯娘并不是很看得起艺术,总觉得绘画音乐这些没有前途。

云昭昭能这么早就确定自己要奋斗的方向,她做姐姐的自然要帮她一把。

二伯和二伯娘对她非常信任,并不是因为她是名人,而是因为她是全国高考状元。

吃完饭,闲聊的时候云想想特意提到了关于美术人才方面,并没有直接替云昭昭说好话。

并且提到了她高中时学美术的同学,说了说对方现在的处境。

末了云想想感叹一句:"她跟说我幸亏她当时学画画,不然连个像样的大学都考不上,哪里有机会去国外交流。果然啊,三百六十行,行行出状元。"

也许是云昭昭以前就和父母说过要学画画,二伯娘听到云想想的话就详细询问。

云想想自然是事无巨细地把各方面分析给她听。

她就点到为止,过犹不及。

吃完团圆饭,小堂妹云渺渺拽着云想想的衣摆,要签名照送给同学。

这个小堂妹长得特别漂亮,尤其是那双水汪汪的大眼睛,细密长翘的睫毛,虽然才八岁,却让人喜欢得不行,云想想也特别喜欢,自然是有求必应。

之后各自回家,准备晚上自己家里的正餐。

云想想也跟在厨房里忙前忙后,这样一家人其乐融融的气氛让她非常喜欢。

差不多要做完的时候,云想想看到手机里宋冕发了一段视频给她。

点开竟然是宋冕在厨房里做年夜饭的过程,而录制视频的竟然是宋叔叔。

"唉，二十七年啊，这小子第一次给我做年夜饭，我真是受宠若惊。自然要替他卖力宣传，想想啊，我以后就指着你享口福。"

云想想觉得宋叔叔太可爱了，忍不住笑出声，不过视频最后定格在桌上每一道菜，看得云想想咽口水。

关掉视频，拿着手机去客厅，把他们家年夜饭拍下来发朋友圈，发现整个朋友圈都在晒年夜饭。

吃了晚饭，就一家聚着看春节联欢晚会，天一黑外面就是烟火不断。

他们家没有守岁的习惯，不过每一年初一的凌晨云志斌都要赶去观音庙上香。

大概十一点五十五分的时候，宋冕给云想想打了电话："想和你一起新年倒计时。"

很平常的一句话，云想想却甜到了心里："你们守岁吗？"

"嗯，这是我们家的传统。"宋冕回答，"只针对男士。"

潜台词就是，你嫁给我，新年也可以早睡。

云想想怎么可能听不懂，却故意板着脸道："你们家是不是有重男轻女的传统？"

古时候就是这样，才会只需要男人守岁。

"我们家恰恰相反，重女轻男，父亲一直遗憾没有个贴心女儿。"宋冕直接把爸爸拉出来转移云想想的注意力，"我也正在劝他多努力。"

云想想捂住嘴，不让自己笑出声，毕竟有点没有礼貌，但是宋冕和宋叔叔的相处，实在是欢乐："你就知道气他。"

"自从上次女朋友教训过我之后，我就深刻反省，再也没有气他。"宋冕信誓旦旦。

云想想摸了摸微烫的脸，岔开话题："你接下来几天要做什么？"

"暂时没有计划。"

"我接下来几天都在家里，做作业陪家人，初四我就回帝都。"

两人就这么有一搭没一搭地聊着，很快时间就到了。

云想想站在窗前，看着外面，心里默默地倒数，五、四、三、二……

"新年快乐。"新年的钟声敲响，两人异口同声。

"我不和你说了，我得去回复其他人的祝福。"云想想有点不舍地开口。

宋冕没有缠着她，知道她有自己的圈子需要维护，就很果断地挂了电话。

拉开书桌椅坐下，云想想一个个回复，有以往的同学，有这两年多认识的圈子朋友。

她从小养成了这样的习惯，绝对不会群发，并且为了避免被人误以为群发，她会各自带上称呼。

回复完之后云志斌也上完香回来，她才安心地关灯睡觉。

早上她五点半醒来，穿戴好晨练，为了不影响弟弟们休息，她都是去外面。

刚刚走到操场，就看到一抹颀长的身影，她的心怦怦怦跳起来。

越靠近感觉越熟悉，等到看清之后，她迅速奔过去："你怎么来了？你什么时候到的？为什么不给我打个电话？你在这里站了多……"

云想想一连串的问题还没有问完，就被宋冕给拉入怀中，紧紧地拥抱住。

他迷离低醇的声音在她耳畔响起："我想你了。"

从来没有一个人，让他这样疯狂地思念，思念到只想下一秒就在她面前出现。

第18章　让狗粮飞起来

云想想的大脑里像昨夜一样，无数的烟花一簇簇地绽放，绚丽却完全捉不到清晰的思绪。

她缓缓地伸出手，从后扣住宋冕的肩膀，静静地感受着他的体温，听着他的心跳。

"姐姐……"突然间，云霖拖长的声音响起。

云想想立刻挣开宋冕的怀抱，心惊胆战地转过身，发现只有云霖一个人趴在栏杆上，才松了一口气："你怎么出来了？"

"我也晨练啊。"云霖扬着小脸，"悄悄告诉你，我出门的时候爸爸已经起床。"

"姐姐记下了。"云想想上前隔着栏杆揉了揉云霖的脑袋，在他不满之前，迅速地跑向宋冕，抓着他的手就跑了。

云霖扒拉了半响，才觉得把姐姐揉乱的头发弄好，肩膀就被拍了一下："你姐姐呢？"

原来今天父子俩约好一起陪云想想晨练，打算接下来几日都一起锻炼身体。

幸好今天他们出门的时候，云霆醒了，云霖怕弟弟拽着他不撒手，先一步溜，才看到……

"我下来的时候就没有看到姐姐。"云霖双手插在兜里，一点也不心虚。

"湖边吧，你姐姐最喜欢去那边。"云志斌拍了拍儿子的肩膀，"走，我们去追。"

云想想往常在家的确喜欢沿着湖边晨跑，那边早起锻炼认识她的老人不少，她怎么可能带着宋冕去自投罗网？

"你是不是连夜赶来？你困不困？"云想想牵着宋冕的手问。

"不困。"宋冕放慢步伐，眼睛明亮清澈，的确没有困意。

云想想不由想到第一次在大苹果城，他们确定交往那天，宋冕也是这样精神，却倒床就能够入睡。

白了他一眼，就拉着他往酒店去，还没有进入酒店宋冕就拽住云想想："女朋友要和我开房间吗？"

"啪！"云想想没好气地一巴掌打在他的肩膀上，"是让你补个眠，晚点我再来找你！"

"补眠用不着去酒店。"宋冕拉着云想想走到可以打车的地方，"我在这边也有房子。"

云想想：……

大年初一，车子是有，这个点却很少，等了一会儿，云想想侧首问宋冕："远吗？"

"名府池畔。"宋冕报出地名。

走路至少得走一个半小时，云想想因为是晨练，穿得有点单薄，走过去也耽误宋冕补眠。

"自行车会骑吗？"云想想觉得先问一问比较妥当。

"会，我在国外的时候喜欢骑行运动。"宋冕点头。

"手机给我。"云想想把手伸到宋冕面前，她什么都没有带出来。

宋冕把自己的手机给云想想，云想想拨通了一个电话，响了好几声才被接起。

宋萌困倦的声音传来："谁啊，大清早大年初一，让不让人睡觉了？"

"年初一还睡懒觉，除了你也没谁了。"云想想不客气地回怼。

宋萌立刻清醒，然后看了看来电显示，陌生号码没错："想想，怎么是陌生号码？"

"别管，我就在你家外面，把你的自行车给我推出来，要那辆带后座的。"

"你要干吗？"宋萌好奇，走到窗前，也没看到人。

"别问，现在立刻马上。"云想想说完就挂了电话，把电话给宋冕，"等我三分钟。"

说完,云想想就朝着宋萌家跑去,这里是旧校区的教师楼,云志斌他们已经搬到新校区。

云想想前脚才走,宋冕电话又响起,犹豫了片刻他还是接了。

电话那头传来宋萌的声音:"想想啊,我买了辆新的也有后座,你要做什么?不带异味重的东西我给你新的。"

"应该是载人。"宋冕回答。

宋萌瞬间石化,这声音也太好听了吧,她捂着嘴不让自己尖叫。

冷静冷静,这是个男人的声音,而且这个声音有点熟悉……

这不就是前几天她听到的想想男朋友的声音!

"她应该快到你家楼下了。"宋冕许久没有听到宋萌回答,也没有挂断就又开口。

"啊啊啊啊啊啊,想想男朋友!"宋萌一阵尖叫,"我……"

"砰!"宋萌正要说点什么,她的窗子被小石子砸中,小的时候云想想就是这样来找她。

果然看到云想想,她顾不得多说什么,直接挂了,抓起钥匙就跑出去。

一身睡衣,脚踩毛拖鞋,头发像鸡窝,宋萌就这么扑到云想想怀里:"你男朋友,你男朋友,你竟然大年初一就跑来虐我这条单身狗!"

"你又回拨了?"云想想赶紧把宋萌给推开,"车子给我。"

"我要见你男朋友!"宋萌紧紧拽着云想想,"声音那么好听,肯定是个大帅哥!"

"你确定你要这个样子去见我男朋友?"云想想指了指她身上。

宋萌这才意识到自己的装扮,调头就想往回冲,却被云想想给拽住:"车子给我。"

"有异性没人性!"宋萌愤恨,但也不能让云想想的男朋友等她去重新穿戴洗漱,"等下次正式见面,看我不狠狠宰你们一顿。"

顺利拿到自行车的云想想,才懒得理会宋萌,推着往前,脚一抬就熟练地骑上去,蹬着消失在宋萌的视线里。

"我刚才看到你爸爸了。"云想想一个急刹停在宋冕的面前,宋冕就笑着对云想想说。

"你怎么知道是我爸爸?"云想想狐疑。

"他和你弟弟在一起,刚从这里跑过去。"宋冕的脸转向他们消失的方向。

"快,我们得迅速撤离。"云想想拍了拍后座。

377

"我坐?"方才云想想问他会不会骑,他以为是他载她。

对上云想想肯定的笑脸,宋冕还是不舍得让云想想这么吃力,将她拉下来,自己骑上。

云想想也不扭捏,侧身坐上去,双手自然地扣住他的腰身:"直走,前面右转……"

阳光一点点洒落,寂静的路上,自行车稳稳向前,少女亲密地靠着男子坚实的后背。

男子眉目深邃,女子长发飘逸,晨风徐徐。

不过年初一清晨的街道上并没有什么人,也就无人看到这么甜蜜温馨的画面。

云想想把脸埋在宋冕的后背,就怕遇到熟人,这可是她从小长大的地方。

由着她指路,走了小路,也就半个小时的工夫就到达了目的地。

经过了宋冕户主身份核实,他们才从安保大门前被放进去。

"你是怎么从机场到我家的?"云想想这才想起来问。

"让司机接我。"宋冕答。

"司机呢?"

"过年,让他回家了。"

云想想:……

大年初一凌晨把司机叫出来接你,送到她家之后又让人家回去,云想想怎么觉得宋冕是故意的呢?

"就是这里?"这时候宋冕停了下来,云想想看着耸立在面前的豪宅,有了宋宅在前,她现在看什么都很淡定。

"嗯。"宋冕去输入了密码打开门,却见云想想扶着自行车没有动。

"弄点吃的,然后好好补眠,晚点我来检查,现在我得赶回去。"说着云想想就骑上自行车,"不然我爸爸非得担心不可。"

"好,你快回去吧,我等着你。"宋冕没有挽留。

云想想没有带手机,如果长时间不归家,她爸妈肯定会担忧。

宋冕这么乖,云想想刹住自行车,冲上去就捧着他的脸狠狠亲了一口。

不等他回过神,云想想又兔子一般迅速地溜了,一边骑着车,一边单手朝着身后挥了挥:"乖乖等我。"

云想想用了最快的速度赶回去,一来一回也折腾了一个多小时,自行车都没有来得及去还给宋萌,直接停在了他们楼下,噔噔噔地往楼上跑。

本来是想让宋冕开个房间补眠,但宋冕要回自己家,云想想当然没意见。

车不好打，她担心就算打到去宋冕那里的车，回来也不知道要等多久。

不如骑自行车，也可以和宋冕多相处会儿。

狠不下心撵宋冕一个人先回去休息，晚点再打电话询问他的位置，只能这么折腾。

刚刚站在家门口，大门就被打开，云想想猝不及防地对上云志斌。

"你今天是跑到什么地方去了？这么久，看你这满头大汗。"云志斌对素来乖巧的女儿一点不怀疑，只是以为她今天是跑远了，不过还是耐不住妻子的催促，打算出去寻人。

"跑到名府池畔那边去了。"云想想不喜欢说谎。

"跑那么远做什么？"云志斌让女儿进屋，"快去擦擦换身衣服。"

云想想接过云霖递来的干毛巾，灵机一动回答："去看房子。"

"看房子？"苏秀玲把煮好的汤圆端上来，"名府池畔的房子不适合我们。"

"买了也不一定要住，可以留着做资产。"云想想知道苏秀玲的想法。

现在的朋友都在这边，一旦她搬到了名府池畔，这边的朋友只怕会渐渐生疏。

苏秀玲是个很容易满足的女人，她从来不求大富大贵的享受，只要日子平平淡淡就好。

"你想怎么做就怎么做。"云志斌觉得女儿做事有分寸。

更何况女儿自己赚的钱，房子又不是胡乱花费，也就不多加干涉。

"谢谢爸爸，不过我现在还没有那么多钱，等有了再请爸爸给我参谋参谋。"云想想甜甜一笑。

"快去换衣服吧。"云志斌催促。

等到云想想换了身衣服出来，吃完早点的时候苏秀玲说："我们今天去哪儿？"

"我约了朋友一起做作业。"云想想说着就拉起云霖，"带着小霖一起去，爸爸妈妈不如带云霆去动物园？"

云想想说的是朋友，又带着云霖，云志斌自动把朋友理解成宋萌或者李香菱。

女儿时间不多，又有不少作业，不贪图玩乐，抓紧每一分每一秒，让云志斌很欣慰。

云志斌不自觉地就听从了女儿的安排："好，我们去动物园。"

"他们俩午饭怎么办？"他们去动物园肯定要下午才回来，苏秀玲更细心想到孩子的午餐。

"妈妈，我们俩吃了午饭再出去。"正好让宋冕多睡会儿。

于是云志斌就带着苏秀玲和云霆去了动物园，他们前脚刚走，云想想就立刻翻冰箱。

弄了些新鲜食材，开始搭配，准备工作做完电话铃声响了，是宋萌来电。

"想想，你和你男朋友去哪里约会了？我们现在就杀过来。"宋萌气势汹汹地问。

"无可奉告。"云想想直接给了四个字。

如果是之前，她是不介意提前介绍宋冕和她们见面，但是一想到自己初六就要开工，好不容易就这么几天和男朋友独处，云想想才不会带着她们。

"你这个有异性没人性的女人，我恨你。"宋萌愤愤地挂了电话。

云想想做了会儿作业，掐着点就开始做饭，做好了之后放在食盒里，笑眯眯地看着云霖。

"姐姐，你不带我去，要是爸爸妈妈杀个回马枪，我怎么解释？"瞬间看懂姐姐的意思，云霖警钟大响。

"你这么聪明，会不知道怎么解释？"云想想扬眉。

"姐姐，我是能帮你搪塞过去，可你明天再找借口出去，爸爸肯定起疑。"

云霖机灵的眼睛一转，"你把我带上，我乖乖地在旁边做作业，肯定不打扰你们甜甜蜜蜜。"

"人小鬼大。"云想想敲了敲他的脑袋，"快吃饭，吃了我们就过去。"

云想想是真的有很多作业要做，本来计划这几天狂赶，可宋冕来了她不能撇下他。

"我说了吧，我只有做作业的时间才能陪着你。"云想想看着电脑和一摞课本，对宋冕摊手。

"我只是想你在身边。"宋冕那双动人心魄的紫眸凝望着她。

哪怕是云想想一整天在他身边，一句话都不说，只要他抬眼能够看到她，能够感受到她在身旁，就会觉得身心很愉悦。

既然宋冕自己这么说了，云想想当然不客气埋头做作业，一个下午她还真的没有和宋冕说过一句话。

不过每隔一个小时，宋冕不是给她端上一杯热水，就是给她递上一盘小点心。

他完全不影响她，却又让她无法忘记和忽略他的存在。

云想想从来没有想过,幸福原来可以这么简单。

第二天起,宋冕就弄了两辆自行车,他们俩单独骑着算是晨练。在晨光中,彼此追逐着对方,将他们的笑声留在风中。

云想想带着他去了不少自己曾经喜爱的地方,分享她成长的故事。

每次都还防备着被熟人遇上,莫名有些偷偷摸摸的小刺激。

晨练时间结束后,云想想会回家,拜年的事情考虑到云想想现在是公众人物,云志斌和苏秀玲决定只带着云霖和云霆进行,更加给了云想想便利。

她几乎每天都和宋冕腻歪在一起,不过大多数时间都是在宋冕那里做作业。

不知道是不是有宋冕这个作弊器,云想想速度非常快,最后搜罗了些下学期的内容开始提前学习,不懂的就问宋冕。

阳光细碎地洒下来,宋冕好听的声音在耳畔轻言轻语地给她讲解,整个人笼罩在光晕之中,神圣而梦幻。

"你要是去做老师,只怕学生们都得疯。"这么好看的老师,不知道多少学生挤破头。

"女朋友想要看我站在讲台上的样子?"宋冕停下来,若有所思地问。

"只是突然有感而发。"云想想对他笑了笑,"你刚刚说的我都听明白了,我自己操作下。"

宋冕站起身,没有说话,直接去了厨房。

云想想开始专注地按照宋冕方才教的操作,又熟悉了几遍,厨房就传来了香甜的气息。

"蛋糕的味道。"嘴里已经有了口水在分泌。

宋冕给她做了很多糕点,每次都不重样,但都是华国传统糕点,这是第一次做西点。

云想想不由万分期待,但按捺住没有凑上前,收拾好东西之后,云想想看到旁边的彩铅,是上次云霖做手工留下的。

她拿了一张白纸和彩铅,想了想之后认真专注地画了起来。

等到宋冕端着蛋糕出来,云想想刚好也画完,献宝似的转到他面前:"可不可爱?"

云想想画了云朵的表情包,有一双漂亮大眼睛的云朵,戴着一顶小皇冠。

有打盹儿吹泡泡的,有傲娇抱臂翻白眼的,有双眼爱心流口水的……

"我要把这个换成我的头像。"云想想把那个闭着眼睛打盹儿,鼻子吹泡的拍下来。

她才刚刚更新头像,就被粉丝们发现,她大方地把几个表情整理晒出去。

【演员云想想V:画了表情包,禁止和我同款头像】
【女神你水印这么厚,我想同款也不行。】
【女神是有多喜欢这个头像,都没有晒出来。】
【好萌好萌,我喜欢啊啊啊,我保存下来日常过眼瘾。】
……

云想想的确私心没有把头像图晒出去,不过想要的还是可以截图她头像,只不过没有那么全。

等云想想发完微博之后,就看到宋冕换了微信头像,是那个托腮戴眼镜装深沉的小云朵。

"嗯,这个适合你。"戴了眼镜看不出男女。

"尝尝。"宋冕也很高兴,把蛋糕递到云想想面前。

云想想的手机立刻被扔到沙发上,她拿起叉子,小口小口地尝试。

甜度适中,绵软柔松,玫瑰花蜂蜜和蛋糕的融合,味蕾极致的享受。

"好吃,是我吃过最好的蜂蜜蛋糕!"云想想一边赞,一边大口大口吃。

"给你做了不少,可以带回家,留到明天吃。"宋冕说,"我今晚走。"

甜美的蛋糕,味道瞬间淡了不少,云想想闷闷地吃下最后一口。

"舍不得我?"云想想的反应,让宋冕又有点高兴又有点心疼。

"哼,我明天晚上和香菱她们的飞机。"云想想咬了一口勺子,"就分别一天。"

"对,就一天,我先回去安排一下,好好招待你的闺密。"宋冕笑着点头。

"不要吓到她们,你正常点。"云想想可不想宋冕弄得太奢侈。

"保证物美价廉又亲民。"宋冕信誓旦旦。

"好吧。"

再舍不得,时间到了云想想还是要离开回家,不过想到分别是为了重逢,云想想走得也就没有那么艰难。

只可惜她的好心情持续到第二天早上,她晨跑回来,蜂蜜蛋糕被爸爸妈妈吃完了。

"这蛋糕哪儿买的,味道挺不错。"素来不喜欢甜食的云志斌,把最后一小块塞到嘴里。

"朋友做的,买不到。"云想想沮丧地开口。

"怎么了?"察觉女儿突然情绪低迷,苏秀玲把粥端出来,"快来吃早餐。"

"又要去学校,有点舍不得。"云想想立刻开口。

云霖不知道怎么就被呛了一口,惹来云志斌不满:"你是不是特别想现在就去机场?"

虽然云霖要正月底才返校,不过那时候云志斌没有时间送他,苏秀玲又有个小的要带。

索性就让他和云想想一道回帝都,看看女儿的不舍,再看看儿子的迫不及待,云志斌觉得果然女儿才是贴心小棉袄。

云霖欲哭无泪,明明是姐姐在睁眼说瞎话,恨不得插上翅膀飞了,结果被数落的竟然是他。

就因为这个小插曲,云志斌横看竖看都觉得云霖是个野孩子,还是女儿乖巧,舍不得女儿走。

自从上次她认领了大粽子,不少粉丝要机场偶遇,云想想为了防止有记者埋伏,或者被粉丝堵上,她买了深夜十一点的飞机。

"我们俩大年初一被虐,大年初四要被你拽着坐晚班,这是招谁惹谁了?"宋萌一脸生无可恋。

"招我了呀。"上了飞机云想想笑眯眯对宋萌说。

"晚上飞机挺好的,可以看夜景。"李香菱觉得别有滋味。

宋萌看了看她们俩和云霖,懒得开口,拉下眼罩就睡觉,闭目几分钟又揭开对云想想说:"想想,你那个生日集资已经超过两百万了。"

这才五天的时间,就有两百万个人参与集资,宋萌第一次手握巨款,有点做梦的轻飘飘感,每天要看几遍,就怕这笔钱突然不见了,那她卖肾都赔不起。

"头几天人多很正常,慢慢人就少了。"云想想倒没有觉得多离奇。

她微博有接近两千万的粉丝,因为她立规矩在前,一般都是真心喜欢她的人才会粉。

肯定不是人人都会参加捐赠,但一块钱却不是什么事儿,参与的人也一定不会少。

保守估计,在她生日前应该能够筹集到五百万。

"我们捐到什么地方?"宋萌真的好希望云想想生日快点到,这样就可以脱手。

"你要是害怕,就把钱转给可可。"云想想看得出宋萌的心理压力。

"好……"想了想宋萌深吸一口气,"还是我来吧,我总要去习惯。"

"随你。"云想想对宋萌还是很信任,"到时候我给你个账户,你转过去就行。"

这种事还是找乔冠吧，乔冠就是这方面的人才，不用多浪费？

飞机上睡了一觉，到了帝都已经是凌晨，宋倩开了车在机场等着他们。

从大苹果城回来，云想想就给艾黎和宋倩放了假。

现在云想想收假准备开工，她们自然也是要跟着工作。

李香菱和宋萌来到早就给她们布置好的房间，高兴得深夜睡不着。

"想想啊，如果不是这里离我学校太远，我就搬出来！"宋萌抱着云想想很兴奋。

云想想推开她，上楼回自己房间，还能睡三个小时。

早上起来，又可以吃到王永做的早餐，宋萌再次表态："我以后周末都过来住！"

"我也过来。"李香菱难得认同。

她倒不是为了住得舒服，而是可以多和两个最好的朋友聚在一起。

三人不同学校，她和宋萌每逢周末都能在一起。因为云想想的职业，上学期，她们三个人几乎没有见面。

"想想，这是你这个月的通告。"可可趁着云想想有空，就把通告递给云想想。

云想想心里大致有了谱，就是瞄了一眼，李香菱和宋萌看完瞪大眼睛："你还有时间读书吗？"

"当然有。"云想想自信满满。

基本只需要走个形式，有云志斌这个心大私下开过小灶的爸爸，她能够轻轻松松把驾校搞定。

为了隐私，贺惟寻找的是那种专门供艺人学习的驾校，时间上就灵活很多。

中午吃了午饭，冯晓璐给云想想打了个电话，哭唧唧说："想想，我C语言挂了。"

"可以查成绩了呀？"云想想都不知道，她立刻坐下来登录内部学生系统。

"是啊，就是今天可以查成绩，琳琳每一科都是八十分以上，曼妮Pascal也挂了。"冯晓璐语气里满满的低落。

"没关系，好好复习争取补考过。"云想想一边查询一边安慰，"你们俩平日里肯定没有用心。"

"唉，是我们俩太松散，把考试想得太简单，还说要争取奖学金，这下没戏。"冯晓璐很快就调整过来，然后问，"你考得怎么样？"

"哦,我每门都九十以上。"云想想看了看成绩单说。

冯晓璐:……

缓了好一会儿,冯晓璐才略带些麻木的语气开口:"对不起,我忘了你是个拍了一年戏,还能考全国第一的学霸,打扰了,再见。"

冯晓璐还真的挂了电话,令云想想颇有些哭笑不得。

"我们成绩也出来了,幸好我没有挂科!"宋萌也趁机查了自己的成绩。

李香菱耸了耸肩:"我们成绩还没有出来。"

每个学校不一样,不过看李香菱一点不着急,云想想对她也很有信心。

看着时间差不多,云想想叫上云霖,由着宋倩开车送她去寻宋冕。

都不需要打电话问地点,有宋倩在,云想想相信她知道。

果然,宋倩直接把他们带到一个郊区的度假村——一个古色古香的农家乐。

"这里好漂亮。"宋萌下车看到灯笼高高挂起就特别喜欢,"有诚意。"

进了里面,宋尧就等着她们:"云小姐这边请。"

"哇塞,想想,这里的服务员都好帅。"宋萌拽着云想想小声嘀咕。

云想想看着笑容不变的宋尧,宋尧是那种娃娃脸,看起来很精神的男人,五官不是非常精致,但是干净秀气,笑起来还有虎牙,怎么看都是妥妥小鲜肉。

宋萌把人家当做了服务员,云想想也不解释。

到了包厢,房门推开,映入眼帘的就是坐在旁边长椅上低头看书的宋冕。

宋冕听到声音,正好抬起头,和她们正面对上。

宋萌瞬间呆滞,就连沉稳的李香菱都愣了神。

"你们好,我是想想的男朋友,我叫宋冕。"宋冕主动起身走上前打招呼。

"哦,你好。"李香菱还算是回过了神,有些不好意思地和宋冕握了握手。

宋萌则是完全处于一种飘忽状态,机械式地和宋冕握了手,然后又迷迷糊糊落座。

等坐下去的一瞬间,她才醒过来,紧紧地拽着旁边的云想想:"你告诉我这不是真的!"

云想想真觉得这家伙有点丢人,不过想到宋冕的颜值,而宋萌又是个颜狗,伸手狠狠掐了她手背一把:"疼吗?"

"疼!"宋萌赶紧甩手,"云想想,你这个恶毒的格格巫……"

从小怼习惯了，这会儿才想起在云想想男朋友面前呢，宋萌立刻挽救："那啥……我们就是习惯这样，想想从小就这么好，虽然我们三个人她最小，但她对我们俩很照顾，她温柔、漂亮、大方、善解人意……"

"我知道。"

宋萌夸了云想想一大堆，高考作文都没有这么搜肠刮肚凑词，宋冕笑着点头。

"你别对我这样笑，我怕我流鼻血丢人。"宋萌立刻仰头。

"你已经很丢人了。"李香菱冷冷地说道。

"说得好像你比我好一样。"宋萌一脸鄙夷，然后对着宋冕又堆上笑，"你不要误会，我就是典型的颜狗，看到好看的人，不分男女都控制不住自己，但我对你绝对没有，也不敢有非分之想，朋友夫不可触。"

"好香！"门外传来了香气，云想想立刻打断了宋萌的喋喋不休。

这股香气极其浓郁，宋萌立刻眼巴巴地望过去，等到端上来，竟然是烤鸭！

"这里的烤鸭味道一绝，希望你们喜欢。"宋冕笑着说。

"这气味比我们俩去排了好久队的帝都烤鸭还香！"宋萌看着烤得黄灿灿、鸭皮都鼓起来的烤鸭，饥饿的目光十分直白。

有专门的人上前，将鸭子当着他们的面片开，分成了五份放在了他们各自的盘子里，旁边有酱料和配菜还有面皮。

宋冕戴上了手套，挑了最好的肉卷了一个放在云想想碗里。

云想想也戴着手套拿起来先咬了一口，焦香的表皮和鲜嫩的烤肉混着酱料入口，滋味美极了。

她也吃过久负盛名的帝都烤鸭，的确味道不错，可和这个没有法子比。实在是太美味，宋萌和李香菱看着云想想都不顾形象，她们也不矫情。只不过云想想不用自己包，只需要吃，她们得自己动手包。

这一刻，两人深刻体验到单身狗的悲哀。

吃完一只，都不需要她们开口又是一只现烤的端上来。

宋冕基本没有怎么吃，除了云想想给他包的两个，其他的都入了她们的肚子里。

整整六只烤鸭，吃得意犹未尽，一点不觉得油腻，好像鸭子的肥油都被烤没了。

其实她们还能再吃，不过有些不好意思开口。

接下来也没有再上烤鸭，而是一锅鸭汤，鲜美之极，一人喝了两大碗。最后上了美味的点心和水果，一顿晚饭吃得心满意足。

整个过程中，李香菱都在观察着宋冕的言行举止，她看得出宋冕的良好修养，一定是大家族精心栽培出来的精英子弟。

起初她担心云想想，后来见宋冕无时无刻不关心着她，一举一动都以她为先，才放了心。

不过晚上要睡之前，李香菱还是来寻了云想想："你见过他的朋友没有？"

云想想摇头："还没，他的朋友不好聚，等能聚了他再约。"

"他是做什么的？"李香菱又问。

"医生，中西医都行。"云想想回答。

"你们是怎么认识的？"李香菱接着问。

本来有点没有放在心上的云想想抬起头："调查户口？"

"我担心你，他一看就是非比寻常的人，我担心你受伤。"李香菱忧虑地看着云想想。

云想想爬起来，圈住李香菱的脖子，靠在她的肩膀上："好香菱我知道你为我好，我虽然没有见过他朋友，但是我见过他爸爸，他爸爸对我特别好。"

"上次的龙涎香，你是买给他爸爸的？"李香菱反应过来。

"对，他的确是名门，比你所想的最豪的名门还要豪。但是他的家庭简单，只有他和他爸爸，其他亲戚都是远房，也没有你想的那些乌烟瘴气争夺家产戏码。"

"既然你这么信誓旦旦，我自然选择相信你。"

李香菱抓住云想想的手，"我看得出他看你的眼神，专注而又认真，但我希望你要把握好分寸，别让自己受伤。"

"知道了知道了，快去睡觉吧，我明天就要干活了。"云想想催促着李香菱。

李香菱也就站起身看了她一眼，转身离开。

云想想躺在床上，心里也很温暖，李香菱没有觉得宋冕各方面优秀至极而恨不得自己牢牢抓住。

也没有觉得她和宋冕不匹配，反而是设身处地，又点到为止地提醒自己，这就是来自于闺密最纯粹的关怀。

寰娱世纪的开年庆典，是非常重要的仪式，不仅仅是公司内部，也邀请了很多媒体，甚至圈子里有过合作，或者圈子里很有影响力的一些艺人，场面非常盛大。

当天夜里的宴会，艺人们的争奇斗艳绝对不逊于大电影节的红毯。

才吃了午饭，可可就催促着云想想去做美容护肤，然后准备造型。

"礼服是谁准备的？"云想想护肤完，看到挂出来的礼服问。

"宋倩姐姐拿来的。"可可回答，"怎么了？"

"没事，拿给我吧。"她第一眼看到就知道是宋冕给她准备的。

这是一件非常简单大气，却又不失甜美淑女风的礼服。

白色吊带一字肩，领口是精致的荷叶边，半截公主袖。

华国风经典刺绣腰封，银丝勾勒出祥云，高端而又大气。

平直的裙摆及膝，简单利落颇有些干练风。

配上一双纯白色细跟皮鞋，整个人瞬间就能够成为焦点。

头发依然是全绾，只不过两边特意挑了几缕烫卷自然垂着。

配上了一整套的黑珍珠首饰，将她白皙的肌肤衬得发亮。

贺惟来接她的时候都忍不住惊叹："美极了。"

等到了现场，薛御翘首以盼，看到师妹立刻把正在说话的人打发了凑过来。

"我师妹就是艳压群芳，一会儿一定要看紧点。"

"师兄，你也独领风骚。"云想想不得不赞叹薛御就是帅。

一身剪裁得体的深蓝色西装，一双棕色的皮鞋，衬衫是随意开了领口，没有打领带，让他看着既正式贵气，又不失一点潇洒写意。

"我们俩必须是全场焦点，才能给惟哥长脸。"薛御笑得一脸得意，"对了，我新专辑有首歌，你来给我做音乐短片女主角好不好？"

"又来蹭你师妹热度。"贺惟冷声说。

"我这是肥水不流外人田。"薛御更正，然后对云想想说，"是一首仙侠风的歌曲。"

"那岂不是要穿古装？"云想想到现在还没有古装造型流出去呢，《王谋》还没有上映。

"对啊，你的粉丝天天等着看你古装，正好给师兄增加点销量。"薛御笑眯眯说。

云想想看了贺惟一眼，见贺惟没有阻止，就点头："只要我有时间，肯定捧场。"

说是让她增加销量，但她和薛御的粉丝数量不在一个水平线上，薛御的专辑也不愁卖。

薛御这是典型的要照顾她嘛，不是要让她的粉丝去买专辑，而是让更多人看到她的古装前景。

和薛御说妥当，贺惟就带着云想想去见了贺震和贺慎，这是寰娱世纪的掌舵人和接班人。

贺慎和她签约，她自然是熟悉，不过也是点个头打个招呼。

这是贺震第一次见云想想，看着侄儿护犊子一样护着，贺震也难得和蔼了一点。

贺惟又带着她去见了他人脉圈里的人，几乎走到哪儿都带着她，完全不给别人凑上来的机会。

"你们说云想想和惟哥是不是……"云想想从洗手间出来，就听到有人背对着她议论。

这人后面的话没有说完，但那暧昧的语气，傻子都听得懂。

"这谁知道呢？不过云想想确实漂亮，整个寰娱世纪也就曼姐能和她平分秋色。"

"况且她可比曼姐年轻多了，她一进公司惟哥就凭着私交给她拿下了门罗的代言。"

"就是，要说他们俩清清白白，我才不信，小姑娘看着年纪小，说不定床上功夫……"

几个人笑作一团，云想想直接当做没有听到，面无表情地从她们身后走开。

她不停地深呼吸，克制自己心中的怒火。

她告诫自己，任何公众人物都不可能避免被人背后议论，好的坏的都有，阻止得了几个，阻止不了全部。

索性当她们在放屁，礼貌的人不应该计较粗俗之人的不雅，这是修养问题。

云想想回到正堂找贺惟的时候，却看到他竟然和黎曼在一起。

黎曼今天穿了一袭浅蓝色银光包臀裙，上半身是开领的白衬衫。

大波浪头发偏向右边，性感，优雅，大气而又时尚。

无论何时她都是妥妥的尤物。

"小公主，回来啦。"黎曼先看到云想想，冲着她招手，然后撑起身体，端起自己的酒杯，"好了，你家的小公主回来了，我就识趣走人。"

走的时候，黎曼又冲着云想想眨了眨右眼，那电力一点不弱于第一次见面。

"我上次见过曼姐。"云想想没有上报这件事，"她还送了我一个镶满钻石的钥匙扣。"

贺惟喝了一口酒，纳闷地看着云想想："你想说什么？"

"我和公司签约，她在微博上给我造势，后来初次见面她又对我十分友好。"云想想说。

"然后呢?"

"我之前以为是我魅力无限,将曼姐征服。"云想想揶揄地看着贺惟,"我现在才知道,原来她是爱屋及乌。"

刚才黎曼看贺惟的眼神,那就是情到深处难以遮掩,被她迅速地捕捉到。

她不知道原来黎曼竟然倾心贺惟,两个人同一个公司,这么多年竟然一点风声都没有。难怪这么多年黎曼一直不着急感情问题。

"小姑娘,别瞎想。"贺惟的声音很平淡。

云想想能够感觉到贺惟不想继续这个话题,黎曼那么漂亮,性格又那么好。

她和贺惟站在一起,简直就是金童玉女,可是贺惟好像并不喜欢她。

"哎,真是可惜,神女有心襄王无梦。"云想想故作老成地叹息。

贺惟正要开口说什么,那边话筒里传来了贺慎的声音:"感谢诸位百忙之中抽空来参加我们寰娱的开年庆典……"

贺慎的致辞和他的为人一般很是公式化,说完之后依然迎来一片掌声。

"接下来就是寰娱开年第一重头戏——照片墙,将由我父亲亲自揭幕。"贺慎说完,身后就播放出寰娱世纪大门外标志石雕下的一整面大理石墙。

这里是出入寰娱世纪最醒目的地方,也是集齐了所有寰娱世纪艺人照片的地方。

由高到低,由少到多,一个排位代表着艺人在公司的地位。

每一年更新一次,会根据艺人这一年的价值增减而有所挪动。

每一个寰娱世纪艺人都非常忐忑,因为这里就相当于他们过去一年的成绩单。

贺震站在外面,一点点地拉下遮挡的帷幕,最先露出来最顶端的,唯一一张占了一排,最大的一张,是薛御。

"恭喜师兄。"激烈的掌声之中,云想想对着身边的薛御道贺。

那边贺慎已经开始向所有人诉说着薛御对公司的贡献,和去年的业绩以及创造的纪录。

说完之后,帷幕再一次被拉动,第二排最先露出来的是黎曼,而后露出来的是舒涵。

舒涵三年前和花想容、露华浓、葛姣并列为寰娱世纪四大当家花旦,仅次于黎曼。

现在花想容不在了,露华浓被雪藏了,排在黎曼旁边的成为了舒涵。

贺慎同样隆重介绍了黎曼之后，又介绍了舒涵。

红绸再次下滑，第三排第一位果然是葛姣，令云想想没有想到的是她竟然在葛姣之后！

看到第三排正中间，也就是寰娱世纪排名第五的人是云想想，所有人都惊呼不已。

"师妹，厉害啊。"薛御对云想想竖起大拇指。

她进寰娱世纪严格来说，还没有一整年，这里没有一个艺人不是从最下面爬上去的。

当然，这个排名不是按照收入排名，不然云想想指定要垫底。

这个排名也不仅仅是个艺人排名，而是折射出了今年开始公司资源的分配比。

也就是一个讯号，云想想将会成为力捧的新人之一。

贺慎同样准备好了台词，刚开始心里不服的人，在听说云想想不但拿下了和门罗的长期合约，还登上了本月大苹果城《菲亚》时尚月周刊之后，才消停了些。

"值得高兴的是，早上公司接到了《菲亚》时尚周刊的喜讯，本月周刊上线一日，三万册一售而空，创造了他们销售量纪录……"

三万册一售而空？

大苹果城的确很多人好奇她，但也不至于一天之内三万册就卖完了吧？

云想想趁着没有人注意的时候走到无人的地方，从礼服包里拿出了手机打给宋冕。

"上次是送年礼，这次你又是什么名目？"她就不信，宋冕还能拿着时尚周刊送人？

"我们医院这么多，等候区，排队区，甚至病房都会放一些供人阅读的周刊，大苹果城顶级时尚周刊，一直是我们的选择。"宋冕不慌不忙解释。

只不过以前没有买这么多而已。

第19章　初入国际市场

"你赢了，宋冕先生。"云想想无奈地开口。

"谢谢女朋友夸赞，我会再接再厉。"宋冕动听的声音隐藏着笑意。

云想想发现宋冕脸皮变厚了，还记得上次珠宝的事情，他小心翼翼忐忑的语气。

这是知道只要他有正当理由，她就不会和他耍脾气，才会这么有恃无恐。

有那么一瞬间云想想还真的想要和他闹一闹，不过时机不对，就不逗他，低声说了句："谢谢你，男朋友。"

医院绝对是人流量最大的地方，《菲亚》的时尚杂志又非常有口碑，内容基本都是干货。

放在等候区或者病房，阅读量就会很大，她作为封面人物，最显眼的故事之一，必然会无形之中刷了一个脸熟。

并不需要人人都记得，只需要他们有个印象，以后看到她的作品会想起来就足够。

宋冕为成全她的骄傲，也算是费尽心思。

以他的财力物力，只需要开个口砸个钱，或者送个人情，自然会有大把资源涌向她。

但那不是她想要的，所以他用了这样的方式来为她增加曝光率，让更多机会涌向她。

"能为你做事情，我很高兴。"宋冕语气缠绵柔情。

云想想正要说什么，她感觉有人在靠近，转过身对上一个意料之外的人。

精致小巧的瓜子脸，一双仿佛糅杂着千言万语的灵动大眼睛，秀气的鼻翼，樱桃般润泽鲜红的唇，这是一个极其漂亮的美人。

"我先挂了，晚点再打给你。"云想想对着电话说了声，不等宋冕回复就挂断。

"你好，云想想。"对方主动和她打招呼。

"秦小姐。"云想想客气生疏地点头。

这个一身单肩长裙摆，身材纤细，曲线玲珑的美女不是别人，就是和她颇有些渊源的秦玥。

从《关爱》杨琦一角开始，她就和秦玥扯上了关系，秦玥是原定者，而云想想是后来者。

之后发生的种种更是让云想想明白，秦玥对她有着很深的敌意。

背后小动作不断，此刻却能够大大方方地和她打招呼，云想想不得不佩服，今年不过才二十二岁的秦玥，天生是这个圈子的人。

"你是不是对我有误会……"秦玥语气有点低落。

"我从不对无关紧要之人误会。"云想想依然是拒人千里之外的态度。

秦玥没有想到云想想这么直白，她有些讪讪地笑了："对不起，是我冒昧了。"

说完，秦玥就十分黯然地离开，云想想心生警惕，秦玥是个手段相当厉害的人。

"你可要小心这位小美人，她不简单。"秦玥才刚刚走，黎曼就从另外一边走出来。

"的确不简单。"云想想认同黎曼的话。

"你知道她为什么出现在我们公司开年庆吗？"黎曼问。

"不会她跳槽到我们公司了吧？"那就有点膈应人了。

黎曼伸出纤细的手指，指尖染着艳红色的指甲油，戳了戳她的脑袋："你对我们公司也太没有信心。"

云想想和秦玥的事情，在云想想签约前就闹出来，混这一行的有几个看不出内里的门道？

寰娱世纪既然选择了云想想，怎么可能再挖秦玥来打云想想的脸？

"半年前她入了众星时代，陈俊杰为了她赔了长盛传媒一大笔违约金。"

黎曼说着，一脸无奈地望着云想想："你是不是不看娱乐新闻？"

云想想堆起笑脸："我……我还要读书嘛！"

事实上她不喜欢看娱乐新闻，十有八九都是看图配文，别人的瓜她不喜欢吃。

自己的瓜就更不想去理会，除非有她不得不亲自处理澄清的新闻。

"贺惟这男人也是够粗心，竟然不提醒你。"黎曼数落起贺惟。

"惟哥压根不把她放在眼里。"云想想立刻为贺惟辩驳。

"你倒是很会护着他。"黎曼抿唇一笑，"男人都不把女人放在眼里，却不知一个女人狠起来，可以撂倒一群强大的男人。"

"这不有曼姐提醒我了嘛，我现在知道了。"云想想立刻卖乖。

黎曼那双电力十足的眼睛立刻柔和了不少，她实在是忍不住伸出手捏了捏云想想可爱的小脸。

"你这么乖，我就再对你好一点，她现在是陈俊杰的心尖宠，郁金琳都在她手里吃了闷亏。"

刹那间，云想想想明白了很多事情。

郁金琳就像黎曼一样，是众星时代的台柱子，一直是陈俊杰他老子陈瑛晖的掌心宝。

突然间郁金琳和尼古的合约就到期，如今尼古又成了肥肉，云想想一直奇怪。

没有想到竟然是这位的手笔，她可真是有本事，入众星时代还不到半年，竟然就把台柱子搞得要被雪藏。"

"她不会看上了尼古的代言了吧？"云想想突然有了不好的预感。

"呵。"黎曼哼笑了一声，"你以为她费了这么多功夫，会让别人坐享其成？"

"真是孽缘啊。"云想想扶额。

"加油，小公主，姐姐看好你。"黎曼自然知道云想想也是看上了尼古。

"尽力而为。"云想想可没有退缩的道理。

不过这个圈子八仙过海各显神通，鹿死谁手还真不一定。

虽然云想想不看娱乐新闻，但却知道去年秦玥演了一部仙侠剧，凭着过硬的颜值和不俗的演技，她的人气现在相当高。

电影累积人气永远比不上电视剧。

拼人气云想想还真拼不过如今势头正猛的秦玥，尤其是她也有众星时代力捧。

最可怕的就是秦玥是个不择手段，并且非常能够豁得出去之人。

她眼底的野心昭然若揭，云想想才说她是天生吃娱乐圈这碗饭的人。

和黎曼回到了大堂，果然看着秦玥挽着陈俊杰的手，跟着陈俊杰扩宽人脉。

陈俊杰看秦玥的目光，可是和看以前那些女人的不一样。

"接下来就是我们寰娱最后的重头戏——金手指，是犒劳艺人们过去一年的辛苦。"

贺慎的声音再一次在台上响起："今年除了现金大奖，我们还列出了一年佣金只抽两成、开年自制大戏角色任选等大礼，就看哪位幸运儿拥有金手指。"

贺慎的话说完，引起了整个公司的艺人欢呼，寰娱世纪的艺人除了黎曼和薛御，其他全是五五分成。

哪怕是一年二八分成，也可以让艺人们疯狂。

更何况还有开年自制大戏角色任选，那些还没有挑大梁的艺人能不心动？

一个抽奖模式，电脑操控着滚动的大屏幕，艺人自己上前点击，停下来就会是一个号码。

旁边有个架子，挂着用红丝绸捆好的纸卷，纸卷的上方有一个号码。

点到哪个号码，就自己去取相应的纸卷，纸卷上面写的就是奖品。

"谁要做第一个人？"主持典礼的人站在电脑旁。

为了表示公正，没有任何暗箱操作，艺人们的抽奖顺序全靠他们自己愿意。

咖位大的如薛御和黎曼等自然不会争着先来，有失身份。

没有什么名气的小透明又笃定第一个可能没有什么好运，一时间竟然没有人应。

就在云想想觉得自己要不要做个领头羊之际，一道声音响起来："我，我先来。"

云想想看过去竟然是薄颜，她冲着四周腼腆地笑了笑，提着裙摆上前。

看得出她很紧张，不过也很干脆，没有拖时间。

大屏幕上的数字滚动了几秒，她就点了停，是很好的数字：88号。

她立刻去取下88号纸卷，当众展开，主持人高呼："恭喜薄颜小姐喜中88万现金。"

薄颜不可置信地捂着胸口，笑容灿烂。

88万现金，对于薄颜这个新人是一笔巨款，他们拍戏不也就是为了赚钱赚名？

这个奖项可谓非常丰厚了，所以很多人羡慕薄颜。

有了她这个好的开头，很多人也不犹豫，陆陆续续也有很多中了小奖。

但连续十多个人都是小奖，薄颜带来的高涨情绪就消沉下去了。

"我来。"云想想看着没有人回应主持人，就开口。

每个艺人都得抽一次，迟早的事，云想想本着早抽早完事的原则，从容上台。

一下子所有人都被她吸引了目光。

不仅仅是她独一无二的盛世美颜，毕竟她现在的势头令人无法忽视。

云想想很随意地点了一下，竟然是2号。

"看来我和二很有缘。"云想想幽默地说完就走到架子旁边取下了2号。

旁边的锣被主持人敲响，这是寰娱世纪的规矩，大奖出，锣鼓响。

"恭喜云小姐抽到一年二八分成大奖！"

"天啊，这是什么神仙手！"

"二八分成，按照云想想的地位，我已经算不出是多么大一笔收入！"

"好羡慕啊，我不求二八，给我四六我就幸福死了！"

"……"

一瞬间，下方议论纷纷，云想想真的没有任何想要中大奖的心理。

不过天降横财，她怎么可能不开心，又多了一笔钱投入基金。

"云小姐，网传你是锦鲤化身，我还不信，今天算是见识到了。"主持人恭喜云想想。

"谢谢谢谢。"云想想这会儿说什么都会显得矫情，不是谦虚的时候，不如大方致谢。

"等等，我可以让我师妹帮我么？"薛御看着云想想要下台，连忙冲上前。

主持人看向贺震和贺慎，父子俩商议之后，贺慎对着主持人点头。

主持人这才道："薛神有自己机会的选择权。"

"快快快，师妹，我看上那辆车好久了。"薛御拉着云想想，指着奖项单。

这是一辆全球限量七辆的跑车，现在根本买不到，八年前推出，那时候他也买不起。

贺震有一辆从来不开，他很早就知道，没有想到今年拿出来当奖品。

这应该是他这辈子唯一获得这辆车的机会，要是错过了得多遗憾。

"师兄，我不要帮你。"云想想看得出薛御多想要，就更不敢帮。

"我就是个衰神，抽了十几年都没有抽到大奖，你放心抽，抽不到也比我好。"薛御双手合十拜托。

完全不管在场多少艺人是他的迷弟迷妹，一点偶像包袱都没有。

"抽不好，你可不要怪我。"云想想只能硬着头皮上，再纠缠下去，耽误后面的人。

"你就算给我抽个888的红包，你也是我最好的师妹。"薛御担保。

888红包是最低的奖品，和谢谢惠顾差不多一个意思。

云想想重新上台，直接别过脸，都不看屏幕随便点，点了个74……

"74，74，气死还是去死？"陈俊杰在下方不由笑出声。

他是客人，身份不一般，自然也没有人挑他毛病。

云想想也觉得这个数字有点不吉利，但一点也不想让陈俊杰得意。

"我都能拿到大奖，74是大奖也不是没可能。"

说着，云想想就挺直背脊，大步走向架子取下了74号纸卷。

所有人都伸长脖子想要看结果，纸卷一寸寸展开，上面没有字，而是一辆火红色跑车。

主持人激动得直接拿了话筒敲了锣鼓，敲完才反应过来，连忙检查话筒。

"师妹，师妹，你是我的幸运女神！"薛御高兴得忘了地点，就要扑过去给云想想一个拥抱。

幸好贺惟身手敏捷，将他给拽住。

这么多人，又这么多媒体，他这么兴奋地扑上去，明天他和云想想绯闻得满天飞。

薛御这才反应过来，连忙补救，对着在场的媒体高喊："你们谁敢乱报道，我发誓死磕到底，成为我薛御的拒绝往来户！"

薛御有底气这样说话，因为贺惟侦察能力太强，他的艺人没有任何记者跟踪得了。

自从薛御爆红之后，从来只有薛御给他们新闻，没有他们挖得到的秘密。

而薛御如今的咖位，也不需要用新闻维持热度。

等到后面宴席的时候，薛御又逮着媒体大头们敬酒感谢。

恩威并施，媒体被他吃得死死的。

散席之后，薛御拿到了车，立刻合照发微博。

【薛御V：感谢我幸运女神为我抽到爱车。@演员云想想】

微博一出，瞬间沸腾。

【这款是绝版车，全球只有七辆！】

【天啦噜，终于有人拯救我们薛神的臭手！】

【感动哭了，我们薛神连续五年的垫底奖，谁懂我们粉丝的心酸。】

【感动。】

薛御的粉丝在这条微博下，保持了几大页的感动流泪队形，场面非常壮观，硬生生把#薛神中奖#顶到了热搜。

一大票薛御的粉丝又跑去粉了云想想，云想想的粉丝特别高兴，觉得她真长脸。

微博的动荡，云想想完全不知道，因为她已经喝醉了。

她有贺惟和薛御甚至黎曼三大巨头保驾护航，谁也没有想到喝了五杯酒她就倒了。

贺惟把她送回家的时候，她双眼迷离："我没醉，我可是千杯不醉！"

"给她弄点醒酒汤。"贺惟无奈叮嘱。

"嗯。"宋倩淡淡应了一下，架着云想想回家，电梯门刚刚打开，就迎上了等候已久的宋冕，"少爷。"

"宋冕！"云想想突然拔高声音，一把推开宋倩，扑向了宋冕。

宋冕眼疾手快将她接住。

云想想双颊酡红，原本就迷幻的眼眸更加的朦胧，她侧首靠在宋冕胸口，懒懒地掀开眼帘："宋冕，你真好看。"

宋冕抱着她进了电梯，对宋倩说："熬醒酒汤，她交给我照顾。"

"宋冕，你真香！"云想想像个小奶狗耸着鼻子在宋冕身上嗅。

宋倩连忙撤离，电梯合上，云想想像只无尾熊一样扒着宋冕。

"宋冕，你笑一个。"云想想钩着他的下巴，"来，妞，给爷笑一个。"

宋尧赶紧消失。他觉得自己知道太多，会被少夫人杀人灭口。

把一个劲儿在身上不安分扭动的云想想抱到屋里，宋冕想把她放下来。

"呜呜呜……宋冕你要抛弃我，你这个始乱终弃的负心汉！"

云想想紧紧地扒着，就是不松手，宋冕又不舍得对她用力，只能哄着："我去拿热毛巾给你擦擦，让你舒服点。"

"舒服，我这样我舒服。"云想想扒得更紧。

此时她双手吊着宋冕的脖子，脑袋靠在宋冕肩膀上，细长的双腿从腰侧横圈住宋冕的腰身。

少女发育得极好的柔软胸部，紧紧贴在宋冕胸口，偏偏她还一个劲儿地磨蹭。

宋冕被折腾得浑身难受，却又不得不安抚她，只能就这样坐在沙发上，把她挪过来横抱在怀里，打算给她按摩穴位解酒。

宋冕的手才刚刚伸到她头顶百会穴，云想想一巴掌挥开："你想干吗，你想占我便宜呜呜呜呜……"

她扭过身，横跨着坐在宋冕的腿上，凶狠狠地逼视着宋冕："只准我占你便宜，不准你占我便宜，听到没！"

"听到了听到了。"宋冕好脾气地应着，他的手伸向云想想的背部。

背部肝脾胃肾对应的穴位也可以解酒。

好不容易按住，云想想完全不配合，她一把抓住宋冕的手，好像抓住了罪犯一样："宋冕你这个大流氓，你想脱我衣服，男人都没有一个好东西呜呜呜……"

云想想直接埋头在宋冕怀里假哭起来，一边哭还要一边蠕动。

宋冕觉得他从小经历了那么多训练，这才是最考验意志的时候。

他都快被小姑娘折磨疯了，偏偏这个丫头还一无所知。

费了好大的劲儿，才把云想想给按住，人是按住了，也腾不出手给她按摩穴位。

只可惜云想想乖巧不到两分钟，她有点口干舌燥，然后就瞄准了宋冕的唇。

宋冕对上她饿狼般的目光，就知道不好，要是她清醒的时候，宋冕肯定心花怒放。

这个时候的云想想什么都不清楚，他绝对不可能乘人之危。

所以，当云想想亲下来的时候，宋冕扭头，这个湿湿软软的吻落在他下巴上。

云想想对此很不满,她也不知道哪里来的力气猛然挣开了宋冕双手的钳制。

一手捏着宋冕的下巴,用劲扣住宋冕,就狠狠地亲上去,并且带着一点怒气的蹂躏……

她的吻粗暴而又蛮横,像是在宋冕身上索取什么或者发泄什么。

这一下子是真的把宋冕浑身的火都给点燃,他一个翻身就把云想想压在身下,反客为主的吻就狠狠地落下。

场面一度失控,是宋倩的敲门声令宋冕回归了理智,他平复了两分钟,要去开门。

云想想又黏着上来,他也只能带着她一块去开门。

宋倩看着衣衫不整,唇瓣红肿,脖子上不少红印子的两个人,觉得她好像来得不是时候。

宋冕从她手里端过醒酒汤,实在是拿磨人的云想想没有办法,仰头喝了一大口,直接封上云想想的唇,用这样的法子喂她。

宋倩非常有眼色地关上门下去。

一碗汤药喝完,云想想终于没有那么躁动,渐渐地平复下来,乖巧地任由宋冕给她按摩头部的穴位。

她像只慵懒的小猫儿般窝在宋冕的怀里,最后安稳地睡过去。

宋冕只能无奈地叹口气,喊了宋倩上来给她换衣服擦身体。

被云想想蹭出一身的火气,他要是亲自动手,还能控制得住自己那就是柳下惠。

云想想醒来的时候发现是陌生的房间,她猛然坐起身,穿的是自己的睡衣。

拽着被子,她的记忆很好,昨天发生的事情都能想起来。

"没脸见人了。"云想想又倒下去,用被子捂住自己。

她没有想到自己的酒量这么差,她是故意喝几杯,想要锻炼一下酒量,毕竟以后用得上。

怎么会现在变成了这样,她差点就对宋冕用了强。

天啊!一想到这里,脸蛋就忍不住发烫。

这要她怎么去面对宋冕啊。

再不面对,也得去面对,醒来已经错过晨练时间,云想想洗漱好走到楼下客厅。

宋冕正在把早餐端出来,看到她面色如常,语气温柔:"吃早点。"

云想想浑身不自在地坐过去，不知道说什么。

还是宋冕主动开口："以后不许喝醉酒。"

幸好这是自己在，如果换个人，宋冕一想到云想想昨晚的所作所为，他会忍不住杀人。

云想想自知理亏，只能小声辩解："我已经成年，总不能还喝果汁吧？"

现在她背后有寰娱世纪和贺惟，以茶代酒，喝果汁别人都不会为难。

可等到她出去应酬，又不是对酒精过敏，还喝茶或者果汁很多人会觉得不尊敬，没有诚意。

酒是交际应酬的必备物，是要在社会拼搏的人不可避免的东西。

"我给你配一些醒酒药丸，以后宴会前半个小时吃下去。"宋冕思忖后说。

"男朋友，你真好。"云想想忍不住就在宋冕脸上亲了一口。

其实市面上不是没有酒后解酒，或者酒前解酒的药，但是这些药不论广告打得多好，它终究对身体有一定损害。

云想想相信宋冕给她配制的醒酒药，肯定无副作用。

"没有下次。"宋冕那双深邃潋滟的紫眸，宛如有两团幽火。

云想想不敢多看，乖乖地低着头吃早餐，她知道宋冕这句话的真正含义。

她也不敢再有下次，实在是太丢人。

吃完早餐，云想想这琢磨着怎么开口偷溜，她的电话响起。

是魏姗姗给她来电："想想啊，你的地址发给我，我今天有空去看你。"

云想想立刻把地址发给她，然后如蒙大赦对宋冕说："我有朋友来找我，我先下去准备下。"

宋冕也知道这会儿她不自在，就点头："这几天我都在家，有事上来寻我。"

"知道啦！"云想想跑到门口，不忘回过头送个飞吻。

魏姗姗半个小时就来了，一进屋子就紧紧地抱住云想想："我好想你。"

"快坐，我准备了你最爱的榴莲糕。"魏姗姗喜欢吃榴莲味的蛋糕。

"幸福。"魏姗姗不客气地夹起一块，"味道很好，我喜欢。"

云想想让她吃了好几块，才说话："今天不忙着拍戏？"

"刚好杀青一部戏，你还有二十几天就生日，我也不知道能不能陪你庆祝，就先带了生日礼物。"说着魏姗姗就把拎着的礼品递过来，"看看喜不喜欢。"

云想想就接过来拆开，好大一枝人参，全须全尾，身子有云想想手

万/丈/星/光

400

腕粗。

"这很贵吧？"云想想嗔怪地看着魏姗姗。

"我上部戏在东北拍摄，深山农村里，从当地农民大伯家里买来的。"魏姗姗笑着，"据说这枝人参有一百九十年，刚好你十九岁，我就是想到你才买下，不接受拒绝。"

"谢谢你，姗姗。"云想想大方地收下，"你上部戏反响很不错啊，现在怎么样？"

云想想还在拍《王谋》的时候，魏姗姗那部担任女三号的古装戏，成为了去年爆款之一。

魏姗姗在里面的角色非常讨喜，一下子就火了。

"挺好的，虽然没你这样开飞机的速度，但我也在进步。"魏姗姗很满足，"对了，我今天来还是想你帮我拿主意，我这里有两个剧本……"

魏姗姗把她手上的两个剧本粗略地给云想想讲了一遍，然后征询云想想的意见。

"你自己的想法呢？"云想想听完之后先问。

"两部戏我都挺看好，就结局而言，我觉得历史古装这部要好点。"魏姗姗说了自己的偏向。

魏姗姗说的这部历史古装大剧《平阳公主》，是第一部以平阳公主的视角展开汉武帝一生的电视剧。

这部戏虽然取名《平阳公主》，但却不是一部大女主戏，是古装历史权谋，只不过故事是以平阳公主为主线，突出了平阳公主巾帼不让须眉的气概，和汉武帝之间的姐弟情深。

故事从幼年，二人孤苦相依为起点，讲述汉武帝如何在步步杀机的大汉宫问鼎至尊，手握大权。

这的确是一部非常好的剧，并且导演也是非常擅长历史大剧的导演。

"那你为什么犹豫？"这部剧成为爆款的可能性很大。

因为它很新颖，不仅仅有儿女情长，更着重描写了刘彻和平阳公主之间的骨肉亲情。

"两个原因，第一就是平阳公主这个角色跨度太大，她的少女时期我很有信心，但她的中年时期，我怕我诠释不好。"

魏姗姗叹了口气看着云想想，"第二个原因，秦玥也在竞争这个角色。"

"你不想和她争？"云想想看得出魏姗姗对秦玥很回避。

"争不赢，我们是新公司，她现在是众星时代最受捧的人，陈俊杰为了她亲自下场撕。"魏姗姗说着颇有些看不起的语气。

401

"姗姗，其实听完两个剧本，我第一选择并不是《平阳公主》。"

云想想握着魏姗姗的手，"我更喜欢《司天命》。"

《司天命》是一部神话电视剧，讲述的是司命神的故事，大司命大限将至，即将甄选少司命司掌天命，等待大司命回归。

女主角只是司命宫的一个小仙娥，口头禅是小命要紧。

在司命宫权力倾轧下，她一次次用她的机灵左右逢源，保住小命。

她看似热情，实则冷漠，只要不牵扯到她，都会漠不关心，袖手旁观。

为了小命，她被逼着一步步，从小仙娥到司掌，再到成为少司命。

男主角大司命是在女主角化解了他故意制造的争端后开始注意到她。

她这样冷静，时刻理智，不为任何诱惑迷失，才最合适司掌天命。

男主角在背后一次次地磨砺她，将这只乌龟从龟壳里赶出来。

他希冀在自己大限之前，把女主角打磨成为一个合格的神。

但他却没有想到，他竟然在打磨女主角的过程中对女主角动了心。

女主角对大司命很有偏见，认为他们这些上神，不把他们小仙的命当回事。

大司命陨落，她才明白他的良苦用心。

一夜之间，她从得过且过，华丽转身为生杀予夺的少司命。

最终明白"司命，司天命，不司己命"的悲哀与无奈。

"可是这部电视剧，感情线有些隐晦。"魏姗姗把不看好《司天命》的原因说出来。

"哪里隐晦？"云想想不认同魏姗姗的看法。

她握着魏姗姗的手说："姗姗，你不能站在女主角的立场来看，你要跳出来，站在观众立场来看。"

虽然云想想没有看到完整的剧本，但魏姗姗叙述得很完整。

不说这部戏的女主角人设讨喜，就说男主角先喜欢上女主就是一大看点。

很多神话电视剧，基本都是男主角高冷得不行，女主角一味痴恋。

大司命虽然高高在上，掌握人世间的生死，但恰恰是这样的他先对女主角动情，更让观众喜爱女主角。

前期大司命对女主角的打磨、庇护、偏袒，都会像一层轻纱蒙在观众心间。

他们会无限期待什么时候揭开这一层布，让男女主角发现彼此的心意。

而且这部神话剧不仅仅是一部成长励志电视剧。

《司天命》的一切都围绕着天命展开。

万/丈/星/光

402

更有九重天上的天帝不满司命宫势大，处心积虑地想要夺权。

拍好了，一点不输于历史大剧的波澜壮阔，甚至更气势磅礴。

"好，我听你的。"魏姗姗虽然对《司天命》有些迟疑，但她相信云想想。

两人又聊了一会儿，魏姗姗在云想想家里吃了午饭就离开，她也没有多少时间。

送走了魏姗姗，云想想应宋萌的要求，打算带着她和李香菱下去转一转，却接到了贺惟的电话，说来接她去驾校报到。

贺惟报的驾校是很出名的明星驾校，基本只接纳艺人和时间不自由的特殊人群，采用的是一对一教学，贺惟也给她安排了一个教练，还是一位女士。

教练证十分难考，女教练不多见，无疑女教练对她更方便。

"她姓杨。"贺惟给云想想介绍，"这就是我的艺人。"

"杨老师您好。"云想想先打招呼。

"我知道，我和我女儿都是你的粉丝，知道你要来驾校，特意申请来教你。"杨欣看着云想想的目光万分热情。

"可不能因为这个原因放水。"贺惟不得不叮嘱。

"哈哈哈哈，贺先生放心，我得为我偶像的人身安全负责。"杨欣拍胸脯保证。

杨欣微胖，但笑容很有感染力，看着四十岁的样子，笑起来中气十足。

体检后办完手续，杨欣带着他们熟悉一下场地和环境，然后杨欣指导了她一下打方向盘和挂挡。

谁也没有想到云想想一学就会，而且非常稳，在她身上完全看不到新手的影子。

别说杨欣，就连贺惟都惊讶得不行。

云想想说："我年前就知道要来学车，所以私底下提前做了功课。"

"她有提前做功课的习惯。"贺惟也了解云想想做事情的风格。

"你太棒了，你一定是最快通过考试的学员。"杨欣毫不吝惜对云想想的夸赞。

"事实上我也希望用最短的时间，我希望预约后天科目一。"云想想笑着开口。

"后天！"杨欣觉得不可思议。

刚刚一系列的体检折腾下来，云想想是打算用一天的时间刷题，去考科目一？

如果不是怕太夸张，云想想明天就想去考，理论性的知识她只需要随便翻一翻。

毕竟她在云志斌考驾校的时候就跟着一起，也实偷偷际操作过，只不过没有上路。

贺惟看了看云想想："就按照她说的办。"

杨欣点了点头记下来后问："那科目二，科目三……"

"我之后会出国一趟，科目二和科目三都预约在三十二天之后吧。"云想想心里早就规划好。

科目一考过之后，必须要十天才能考科目二，二十天后才能考科目三。她的目标就是所有考试一次性通过，四十五天考完拿驾照。

云想想的规划让杨欣目瞪口呆，她来驾校快五年，不是没有遇到特别厉害的学员。

但那些都是在家里就学好，只是来走个流程，拿到驾驶证而已。

云想想和他们几乎是如出一辙，并且听她的口气，她并不会每天来刻苦训练。

"我会在家里多加练习。"云想想只能这样为自己解释。

杨欣想到云想想是学霸，也许她学习能力就是比人强，所以就没有多问。

回到家，云想想就拿出看剧本的认真劲刷题，刷了几套都是零失误。

偶尔有些不确定也能蒙对，云想想还是将之拎出来认真看了看。

晚饭的时候还是宋冕下厨，一并叫上了李香菱和宋萌。

"想想啊，我从来没有嫉妒你，这会儿我酸了。"宋萌吃完饭前糕点之后说。

云想想白了她一眼："想谈恋爱，你随时可以。"

别看宋萌不是大美女，但她性格开朗，为人又仗义，异性缘一点不差。

"我也想要这么完美的男朋友。"宋萌瘪着嘴托腮。

"想要完美的另一半，你先把自己变得完美。"李香菱毫不犹豫打击她。

宋萌凶凶地瞪了她一眼："哼，我是颜狗，至少得好看。"

李香菱直接从包包里掏出了镜子递给她："照照。"

"李香菱，友谊的小船翻了。"宋萌把镜子扔给她。

云想想无奈地笑着起身，去了厨房帮宋冕，这两人从小掐到大。

"你看他们俩，像不像老夫老妻？"大闹了一会儿的两人抱在了一起咬耳朵。

从她们的视角，穿过雕花一般的红木隔断，就看到两个忙碌的背影。

云想想会给宋冕递调料，递配菜，递盘子。

宋冕会用筷子从锅里夹起菜来，吹一吹喂给云想想，应该是问她味道和熟的程度。

"旁若无人地虐狗。"宋萌心里冒出好多酸泡泡。

"萌萌姐，你被虐了吗？"云霖做着作业忽然抬头问。

"对啊。"宋萌一时没有反应过来就回答。

"那你是狗狗，我不是。"云霖说着还把作业推远点，挪了挪身体，要和宋萌保持距离的架势。

"人狗殊途。"李香菱也站起身去厨房。

宋萌颤抖着手指指着他们，可压根没有人理她，她正想要演一演悲惨，岂料李香菱帮着上菜，饭菜的香气让她把什么都抛到脑后。

"神人啊，你竟然只用一天刷题看书，就去考科目一！"

第二天，宋萌知道云想想要留在家里刷题，好奇心驱使下问了问，然后惊呆了。

云想想压根不理她，又刷了一上午的题，把已经淡忘的理论巩固一下。

下午她又拿出了《九色》全新的剧本开始仔细钻研。

故事没有什么变化，只不过更加的细致，但云想想看到了中后期，突然沉默了。

九色之所以能够成为权阀的姨太太，是投其所好，她登台唱戏，吸引了对方注意。

虽然整部剧本没有几段唱戏的戏份，但云想想认为非常的重要。

尤其是有一场戏是九色借助所唱的戏，当着这位权阀的面给自己人通风报信。

她打了个电话给贺惟："惟哥，我想要学习一些戏曲基本知识。"

"你还有时间？"贺惟没有想到云想想是为了这个寻他。

"可以一边拍摄的时候一边加班加点补充。"思考了一会儿，云想想说。

到了这个时间点云想想才看到，就只能抓紧一切时间来充实，不求神似，至少形似。

总是要给观众一点代入感。

"戏曲的妆浓，总共也就三场戏用得上，杜长荣打算给你寻替身。"贺惟回。

云想想摇着头："惟哥，我想尽我最大的努力，如果我不行，为了电影连贯性，我自然接受替身。可如果我可以，我不想用替身。"

对于替身，云想想是尊重的，他们是背后默默付出的工作人员。

什么危险的，累的，专业性的都是他们在为作品贡献。

但她也尊重自己的作品，她接了这个作品，拿了酬劳，就得为这个角色负责。

她不能保证自己一辈子不用替身，毕竟她不是万能的。

但她希望能够尽最大的努力，任何情况下亲力亲为，让自己更能挺直腰杆。

贺惟沉默了一会儿："好，我给你安排，明天你考完试，我们去见尼古的高层。"

"好的。"云想想乖巧地应下。

又看了会儿剧本之后，云想想抱着剧本去寻宋冕。

输入密码进了房间，就看到宋冕站在大阳台上浇花。

"这个花骨朵好奇特，是什么花？"云想想走过去看到盆栽里是一株植物。

看叶子认不出，花苞像荷花却又不一样，它是白色的花，边缘有点深紫色。

云想想可以利用空间想象力，勾勒出它盛开之后的样子，简直是美极。

"新品种。"宋冕没有多说，而是放下水壶，侧首问，"寻我有事？"

"什么嘛，我就不能是因为想你么？"云想想半真半假地说。

"这样啊，那我们出去逛逛……"宋冕说着就拉着云想想作势要往外走。

云想想立刻拽住他："好啦好啦，我是有事求你。"

唇角舒展，宋冕的笑容比阳光温暖迷人："什么事？"

"我的新剧本。"云想想把剧本递给宋冕，"我想寻个老师学戏曲。"

贺惟压根没有打算给她准备，虽然她现在提了要求，贺惟肯定会上心，但仓促间云想想还是担心寻不到人。

这才求到宋冕这里来，宋家是古老的家族，很多地方还保留着纯粹的古文化。

云想想觉着宋冕一定认识戏曲方面的大师，只好借用一下男朋友的人脉。

"戏曲是我们传统文化的瑰宝，父亲也很喜欢。"宋冕翻到后面对云想想道，"你这是越剧，我问问父亲。"

说着，宋冕就拿出手机，电话一接通，宋老爷的声音就传来："真稀罕，你小子主动给我打电话。"

"想想要学越剧……"

"学越剧啊，越剧好，我们国粹。我这就打电话给老袁头，让他亲自来教我儿媳妇！"

"哎，宋叔叔！"云想想连忙扑过去，阻止宋老爷挂电话。

"想丫头，你都不想我，过年也不来看看我，我好伤心啊。"宋老爷长吁短叹。

云想想瞬间有点尴尬："宋叔叔，等我考完科目一，我就去看望您。"

"哈哈哈哈，你说的，我可等着你。"宋老爷立刻满口笑意。

"我一定来。"云想想保证后说，"宋叔叔，我就随便学学，然后拍个电影，您随便给我介绍个时间方便的老师就行。"

别把那些金字塔顶尖的大人物叫来教她，她会压力山大，这也是大材小用不是？

"随便？你想学怎么能随便找个人教你？"老爷子不开心，"时间嘛，你说了算！"

宋老爷子霸气地说完，不等云想想再说什么，直接挂了电话。

云想想扶额："我真不该寻你……"

哪里知道会这样的兴师动众，实在是有些受之有愧。

"别胡思乱想，他们巴不得父亲能让他们做点事。"

宋冕将云想想揽入怀中，"你这是做善事，让他们可以还点人情给父亲，减轻点心理负担。"

"噗！"云想想是真的绷不住笑了，"在你眼里，我做什么都是对的是不是？"

"是。"宋冕毫不犹豫回答。

云想想都不知道说什么，靠在宋冕怀里，却没有看到宋冕若有所思望着剧本。

次日四十五分钟的考试一晃而过，当场就有成绩，云想想自然是顺利过关。

杨欣问："科目二的五项怎么练？"

云想想神秘一笑："家里练。"

等到云想想走了，杨欣都回不过神，她做梦都想不到，会收到一个让她成为挂名教练的学生。

云想想和贺惟去见了尼古在华国的高层，并且一起愉快地用了午餐。

但是对方却非常遗憾地说："综合各方面，我更看好云想想小姐，也希望能够和云想想合作，但很抱歉，我今天接到总公司的通知，我们依然选择众星时代。"

这个时候选择众星时代，肯定是秦玥无疑。
"别气馁，尼古本来就是众星时代的资源。"贺惟安慰云想想。
"不选我，是他们的损失。"云想想笑容自信。
世界这么大，奢侈服装品牌又不止尼古。
"你这么有斗志就好。"贺惟很欣慰。
其实一开始贺惟就觉得云想想获胜的机会不大，尼古和众星时代有太多利益纠缠。
要想从众星时代夺走尼古，就如同众星时代从他们手中夺走门罗一样艰难。
他还是带着云想想去试了，是故意要磨砺一下云想想的心性。
云想想马上十九岁，可她的人生太过于顺利，贺惟担心她会迷失自己。
人生路上，或多或少需要一点挫折。
云想想不知道贺惟的良苦用心。
下午贺惟带着她去了薛御的录音棚，再看到薛御，云想想惊了。
"师兄，你头发呢？"此时的薛御一个大光头，不过人好看光头也帅。
"为事业献身了。"薛御摸了摸自己的光头，语气满不在乎。
"要拍清宫戏？"这是云想想第一反应。
薛御也是不拍电视剧的电影咖，电影极少有和尚做男主角。
"来来来，给你看看。"薛御将音乐短片剧本给她。
因为是音乐短片剧本，所以只有几页，故事也很简单，云想想很快就看完。
这才明白为什么薛御是个光头，这首歌的男主角是位高僧。
女主角是一株莲花，她生于佛寺之中，整日沐浴佛法，听着经文，晨钟暮鼓。
很快她就有了修为，在她化形睁开眼的第一眼，看到了男主角，那就是一眼万年。
可是他们能够有什么结果？她知道让他洞悉心意的那一日，就是再不相见之时。
只为了多看他一面，她压下心中所有绮念，潜心在寺中修炼。
后来他为传世著下万卷经书，却被妖魔忌惮欲将其毁去。
烈火之中，她为护住他的心血，散尽灵元，被活活烧干，湮灭于天地之间。
"师兄，你怎么会写这样的歌曲？"云想想看完，觉得太悲了。
作曲作词人，一般都是有感而发，除非是为了某个故事而作，比如电视剧主题曲。

最近没有听说薛御演了相关方面的影视作品啊？

"不是我作曲也不是我填词。"薛御把歌本递给她，"是个女粉丝填词作曲，她得了白血病，希望我能够演唱她的歌曲。"

薛御看了词曲的确可以，自然要帮粉丝圆梦。

"那我就明白了。"云想想露出恍然的表情。

"你明白什么了？"薛御觉得云想想脑子肯定想歪了。

"在她心里，你就是这位高僧，遥不可及，而她渴望成为这一株莲，在你的诵经之中成长。"

这是隐晦地表达了她对薛御的喜爱，喜爱到生命的最后一刻，也希望他越来越好。

至于这份喜爱到底掺不掺杂男女之情，云想想也是不能妄断："那我做女主角，你告诉过人家吗？"

很可能是遗作，云想想还是希望能够谨慎一点。

"本来她不知道要拍音乐短片，我提议之后，她就问我能不能请你做女主角。"薛御笑着说。

"哦，原来并不是师兄时时刻刻想到我，而是应粉丝所求。"云想想拖长语音。

"师妹，你这样想我，我好伤心。"薛御捂着心口，一副要倒的架势。

"行了，别耍宝。你师妹这两天有时间，你赶紧安排。"贺惟看不上他这样子。

"那明天开始？"薛御立刻一本正经询问，都是艺人，自然知道云想想忙。

"后天吧，明天我要去拜访长辈。"云想想答应考完科目一要去看望宋叔叔。

顺便见一见宋叔叔给她请的越剧老师，总不能让人家久等。

"也行，一个音乐短片也拍不了多久。"薛御点头，"场景服装道具我都已经安排好。"

"师兄先唱一遍给我听听，我找找感觉。"云想想拿着歌词催促薛御。

薛御去了录音棚，让他的音乐团队动起来，配乐响起，很快传来他干净的声线。

晨钟暮鼓，一声木鱼一句祈福
青莲普度，一颗菩提一方净土
经轮流转方知已相思入骨

檀香焚尽恨不能相忘江湖

你眉眼淡薄如素

我愿尝尽十丈红尘苦

化作你手中一串念珠

云想想也不知道为何听着听着，就觉得一股悲戚之感萦绕在心中。

等到薛御一曲唱罢，她忍不住一声轻叹："佛度有缘人，有缘却无分。"

"如果人人都能看穿一个情字，那就没有红尘俗人。"贺惟冷静地开口。

薛御白了他一眼："我们都是世俗人，你有点烟火气行不行？"

说着又看向云想想："这句话说得好，我喜欢，我们可以加点念白，做成网络版。"

"要加念白，你自己来，我没有那心思和才华。"云想想立刻表态。

她现在已经忙成了陀螺，眼瞅着又要开学，没有精力分到其他地方。

"好，我看着来，师妹到时候配合我就行。"薛御也不为难云想想。

在薛御的录音棚待了很久，还是宋冕打电话问她是否回去吃晚餐，云想想才惊觉时间晚了。

推辞了薛御要请客吃饭的好意，云想想让贺惟送她回家："惟哥要不要上去吃饭？"

都这个点，云想想实在是不好意思挥手就走。

贺惟突然笑了："我看不太方便。"

云想想的手机不漏音，但这个点一打来，云想想就急忙赶回家，贺惟也年轻过，猜得到。

被贺惟打趣，云想想突然有些不好意思："没什么不方便……"

"我记得你同学也在，还是不要打扰你们，我也还有点事。"贺惟还是给了云想想台阶。

云想想直接上了宋冕的楼层，云霖在一旁打游戏，宋冕端着菜从厨房出来："小霖，去叫你姐姐的同学。"

云霖前脚刚走，云想想就扑上去，从身后抱住宋冕："你真好。"

特意等她回来之后，才让云霖去喊李香菱和宋萌，这是有意识的避嫌。

其实男女之间的误会，往往源于一方不在意细节，认为心怀坦荡就行。

但相爱的两个人，心胸就会变得极其狭窄，有些东西再清白，看多了也会猜疑。

"我也会注意言行举止。"云想想突然道。

作为一个演员，云想想其实从来没有想过尺度问题。

只要电影有意义，亲吻什么的她曾经都觉得无所谓。

这是工作需要，可现在她遇上了宋冕，这样好的宋冕，她不得不重视起来。

虽然有了这样的限定，必然会错过很多好的机会，毕竟很多片子是需要。

并不是为了吸引观众，而是男女之间情到浓时，自然需要一点表现才更有感染力。

"我认识你之前，决定要和你在一起之前，就知道你是个演员。"

宋冕捧着云想想的脸，"有些东西我在意，但并不是不能接受，这是对你职业的尊重。"

就像他作为医生，他看过多少人的裸体？男的女的都有，这是职业不可避免的需求。

他从来没有和云想想谈起过这个话题，并不是不在意，而是必须去面对。

如果接受不了，从一开始他知道她是演员的时候就不会去撩拨她。

他的爱情观，从来不是把心爱的人约束成为自己需要的样子，而是去爱上她所有的最真实的样子。

云想想在宋冕的唇角亲了亲："谢谢你，阿冕。"

其实很多职业都有局限性，并不仅仅是艺人，可这些岗位不能没人。

就像《正义无私》，警察也会面临艰难选择。

不能因为警察没有办法陪伴家人，这个世界人人都不去做警察。

当然艺人是没有办法和警务人员相提并论的。

可云想想她就喜欢这个职业，她喜欢去诠释不同的角色。

这是她的兴趣和事业，宋冕则是她的爱情和归属。

她有点贪心，都想要。

如果是以前事业和爱情发生冲突，她或许毫不犹豫放弃爱情。

可宋冕不一样，她想如果他接受不了，她会为他放弃这个，选择另外一种事业。

"我希望你的人生圆满，鱼与熊掌兼得。"宋冕不会让她因为他而失去任何欢乐。

"咳咳咳！"宋萌肚子咕咕叫，"狗粮都吃饱了，还吃什么饭啊？"

云想想立刻松开宋冕，就看到他们三人转到客厅："那你下去吧。"

宋萌瞪了云想想一眼，自觉地跟着李香菱去帮忙端菜。

吃完饭之后，云想想很不客气地问："你们快开学了吧？"

她们开学时间相差不了多少，云想想直接撵人。

"云想想，你也有今日这样面目可憎的时候。"宋萌一脸的悲愤控诉。

"我明天要去看望阿冕的爸爸，没时间陪着你们。"云想想挽着宋冕胳膊，"当然你们要是不介意，可以多住几日。"

云想想撵人，实在是出于无奈，她几乎没有时间陪她们玩啊。

"我们可以一起去拜访叔叔吗？"李香菱突然提议。

宋萌吓得连忙拽李香菱衣袖，李香菱却看着宋冕。

虽然云想想说得信誓旦旦，可李香菱认为恋爱的女人，都会把对方的一切美化。

她还是想要去眼见为实，这又不是云想想第一次去拜访，她们跟着去也不算失礼。

比起好姐妹的幸福，厚一次脸皮算什么？

"欢迎。"宋冕明白李香菱的心思。

"你可要对我好，不然我闺密不会放过你。"等李香菱和宋萌走了，云想想笑眯眯道。

"这么多人喜欢你，证明我眼光好，我自然要对你如珠如宝。"宋冕弯身用额头抵上她的额头。

"对了，姗姗送了我一枝人参，你帮我看看，如果品质好，明天就带去给叔叔。"云想想说着就转身下去把人参取来。

虽然是魏姗姗送给她的生辰礼，但云想想还是打算送给宋叔叔。

并不是因为珍贵，而是因为他们是医者，这东西落在他们手里，才能够发挥最大的作用。

她留着也只能收藏，她相信魏姗姗不会在意，她们都是一类人。

她送给好朋友的东西，只要对方不是因为不喜欢或者嫌弃而转赠，她都觉得没什么。

毕竟送给别人，就是别人的所有物，别人有处置权。

"这枝野山参品质很好，现在这样年份的山参不多见。"宋冕看了之后评价。

他也没有阻止云想想送这个，这枝野山参是大补之物，完全没有接触过中医，或者不了解人参的人，贸然服用还会出人命。

他心里已经开始琢磨着如何把这枝野山参，做些好的滋补品让云想想服用。

虽然心里知道魏姗姗不会介意，云想想还是给魏姗姗发了条微信。

【姗姗，你送我的野山参，我拿去孝敬长辈啦。】

云想想没有打电话，就是担心魏姗姗还在工作或者休息，没有想到魏姗姗秒回。

【你的东西，问我做什么？你想怎么处置都行。】

【我请了资深中医，说这种山参很难得，你还有渠道吗？】

她是知道在东北一些从事人参生意的人手里有好货，但并不是出钱人家就愿意卖，还得看人熟不熟，人不熟就算搁在家里占位置，他们也不会出手。

【我帮你问问，有消息再通知你，不和你说了，我困死啦。】

【晚安。】

于是第二天，云想想和宋冕就带着云霖、李香菱、宋萌一块去看望宋叔叔。

在车上云霖就给她们打了预防针，说了下宋宅有多大，但亲眼看到，两人还是惊呆。

"看吧姐姐，不是我一个人丢人。"云霖笑得一脸得意。

"哎呀，想丫头还带了两个可爱小姑娘。"宋老爷亲自出来迎他们，看到李香菱她们，也是笑容温和。

"这位是……"宋萌低声询问。

"这是阿冕的爸爸，宋叔叔。"云想想介绍，"宋叔叔，这是我两个最好的闺密，从小一块儿长大。"

"爸……爸爸……"宋萌看了看宋冕，又看了看宋老爷，眼珠子都快掉下来，情不自禁脱口而出，"是亲生的吗？"

李香菱暗暗掐了她一把，不着痕迹把她拉到身后，礼貌大方地将捧着的一盆花送给宋老爷："宋叔叔你好，贸然打扰，听说您喜欢养花草，一点小心意，希望您不要嫌弃。"

"这株杓兰照顾得很是细致。"宋老爷的目光一下子就被李香菱端上来的花吸引。

"这是我自己养的，不敢在宋叔叔面前班门弄斧。"李香菱谦逊地说。

养了半年，放假就托给帝都会照顾的朋友，昨天晚上特意去取回来的。

"你这个年纪，能够把花养得这么好，很是难得。"宋老爷夸赞，"有家学渊源？"

看得出不是客气的夸赞，而是从内心认可李香菱的能力。

"我爷爷是花奴，尤其喜爱养兰花，我从小就跟着耳濡目染。"李香菱坦诚回答。

"原来如此，走走走，带你们去我的花园看看。"难得遇上懂花人，宋老爷高兴极了。

"想想，为什么宋叔叔看着这么年轻，你不是说你男朋友比你大八岁？"宋萌拉着云想想走在最后，低声询问。

"宋叔叔是中医，有保养秘方，他已经五十了。"云想想不怪宋萌这么吃惊。

想到她第一次见到宋叔叔也当做是宋冕的叔叔或者堂兄。

"我的天啦！"一脚踏入归矣院，宋萌满目震撼，"这里太美了吧！"

天天生活在这样的地方，真是神仙一样的日子，要是她可以一辈子不出门。

宋老爷亲自把李香菱送给他的杓兰放到了兰花园。

"我从来没有看到兰花这么齐全的地方。"就连李香菱都惊叹不已。

她的爱好其实就是侍养花草，尤其是对兰花情有独钟，但她没有想到有生之年，能够在一个地方看到这么齐全的兰花。

特别是这个花园也不知道是怎么布置的，每个角落的温度都有所不同。常人没有特别大的变化感觉不出来，她天生对这些比较敏感。

温度、土壤、向阳、湿度等不同，所以这里可以繁花盛开。

"哈哈哈哈，中午给你们做鲜花宴。"宋老爷高兴地吩咐宋安大管家。

"真的吗，就是想想上次朋友圈的那种？"宋萌两眼放光。

宋老爷也喜欢宋萌这种简单坦率的性子，笑着点头："季节不同，花也不同。"

自然菜也就不同，不然宋老爷也担心云想想会腻。

"我们可以逛逛园子，我可以拍照吗？"宋萌虽然大大咧咧，但该注意的还是要注意。

这么漂亮的花，是个女人都忍不住喜欢，她长得不好看，可架不住她喜欢自拍啊。

"随便逛，随意拍。"宋老爷并不介意。

云想想也跟着逛，虽然来了两次，但四时景色各异，和上次又有许多的不同。

宋萌自拍得根本停不下来，李香菱也拿着手机拍，但拍的是花或者土壤。

逛了一小会儿，宋安进来对宋老爷说："袁老到了。"

"香菱、萌萌，我和叔叔去见一个越剧大师，你们……"

"我不喜欢听戏，你们去吧，我在这里看花。"宋萌表态。

"我也在这里陪着宋萌。"李香菱担心宋萌没个轻重,损坏了这里的花草,得盯着点。

宋老爷就叫了人在这里留着陪她们俩,带着云想想和宋冕去了会客的小亭子。

越剧大师袁平秋先生的名字,因为要学越剧,云想想去打听过。

已经六十多岁的老先生头发都没有白几根,虽然眼角纹很重,看起来还是很年轻。

"老袁头,这是我和你说的姑娘,叫她想想就成。"宋老爷给双方介绍,"这是袁平秋,袁老师,越剧他最拿手。"

"原来是你啊。"袁平秋看着云想想的目光很是和蔼,"我孙女以你为榜样,改日我把她带来,指不定多高兴。"

袁平秋的孙女袁菀,十六岁读高二,他们袁家世代越剧传承,每个孩子不管走不走这条路,都要学会学精。

大孙女天赋极佳,学越剧也是捕捉到了精髓,深得他的喜欢,可上了高中就和他们就以后要读的专业产生了分歧。

她是打算做个戏曲大师,但她不要大学专修国学,传统文化,汉语专业这些,有助于戏曲的专业。

文理分科的时候,瞒着大家选了理科,说是要考青大计算机系。

她每次都拿云想想来堵她爹妈,说:你看看人家做演员都可以,我唱戏怎么不行了?

袁平秋把这话说出来,宋老爷和云想想他们都笑了。

"我从不干涉她学什么,只要她不忘了自己学过的本事就成。"袁平秋很是开明。

"怎么会忘?从小就学的东西是刻入骨子里的。"云想想大概最能明白袁菀。

有些东西是真的不需要再浪费时间去学习,并不是说自己已经到了最高境界,而是自己清楚地意识到,自己能够达到的水平,这个时候不如换条路走,反而能够让心境开阔些。

一味地钻死胡同,不但自己会走火入魔,还平白浪费了光阴。

"你突然要学越剧,为了拍戏?"袁平秋觉得除了拍戏,不可能让一个从来没有接触过越剧的小姑娘,在繁忙的学业之中抽出时间来学习。

"袁老慧眼如炬。"云想想有些不好意思,"我就是一部电影需要唱越剧,我也学不了多久,您看您给我推荐一个时间上宽裕的老师就好。"

云想想是真的不敢劳烦这位,她也就这几天能够准时报到,之后就是隔三差五。

她非常担心袁老觉得她是学着寻开心，根本没有把越剧放在心上。

对于痴迷越剧的越剧大师，这无疑是一种对他传承的亵渎。

"我这戏剧院里就我最清闲。"袁平秋笑呵呵说。

他真没有骗云想想，年岁大了他基本不登台，戏剧院也交给了儿子打理。

他现在是含饴弄孙，退休养老的清闲人。

"你也别紧张，我懂你的难处。"袁平秋这一大把年纪，什么没有见过，"你就和我说说你都有哪些时间。"

话都到了这个份儿上，云想想也只能硬着头皮说："我明天还要拍摄音乐短片，拍完也就开学了……"

所以，她只能一边读书的时候一边学。

"这好办，你搬到宋宅住。"宋老爷提议后转头对袁平秋说，"便宜你了。"

"哈哈哈哈，沾了想想的光。"袁平秋朗笑。

云想想一脸茫然地望着宋冕，宋冕握着她的手站起身："父亲和袁老聊着，我和想想去看看她的弟弟和同学。"

"去吧去吧，别怠慢客人。"宋老爷子挥了挥手。

等到二人出了亭子，云想想才反应过来："阿冕，我还没答应呢！"

这……这怎么学个戏剧就搬到男朋友家里住了？

宋宅和她家楼上不一样，这是长辈住的地方，除了做客，哪里有未过门的姑娘家，就这么堂而皇之长住在男朋友有父母辈的家里？

这比婚前小两口同居都过分！

"你还能拒绝？"宋冕眼底透着笑意反问。

云想想：……

她还真的没有法子拒绝，袁平秋这样的越剧大宗师迁就她的时间，不嫌弃她这种学着玩的方式，亲自住在这里来指导她。

她有什么资格去拒绝？这也太不识好歹，而且宋叔叔亲自开口，她要是拒绝也打了宋叔叔脸。

袁平秋和管孜不一样，管孜是导演请的，收了费给了钱，就是培训师。把人家请到家里，好吃好喝地招待着也就仁至义尽。

袁平秋是大师，很明显他教云想想也不打算收费，这是看宋家的情面。

这种情况下，她哪里来的脸要把袁平秋请到家里为她服务？

唯一的法子就是她搬到宋宅，抽出学习之外的时间接受一样住在宋宅的袁平秋教导。

"我感觉我把自己送入了狼窝。"云想想哭丧着小脸。

"小红帽,你不知道饿狼已经盯上你很久了吗?"宋冕故意用恶狠狠的目光盯着她。

云想想抬脚就不客气地踩了宋冕一脚,然后拔腿就跑:"大灰狼,来追我啊!"

"追到了,我就把你生吞……"

"哈哈哈哈……"

两个这么大的人就在院子里大闹起来,宋冕故意放水陪着云想想闹。

"哎,少爷已经不像二十七岁,像十八岁。"宋尧一脸看不明白地哀叹。

宋倩跟着他们一块回来,用一种轻蔑的目光扫了他两眼:"知道狗的寿命为什么短吗?"

"为什么?"宋尧反射性问。

"单身,心沧桑,老得快。"宋倩冷酷地蹦出三个词。

说完就吃着棒棒糖走了,留下一脸表情龟裂的宋尧。

和宋冕玩闹了一会儿,他们就去寻了还在拍拍拍的宋萌和李香菱。

将她们俩从依依不舍的归矣院拽出来,让宋冕做向导,带着他们游园。

院子没有逛完,就到了午饭时间,本来觉得脚疼的宋萌一看到美食就满血复活。

色香味俱全的鲜花宴,每一道都和上次的不重复,碍于有客人,云想想没有拍照。

李香菱和宋萌也不好意思,吃完之后宋萌满脸遗憾,这么好看的饭菜没拍照留念。

吃了午饭,袁平秋把云想想叫过去,教了几个基本的手掌、手指的基本功。

看看云想想的可塑性,也好制订一下教导云想想的方案。

折腾到下午三点,云想想和宋老爷与袁平秋约定二月八号搬进来才离开。

回到家用了晚饭,云想想正要打电话给薛御问问明天的安排,电话先一步响起。

是一通越洋电话,来自于米勒思:"你好啊,米勒思,我真是太意外了。"

的确,米勒思和她是两年前在申市电影节认识的,后来又遇上了。

之后他们偶尔会在社交软件上聊上几句,但是联系并不多。

"云，我希望你能够参演我的电影。"米勒思很直接。

这两年米勒思已经开始斩获各种奖项，他算是新晋导演中比较出名的。

"我能知道是一个什么角色吗？"云想想问。

"一个非常重要，而又非你不可的角色。"米勒思语气充满了期待，"我发了邮件给你。"

云想想立刻点开邮箱，果然有一份米勒思发来的邮件："我看到了，米勒思，等我看完之后再给你答复可以吗？"

"我等你答复。"米勒思挂了电话。

云想想戳开了邮件，邮件附带了这个角色的全部内容。

电影名翻译过来，应该叫《初恋》，电影中的故事发生在五十年前。

男主角著名画家奥多在浪漫的餐厅邂逅了女主角埃米莉，他主动搭讪，说埃米莉实在太美丽，想要给她画一幅画，埃米莉欣然同意。

他画画的时候专注认真，埃米莉却总觉得他在透过她看另外一个影子。

等到画像完成，埃米莉看着明明和自己很相似的画像，却总觉得像看另外一个人。

似乎察觉了埃米莉困惑的目光，奥多很抱歉地对她讲述了一个故事。

故事的男主人翁是法兰国贵族出身，他痴迷于画画创作，他恋上了一个来自于东方的女孩。

可是他们的家族注重血统，东方女孩不被接受。

他为了爱情和家族抗争，最后他失去了所有，包括他的初恋。

从此以后他再也无法忘记她，他不喜欢画人物，尤其是美丽的女人。

因为他的每一幅画，都会隐藏着她的身影。

埃米莉知道奥多是说着自己的故事，她突然很想知道是多么美丽的东方姑娘，才能够让这样才华横溢的奥多念念不忘。

在埃米莉的要求下，奥多将他的初恋绘画出来，的确是个令人迷恋的美貌女子。

埃米莉说，她很羡慕这个女子。

再后来，她看见奥多在街头卖艺。明明他可以拥有盛大的画展，她不懂他为何出现在这里。

奥多说：仰望，才能看到自己的渺小。

埃米莉从此坠入了爱河……

看到这里，云想想以为这是一部爱情片，但看完全部，云想想才知道竟然是一部惊悚片。

奥多是个美人皮收集画家，更是个变态杀手，他会对每一个目标讲述他的初恋，令目标人物陷入他的深情。

而最令人刺激的是埃米莉也不是个普通女人，她是要搜集奥多犯罪证据的警员。

一个要美人皮，一个要罪证，一场戏中戏的巅峰较量。

云想想饰演的就是那个存在于奥多虚构中，无法查证，令他的无数猎物沉沦艳羡的初恋。

求婚后的第二天埃米莉在一个完全陌生的地下室醒来，她四肢被锁在手术床上。

四周都是一张张人皮，有些玻璃瓶里还有用药水浸泡着的一个个脑袋。

帅气俊朗的奥多，穿了一件白大褂，旁边的药柜放着注射器和手术工具。

埃米莉是他收集的第四十九个，也就是说在埃米莉之前，他一共杀了四十八个年轻女性。

把她们美丽的皮囊永久地封存在这个秘密实验室，他会从这些人身上寻找创作灵感。

他一边讽刺着女人的愚蠢，一边给埃米莉注射局部麻醉，他喜欢在猎物有知觉的情况下进行剥皮，但又不能让猎物挣扎，破坏了他的力道，影响他剥皮的美感。

这个过程中，埃米莉一直绝望而深情地凝视着他，她想知道他有没有爱过她。

奥多说他爱过，爱过每一个被他收纳在这里的女人。

埃米莉问他，他的初恋是不是也被他收集在这里，是不是他杀的第一个人。

奥多疯狂地笑了，初恋？他没有初恋。

那个不被他家族认可的东方女孩，只是他编造出来诱哄这些可悲的女人的。

提到初恋这个词，所有人的眼里都是美好的幻想，他偏偏要让这些人清醒。

越是美好幻想的背后，越存在着肮脏与丑陋。

埃米莉哭着说爱他，如果他想要她永远留在这里，她心甘情愿。

只求他能够再给她最后一个吻。

埃米莉和别的人不一样，曾经那些出现在这里的女人会对他疯狂地谩骂，眼中全是恐惧，看他的眼神再也没有一点爱意，可埃米莉由始至终深爱着他。

奥多的心软了，但也仅限完成她的遗愿，给她一个永别吻。

终于到了要剥离埃米莉的人皮时，奥多的地下室被爆破开，狙击手打伤了他的手和脚。

埃米莉被救下来，她的面貌刹那焕然一新，再也没有任何柔弱。

奥多也许对他幻想的东方美人有一种执念，或者他享受猎物在他同一个故事的欺骗下落网。

所以他每一次画的都是同一个人，奥多不知道有个女人爱他，爱到偷偷迷上画画。

爱到对奥多故事里那个初恋东方女孩有了执念，想要知道她到底为什么这么幸运，能够得到奥多全部的爱恋，所以她一遍又一遍疯狂绘制这个东方女孩的画像。

她甚至有时候会幻想自己就是这个东方女孩，家人甚至为此带她见了心理医生。

她失踪之后，警方查到了这一点，也获取了那位初恋的画像。

大量曾经和奥多有过交集的女性莫名失踪，警方已经开始怀疑。

但是奥多有着非常缜密的心思，超一流的演技，甚至他对警局都有着监视。

为了捉拿奥多，退休已久的老探员特意去警校选择了最陌生的新面孔。

埃米莉就是这次被选中的任务执行者。

当奥多把初恋的画像展示在埃米莉的面前时，他们已经完全确定奥多是杀人凶手。

之后的一切的浪漫爱情，不过是两个人在互相欺骗演戏。

这部电影实在是勾起了云想想的戏瘾。

不论是故事的一再反转带来的刺激，还是两个主角细节表演的冲击，都会让这部电影震撼人心。

并且这部电影揭露了女性容易陷入爱情骗局的社会现实，同时也突出了人性的矛盾，也隐晦地点出了那个年代东方人在发达国家人眼中的地位。

为什么奥多会编造一个东方女人？

并不仅仅是遥远不可查证，而是一个隐晦的寓意，反讽当时国家阶级性严重。

这是一部看点十足的电影。

云想想立刻给米勒思打了电话："米勒思，我非常荣幸，你能邀请我参与这部电影，它实在是太棒了。"

"欢迎你的加入。"米勒思那边传来酒杯碰撞的声音。

"我能知道你什么时候开拍吗?"云想想对这部电影很感兴趣,不想错过。

即便是个配角,但却是第一配角,整部电影贯穿主线,镜头不多但戏份很重。

这么好的角色,如果不是她和米勒思有些交情,米勒思觉得欠她一个人情,根本轮不到她。

"我正在拍摄另外一部电影,《初恋》我决定在七月开拍。"米勒思对云想想说。

听了开拍时间,云想想沉默了一下:"米勒思,我希望不要因为我,给你带来麻烦。"

七月是暑假,她估计有两个多月的放假时间,她的戏份,如果顺利绰绰有余。

米勒思现在虽然是导演界一颗冉冉升起的新星,却还没有到达有话语权的地步。

"云,上次电影节再见到你,我就知道你适合艾米。"

米勒思语气轻松:"但事实上我最初提议邀请你来演艾米,被公司否决了。"

"现在他们答应了?"云想想好奇,是什么原因令他们改变了主意。

"是的,上周时装展,门罗的珀西设计师来了花都,他谈到了你。"米勒思也有点惊喜。

他认为艾米的饰演者必须是云想想,并不是私心,而是在华国,只有云想想那样一双迷人的琥珀色眼眸,才符合他们审美。

并且云想想的演技他很认可,他和云想想也有些心得交换,觉得云想想是个很有潜力的演员。

当时珀西提到云想想,他自然再一次大力推荐。

公司终于松口,他立刻通知了云想想,拍摄时间的确是他在刻意照顾云想想。

上帝给的缘分,让他认识云想想,他觉得他和云想想都是那种需要机会表现的人。

"谢谢你,米勒思,我一定不会辜负你的期望。"云想想诚恳致谢。

和米勒思通完电话,云想想就打给贺惟,把这件事告诉他。

"公司已经接到消息。"在云想想看剧本的时候,米勒思方负责人联系了贺惟。

贺惟都没有想到会有这么好的事情,直接指名道姓地要和云想想合作。

"剧本我看完了，我对艾米这个角色非常感兴趣。"云想想语气轻快，"而且戏份不多，耽搁不了多少时间。"

云想想这么说，是婉转地表达她的意愿，希望公司能够在片酬上做出点让步。

对于主动寻上门的人，艺人的公司漫天要价是常事，很多艺人都是由于利益谈不拢，而错过不少机会。

自然这也不能怪公司，公司开来是为了赚钱，自然是把利益摆在第一位。

"剧本我还没有看，我相信你的眼光，我尽量为你促成。"贺惟没有以往干脆果断。

这不太像是贺惟的作风，云想想好奇："是不是发生了什么事？"

"我是担心你会错过《飞天》。"贺惟也不隐瞒云想想。

到现在《飞天》的档期还没有确定下来，就算是他也不确定，七月份是个敏感的数字。

如果那时候云想想在法兰国拍摄《初恋》，公司正好决定这个时候选角……

米勒思可以照顾云想想，把《初恋》定在假期，不管是不是顺带，都是诚意十足。

但公司却不可能为了云想想把《飞天》推迟，天天这个角色并不是非云想想不可。

一部大制作，囊括了多少工作人员，每一个人的时间都是金钱，绝无可能让这么多人等着云想想。

他也是公司的人，不能为了他和云想想的个人利益，去损害整个公司的利益。

云想想也才突然想起，贺惟叮嘱过她，《飞天》下半年可能会选角开机。

为了《飞天》这部电影她这几个月每天苦练柔功，付出了很多，就这样错过了，云想想心里会有说不出的遗憾。

她已经答应了米勒思，况且《初恋》艾米这个角色，实在是很好。

艾米，可以翻译为最爱的女人，可见米勒思对这个人物的用心。

不像埃米莉有许多的空间来证明演技，也不是万丈光芒的女主角。

甚至戏份都存在于奥多的幻想中，但她太容易深入人心。

很多人在心中都藏着一个最美好的初恋，也许是真实存在，也许是奥多的一个幻想。

她可以轻易地勾起观众的回忆和情绪，这是一个很好的走上国际舞台的机会。

沉默了一会儿，云想想说："惟哥，接下艾米吧，如果我和天天这个角色无缘，那也没办法。"

《初恋》她的戏份不多，都在前期，她相信自己能够在一个月拍完。

也就是从现在到七月前她都时刻准备着天天的选角，八月她能够赶回来。

只空白了七月一整个月，如果《飞天》偏偏在那个时候准备选角，云想想也只能认命。

"好。"既然云想想自己做出了选择，贺惟也就不干扰她。

其实在贺惟看来天天这个角色，云想想十拿九稳，只要推了《初恋》就好。

但云想想才是要去拍戏的人，她的路要自己去走，他只会给她创造机会，而不是去操纵她的人生。

聊完之后，云想想又给薛御打电话，确定了明天拍摄音乐短片的地点和时间，就拿起音乐短片的剧本开始读。

虽然只有轻飘飘的几页，但她还是每一个细节都去翻查资料，备注好自己的想法。

睡前依然坚持练功，练功早就变成了习惯，现在已经不是为了演戏。

云想想发现她自从练了功之后，整个人精气神都不一样，身体素质提高了很多。

对自己有好处的事情，云想想当然能够坚持到底。

去拍音乐短片，云想想就没有带上宋冕，宋冕也有他的事情需要处理，不过把李香菱和宋萌带上了。

"想想，宋家是顶级豪门，你真的做好了心理准备？"宋萌看着开车的是艾黎，就没有多少顾忌。

"我需要做什么准备？"云想想笑着问。

"豪门媳妇哪里是那么好做？"宋萌虽然在宋家玩得很嗨，但内心的震撼，现在都没有平息。

别看她粗神经，但她还是明白齐大非偶。

她觉得云想想条件这么好，要找个普通优秀些的就可以活成女王，宋家……

"宋家不一样。"沉默着的李香菱开口，"想想会很幸福。"

昨天的一切让她彻底放心，尽管没有和宋老爷说几句话，可对方能够仅仅看在云想想的情面上，对她们也和颜悦色，足见他们对云想想的重视。

宋老爷能够为了云想想拍戏帮忙寻找越剧大师，这说明他没有看不起云想想的职业，甚至很尊重和支持。

宋冕没有母亲在，云想想又少了一重难处的关系。

她冷眼旁观宋冕是个非常有能力和手腕的男人，只要他不变心，云想想就能幸福一辈子。

"好吧，你都这么说了，我还能说啥？"宋萌就识趣地闭嘴。

云想想坐在中间，握着她们的手："我知道你们关心我，我会让自己幸福。你们也加油，我还等着哪天吃回来呢。"

"我可是要混娱乐圈的人，星辰大海等着我，我才不要这么早浪费青春。"宋萌这方面很清醒。

"随缘。"李香菱不期待不排斥，就看上天安排。

"我们要到了。"云想想抬眼看到影视基地。

"我的妆有没有花？我的造型有没有乱？"宋萌连忙掏出小镜子。

马上就可以近距离接触她的男神了，上次演唱会她根本没有机会和薛御说上话。

车子停下，云想想和李香菱都懒得看她一眼，先一步下车，薛御亲自来接她。

"哈哈哈哈，走，带你去见一见你的好姐妹。"薛御高兴地招呼云想想进去。

原来他们音乐短片的拍摄地方是借了《司天命》剧组搭建的摄影棚。

《司天命》昨天就开机了，魏姗姗已经入了剧组。

看到云想想，一身古装的魏姗姗飞扑过来："想想，你来探我班吗？"

第20章　善良却有锋芒

"一会儿我上了妆，我们俩拍个照。"云想想回抱着魏姗姗。

"我带你去看看我们的摄影棚。"魏姗姗拉着云想想就往里走。

《司天命》不是小投资，天宫的搭建是真的大气又唯美，天命宫以银色与白色为主调，威严、圣洁、肃穆。

"我们还要取很多华国名山名水的实景，这部戏应该要拍大半年。"

魏姗姗一边带着云想想逛着，一边介绍，遇上熟识的工作人员也会打招呼，看得出她人缘很好。

这是宋萌和李香菱第一次接触到拍摄场地，两人都还蛮新鲜，加上她们和魏姗姗也熟,一聊就停不下来。

最后还是魏姗姗要上戏,云想想才去寻了检查准备工作的薛御。

"《司天命》导演竟然请我去客串佛祖,你说佛祖都长我这么俊美无双,岂不是天下女人都得潜心向佛?"薛御自恋地对着云想想摸了摸他的光头。

云想想在化妆,绷着脸不让自己笑。

"你少去他们剧组晃,让魏姗姗过来寻你,我怕你到时候推托不了《司天命》导演的客串邀请。"薛御叮嘱。

谁让他不想浪费资源,又看重了《司天命》的摄影棚,这就吃人嘴软拿人手短啦。

其实他们的音乐短片肯定先上,要是音乐短片火了,自然也可以给他们《司天命》提前造势。

"你就没有答应他们什么?"云想想才不信,人家都开机了,能够平白让他们用?

"我给他们唱主题曲。"薛御一脸慷慨,"八折优惠!"

薛御不参与电视剧拍摄,但他倒是给不少电视剧填词、作曲、演唱。

《司天命》由辉煌娱乐出品,自己旗下力捧的艺人挑大梁,肯定舍得砸钱。

云想想上好妆,换了一袭淡青色的轻纱罗裙,眉间点缀了一朵莲花,浑身都散发着一股子仙气。

"嗷嗷嗷,我拍个发给粉丝!"宋萌立刻拿起手机开拍,然后迅速发到微博上。

【萌萌哒的宋萌萌V:想想化身莲花仙子,你们喜欢吗?(照片)】

【我天啊,仙女本仙,啊啊啊我想想古装比我想的美腻百倍。】

【会长多上几张啊,我想想终于拍古装了,激动哭了,好期待好期待。】

【美美美美美美……】

然后微博下面被云想想的粉丝刷屏了。

第一场,是青莲化形,睁开的第一眼,就看到了盘膝打坐的高僧。

镜头给了特写,把云想想细长的睫毛拍得很清晰,她缓缓睁开眼睛,眼底宛如波动着一层水光,干净明亮,摄人心魂。

镜头顺着她的视线移向薛御,他一身袈裟,眉眼淡薄,却难掩风姿。

薛御本性有些逗,但他演戏很专注,并且神韵把握得非常到位,他坐在那里,那种不染尘世、遗世独立的得道高僧的感觉就自动出来,把云想想也带入戏中。

好的演员，完全可以凭借自己营造出故事的氛围，让对戏的演员身临其境。

本来计划拍五天时间，最后只用了三天就完全拍好，每一个镜头都是精益求精。

拍完之后，云想想还和薛御乔装打扮去看望了作曲、作词人。

贺惟会提前在薛御去的地方放一辆普通的车，基本他都是坐着豪车来，坐着普通车走。

身边的人都要求严苛，蹲点的记者蹲不到薛御。

到了医院，他戴着口罩和鸭舌帽，又穿着普通，虽然他身材挺不错，但大多人还是会把他当做普通人。

两人一起来到了董晨的病房，看到了那个正在低头作画的女人。她二十五岁的年纪。

她头发被剃光，穿着病号服，认真而又专注。

"晨晨。"薛御很亲切地呼唤。

董晨霍然抬起头，她看向薛御的眼睛闪烁着星光，又看到云想想，就更加激动。

"你妈妈呢？"病房里竟然没有人，薛御把水果放在桌子上问。

"妈妈去隔壁病房看小悠。"董晨目光一直落在云想想身上，"你比照片上还漂亮。"

"谢谢。"云想想大方地笑着，任由她打量。

"晨晨，我和师妹已经拍完音乐短片，拷了一个备份给你。"这算是没有经历过太多后期处理的初始品，成品还有一段时间才能出来。

董晨看后连连说好，她很激动也很高兴，到了后来她竟然一遍又一遍循环看，直接忘了薛御和云想想。

"她就是有些迷糊。"离开之后，薛御替董晨解释。

薛御和董晨接触了几次，了解她的性格，很容易沉迷到一样事物内，并不是有意怠慢。

云想想并不介意，而是低声询问："她的病情很严重？"

"一直没有找到合适的骨髓，她心肺功能较弱，医生说她不适合移植手术。"薛御轻叹口气。

"没有其他办法吗？"云想想只要一听到绝症，就想到了花想容。

她那种绝望和痛苦，云想想没有体验过，却看着就仿佛能感同身受。

"这已经是最权威的医院。"薛御抬起头看着身后耸立的医院。

云想想没有再问，他们俩低调地来，低调地离开，无人知晓。

她看得出来,薛御并不想有人因为他而打扰到董晨的生活。
"你有心事。"回到家里,宋冕目光幽幽地凝视着云想想。
云想想抬眉,她自问已经表现得很平淡,就连李香菱她们都没有察觉。
"今天去看了个病人。"经历了珀西,云想想不愿再给宋冕介绍病人,但宋冕问起来,她总不能对他说谎,就把事情前因后果对宋冕说了。
"我只是觉得生命很脆弱。"末了云想想感叹一句。
在病魔面前,人类是多么的渺小?
"我抽个空去看看。"宋冕说。
云想想双手吊住宋冕的脖子:"我没有这个意思,世界上每天有多少得了绝症的人,我总不能要求你个个都去医治。"
"正好我有个针对白血病治疗的科研,需要个病人,如果她不介意。"宋冕双手扶住云想想纤细的腰。
"真的这么巧?"云想想审视着宋冕。
"绝不骗你。"宋冕担保,"是个新方向,摒弃化疗和移植,以中医和西医双重调节。"
"不用化疗和移植?"云想想惊讶不已。
"学术上讨论了很久,但一直没有实际上的突破。"宋冕拉着云想想到自己的办公桌,从电脑里面调出关于白血病的文档。
好多专业术语,云想想看得头晕眼花,索性把电脑推开:"你给我讲讲就好。"
宋冕轻笑着坐在云想想身边:"简单地来说西医从细胞方向进行免疫治疗,中医要从肝脾肾方向调节。"
"你是打算双管齐下?"云想想又问。
宋冕点头:"白血病分为急性和慢性,急性只用中医治疗成功的概率很大,如果是慢性,中医调节可能就来不及。"
"急性反而好治?"云想想纳闷,她听说的病不都是急性才棘手吗?
目光温柔地凝视着云想想,宋冕唇角的笑分外迷人:"急性来势凶猛,用药得当,效果就是立竿见影。"
"慢性如果暴发,那就是病症蛰伏了一段时期,对人体系统已经造成一定程度损害。"
云想想这才明白,她单手撑着下巴,仰望着宋冕:"我想知道你对中医和西医的看法。"
"学术无国界,中西医各有优劣。"宋冕回答得很中肯。
"那……哪个优点多,哪个优点少?"云想想妙目一转,故意为难宋冕。

"得看你需要的是谁，谁的优点就更多。"宋冕指尖点了下云想想鼻子。

中医更稳妥，却是一个相当缓慢的过程，现如今的人大部分都把时间看成生命。

就算他们知道西医不能除病根，依然会选择西医，是因为耽搁不起。

现在之所以有钱人越来越多选择中医，是他们耗得起，可以慢慢调理。

西医见效快，却很容易让人体形成抗体，相对而言西医的副作用要大一些。

毕竟西医的治疗原理就是单一地对症下药，而中医更讲究全面治疗，达到身体平衡。

西医也不仅仅是见效快这一点优点，很多需要紧急手术的病症，西医就比中医占优势。

宋冕作为一个医者，他不会摒弃自己国家的传统，但也不会去看低别人的技术。

这就是他中西医兼修的缘由。

没有什么是万能，中西医之所以能够并存，就是因为它们各有优势，如果能够在许多病症上无缝衔接，对于人类才是福祉。

"还是提倡我们国人多钻研中医。"宋冕轻叹道。

"其实现在已经很多人越来越重视中医。"云想想点着头。

"父亲这两年一直把精力放在中药材的培育保护上。"宋冕语气有些无奈。

中医被牵制的地方太多，人才的培养，药材的保护，方剂的传承……

"我相信你。"云想想握着宋冕的手。

她知道并不仅仅是宋冕一个人在努力，但她会给宋冕更多的支持和鼓励。

第二天宋冕就去董晨所在的医院，可惜云想想要开学不能跟着去，倒是云霖眼巴巴地跟着去之后，回来看宋冕的目光，那根本像是看神一样的仰望。

"姐姐你不知道，姐夫去了医院，院长亲自来，还带上好多医生，都跟在姐夫后面。"

等到云想想报到完回来，云霖激动不已地对着云想想讲述今天的所见所闻。

说得那是绘声绘色，声情并茂，最后总结："男人就应该做成姐夫那样，才算成功。"

在一个领域，做到傲视群雄，云霖仿佛懂了什么，他也要在他喜欢的领域成为第一。

"姐姐这段时间要搬到宋宅去住,你也跟着,等你开学之后再回来住。"云想想特别喜欢揉他的头发。

云霖每次被云想想揉乱头发之后,都鼓着腮帮子慢慢地整理,最近还弄了个小镜子。

"臭美。"云想想轻哼一声。

晚上宋冕又带着他们去吃了一次烤鸭,分别把李香菱和宋萌送到了她们各自的学校,才慢悠悠地开到了宋宅。

到的时候已经很晚,宋老爷就和他们见了个面,屋子早就收拾出来。

云想想和云霖在一个小院子里,两人的房间紧挨着。

早上的时候,云想想就必须得起更早,这边开车过去要远一点,必须错开上班的高峰期。

宋冕竟然起来给她做早餐,宋老爷也是一大早起床练功。

"给你装在盒子里,车上吃或者到了学校吃。"宋冕在她洗漱完就把保温食盒递给她。

"辛苦你了,阿冕。"云想想亲了他一口,就跳上车。

好东西当然要在车上解决掉,不然到了寝室哪里还有她的份儿?

不过云想想还是很厚道地去食堂给三个室友带了早点,她们还在睡觉。

"起床了,再不起就迟到了。"云想想一到寝室就不客气地把她们叫起来。

三个人迷迷糊糊地洗漱完,坐在桌子前拿着云想想买回来的早点吃。

陶曼妮睡眼蒙眬:"想想,你都不用适应吗?我假期都是十点才起。"

"我每天都是五点半起。"云想想回。

陶曼妮呆了呆,决定不说话,闷头吃早点。

"对了,想想,系里成绩排名昨晚就出来了,你第三。"马琳琳想到正事,"第一是我们班班长,第二是隔壁班。"

"想想,求你把脑子分我点。"冯晓璐一想到还要补考,整个人都不好了。

明明她天天在上课,都说大学不逃课不是合格大学生,她一节课都不敢逃还挂科。

云想想请了近两个月的时间去拍戏,还能考到全系第三,如果不耽误两个月,岂不是稳坐第一宝座?

"你像我一样早上五点半起,保证系里第一逃不出你手掌心。"

他们学校他们系能有不聪明的存在?基本都是各个地方的状元,哪里需要分脑子?

"你看我现在起来都是这状态,我五点起来,捧着书打瞌睡吗?"冯晓璐眯着眼说。

"不好了,不好了!"云想想正准备说点什么,祝媛急匆匆跑进来,冲到云想想的面前,焦急地说:"想想,三班班长申请成绩复议,她觉得你的成绩掺水。"

"我掺水?"云想想讶异。

成绩复议,是大学考生对自己的成绩查询出来的结果有异议,才申请成绩复议。

这个和她扯得上什么关系?

"她全系第四啊。"马琳琳记得很清楚,"就差你两三分。"

"她说了想想成绩掺水?"陶曼妮的瞌睡立刻没有,气势汹汹地问。

"没有指名道姓,但是她说她辛辛苦苦,每天只睡五个小时,其余时间都用在学习上,还考不赢一个大半时间都不在的人,她觉得成绩不符。"祝媛愤愤地开口。

虽然没有直说云想想成绩掺水,但傻子都听得出来,等她自己的成绩复议完毕,如果没有问题,那她这不就是说云想想有问题。

"逼你也复议。"冯晓璐狠狠地咬掉一口面包。

云想想是公众人物,关注度很高,如果云想想不复议,不知道多少人背后指指点点。

"他们爱怎么想怎么想,这是在质疑阅卷老师。"云想想才懒得为这点事浪费精力。

"不可以。"陶曼妮严肃地对云想想说,"这次大学生电影节在我们学校,如果你不重视,由着她们抹黑泼脏水,大学生电影节我们怎么帮你拉票?"

其实云想想本人是真的不在乎,她不可能做到人人都爱,早晚还是会有不认同的声音。

看到陶曼妮她们比自己还重视,想到她们为了自己能够在电影节大放异彩的付出,云想想也不能冷处理。

总不能她也跟着申请一个复议?

人家又没有点名说她,她就急吼吼地跑去证明,反而有点此地无银三百两。

而且她一个公众人物,这么做也有点落下风,给人玻璃心的感觉。

这会儿吧,她申不申请成绩复议,都会落下话柄。

正是因为想到了这一点,陶曼妮她们几个才脸色不好看。

平时也就算了,谁还没有几个黑粉?她们也不要求人人都爱云想想。

偏偏在大学生电影节这个关键时候搞事情,这是拉低云想想好感度。

虽然影响不会很大,但是很败坏路人缘,对后面电影节投票很不利。

"她最擅长哪一科?"云想想问马琳琳。

"她数学成绩特别好,高考满分,期末也是数学成绩最高。"马琳琳秒回。

"数学啊。"云想想意味深长地说了句,就转身出了寝室门。

"想想,她要去干吗?"陶曼妮等人一脸摸不着头脑。

成绩复议必须先去院系办公室,这会儿祝媛已经知道,那很明显三班这位班长去了。

要在院系办公室进行审核,那她应该还在院系办公室。

云想想加快了脚步,但一路看到她的人,依然觉得她步伐从容。

院系办公室的人还不少,云想想敲响了门,到了的老师都看过来。

系主任问:"云想想同学过来,有什么事?可不能是开学就请假。"

对于云想想的成绩,他是很满意,但也不能纵容她开学第二天就请假。

"侯老师你放心,我不是来请假的。"云想想还是习惯叫系主任老师。

她那双琥珀色的眼眸扫过站在一旁身材高挑的女同学,笑着说:"我是来报名参加下个月月初的校内数学竞赛的。"

几个老师都还在担忧,云想想不是来请假,是不是来干架。

都是努力有前途的学生,作为系上的老师,他们哪个都不偏袒,可不希望两人掐起来。

"你要参加数学竞赛?"系主任高兴了一秒钟,就回味过来,他看了看旁边的三班班长。

系主任无奈地叹口气,从旁边抽出一张参赛表递给云想想:"填了快去上课。"

三班班长叫杜婧,作为数学的学霸,她自然是也参加了比赛。

这一点云想想不用猜都知道,她就是故意来报名。

她会在众目睽睽的比赛中,在杜婧最擅长的科目上狠狠把她踩在脚下。

让她知道自己的成绩到底有没有掺水。

云想想果断地填完表格,交给系主任,潇洒转身离开。

一下子她当着杜婧的面申请参加下个月的数学竞赛的消息就插了翅膀飞遍整个学校。

"想想啊,你怎么这么帅呢?"陶曼妮秒变小迷妹,"这脸打得响亮。"

"杜婧这个嫉妒心强的戏精,以为我们想想非得要和她撕逼,真是美得她。"冯晓璐磨着牙说。

她吃准了云想想作为公众人物，下场和她撕，怎么着都是云想想吃亏。她一只老鼠才不怕和玉瓷瓶碰。

反正就是不想让云想想落到好，也不知道云想想哪里惹到她。

"有些人天生心理不平衡。"马琳琳倒是能够揣摩出一点，"她自己都说她为了学习，起早贪黑，想想还请假出去拍戏，想不开也正常。"

"就不能允许我们想想是天才咯？"冯晓璐觉得这是脑子有病。

"并不是人人都觉得演员这个行业值得尊重。"云想想才是最了解杜婧心思的人。

在杜婧眼里，云想想就是自甘堕落的那一类，她看不起演员这个行业。

云想想一个以第一名考上最高等学府的人，不去从事她眼里"高尚"的行业，非要靠着一张脸去娱乐圈混，她就看不得云想想这样春风得意。

当一个人不喜欢你的时候，你做什么都是错，你好一点她就难过，肯定要找碴。

"想想，数学大赛，你一定要赢！"陶曼妮用只许成功不许失败的死亡凝视盯着云想想。

"不能保证得第一，但肯定要赢了她。"云想想自信一笑。

杜婧不是天赋型人才，她属于后天发奋的人，这种人并不可怕。

云想想这么自信，并不是轻敌，而是她家有小灶。

回到宋宅，云想想就立刻把这件事告诉了宋冕，然后用撒娇的语气："男朋友，我的荣誉就靠你了。"

"你先去见见袁老，这件事交给我。"宋冕笑着点头。

转头就吩咐宋尧把历年青大数学竞赛题目全部收集出来。

等云想想吃了饭，跟着袁平秋练了两个小时基本功回来，宋冕已经把复习的针对方向给云想想圈出来。

"我看了一下，历年考题数学分析和高等代数占比例最大，各占百分之三十。"

见云想想回来，宋冕画了个比例图，"解析几何占百分之十五，函数、极限、微积分、无穷等级这些加起来占百分之十五。"

云想想认真地听，因为宋冕的停顿她抬起头问："剩下的百分之十呢？"

"这百分之十就是变数。"宋冕将以往的变数题目都发给云想想。

云想想认真地看了之后，发现她都不能完全作答："有知识点盲区。"

"综合题，考的是课外积累和难题处理。"宋冕在这里打了个问号。

"数学的分支很多，要综合概率就会数不清，每一年都不一样，没有规律可寻。"

云想想将那些综合题再一次拿起来，认真地看，她和杜婧是伯仲之间，也许这就是决胜关键。

"给我足够的时间，我应该能够解出来。"云想想脑子里大致有了思路。

用她所学的知识点来解，将会是相当大一个工程，一道题也许就要全部的比赛时间。

"所以我们只能遍地撒网。"宋冕开始整理东西，"你数学功底够，不懂的知识点不多，每天给你补两小时，半个月就能全部过一遍，先让我看看你的吸收能力。"

说完他把东西也整理好，俯身在云想想额头上轻轻一吻："早点睡。"

云想想完全没有纠结自己不会的题目，倒头就睡，第二天早上第一节没课，她起床干完该干的事情，就去巩固一下昨天学的基本功。

吃了早点就给宋冕投去一个你懂的眼神，硬是在宋冕那里学到一个知识点才去学校。

路上打了个电话给贺惟，说她去意国拍摄广告之前，不接任何活。

她每天忙得像陀螺，课后休息时间都用来做作业，陶曼妮她们自觉不打扰她。

杜婧的成绩复议结果当然是没有问题，大家都在等着三月初的数学比赛。

"我只有百分之八十的题做出来了。"云想想把答题卷递给宋冕。

七天时间她把所有的知识点都补上，不过仅限于她知道还有这种东西存在，这东西是怎么运用，全都是理论，没有任何实际操作。

宋冕今天弄了十道题，全是这段时间学到的新知识点相关题目。

她只能做出百分之八十，正确率她觉得不会超过百分之五十。

宋冕仔细地看了云想想的答卷："及格了。"

十道题，云想想解了八道，完全答对了五道，剩下三道题也能够凑够十分。

"真的?"云想想目光一亮。

已经做好得五十分的准备，没有想到得了六十分，自然很高兴。

"数学一是知识点，你记忆力好，我相信你不会忘。"宋冕拿出了自己整理的一卷题，"二是运用，你每天做一套，错的我讲给你听，从今天这一套开始。"

云想想连忙坐端正，听着宋冕从她错误的第一道题讲解。

才讲到一半宋冕的手机响起，宋冕点了下免提，一道爽朗的声音就传了出来:"冕冕,有没有想我啊?"

云想想捂着嘴,看向眉峰都不动一下的宋冕,没有想到竟然有人叫他冕冕!

"一分钟。"宋冕淡淡地应着,同时手上画几何图的笔没有停。

"冕冕,你总是对人家这么冷淡,小心人家投入别人怀抱。"对方装腔作势。

实在是那声音太搞笑,云想想忍不住笑出声。

"有女人的声音。"打电话的人拔高了声音很震惊,"等等,你在帝都,差不多快晚上十点,你身边竟然还有女人!"

而且他听到细微的笑声,也就是这个女人距离手机很近,那就是紧挨着宋冕。

"我女朋友。"宋冕眼含笑意看着云想想。

"女朋友!"对方声音就更响亮了,"你什么时候有女朋友了?"

"我通知了你们。"宋冕把电话的声音调小点。

"我们以为你说笑来着……"

"我什么时候和你们说过笑?"

"欸……"好像没有,对方立刻转移话题,"好了好了,我们先不算这笔账。我这边发现了好大一片七叶一枝花,不过这一片野兽挺多,毒蛇毒虫就更多,你快过来。"

宋冕挂了电话点开了微信,是一个备注野人的人发来的照片。

十分险峻陡峭的地理面貌,还拍了些毒蛇猛兽,不过都是很远的距离,剩下的就是植物。

数量多的应该就是他说的七叶一枝花,云想想知道这种中药材,一种濒临灭绝的存在。

这种药材药用价值高,人工培育成功率低,生长环境要求又十分苛刻,野生的要繁殖五到七年才能挖采。

除了七叶一枝花,还有别的云想想没有认出来,想来应该是稀有珍贵药材。

"这是什么地方?"云想想直觉不像是国内。

"不丹。"宋冕自然知道好友在哪里。

"位于我们国家和天竺国中间的不丹?"云想想记得这么一个毗邻国家。

宋冕点头:"我要去一趟。"

"什么时候走?"云想想猜到宋冕要去。

"后天,我早去早回。"还有一周就是云想想生日,他一直记得。

"正好，我三天后也去意国。"原本是约定十八号，陆晋临时有事耽搁了几天。

时间上刚刚好，她把理论也都囫囵吞枣地学完，剩下就只能靠自己去巩固。

原本还担心自己又要抛下宋冕一个人去意国，这下两个人都有事可做，也就少些记挂。

"你去几天?"宋冕很关心这个。

"拍广告，杂志采访，五天左右。"云想想估算了一下。

由于要请假，云想想特意问了拍广告的流程，陆晋表示只要初摄过关就行。

不同的企业对广告的要求不一样。

现在已经二十号，云想想二十三号去意国，也就是要三月才会回国。

她的生日是二十七号，宋冕说："好，我知道了。"

那他得抓紧时间，二十五号之前把不丹的事情搞定，二十六号赶到意国。

"正事更重要，别给自己压力。"云想想亲了亲宋冕唇角。

云想想从小就莫名对任何特殊的日子没有感觉。

就像今年的二月十四日情人节，人人都在庆祝，宋冕也问她想要如何度过。

她当时回了一句："我们是华国人，不应该过七夕吗?"

实在是她忙着学习，时间太紧迫，而且她可能不是个浪漫的人，对于这些真心没有想法。

宋冕就依她，什么都没有准备，反而被宋叔叔给数落了一顿，说他一点不懂情调。

宋叔叔当然是背着云想想说，不过宋冕一字不漏地转达给了云想想，云想想哭笑不得。

也许宋叔叔以为她这么个小女孩，哪里会不喜欢那些浪漫的情调，只是口是心非而已。

不过云想想却知道，宋冕看得出她是不是真心不在乎。

云想想觉得和喜欢的人在一起，天天都可以过任何节，想要送礼物随时随地都行。

用不着非要去刻意地规定在某一个特殊的日子制造点惊喜和浪漫。

宋冕去不丹之前，给云想想制订了学习计划，约定每天给她视频电话。

他离开的时候，云想想正在教室里上课，回来他已经到了不丹。

没有了宋冕在身边的日子，云想想就把更多的精力投放在认真学习上。

二十二号这一天，云想想收到了一份礼物，是珀西从国外寄来的。

一整套的首饰，镶嵌着非常漂亮的红碧玺，所有设计都是以她当初送给珀西的红豆杉果实为基础。

当时珀西就说他有了灵感，会将之设计出来送给她作为生日礼物。

云想想收到之后，立刻打电话给珀西表示了喜爱和感激。

二月二十二号，云想想再一次请假，跌掉了整个寝室的下巴。

"想想啊，三月初就是数学比赛，你现在还要请假？"冯晓璐瞪大眼睛。

"这个是去年就约定好的事情。"云想想也没办法，"我会努力温习，保证不丢人。"

"你还有五天生日啊，你生日回来吗？"陶曼妮也关心这个，"我们都想好怎么给你庆生了。"

"我应该要三月一号回来。"云想想摇头。

"我礼物都没有买，我打算等这个周末去买。"陶曼妮有点懊恼，"应该早点问你。"

"心意到了我就很感激，以后还有机会。"云想想感动地说。

"那不一样，这是我们认识后，你的第一个生日。"冯晓璐郁闷。

"那我就厚脸皮，等我回来补？"看她们一个个垂头丧气，云想想就提议。

"也好，多给我们点时间准备。"马琳琳打圆场。

约定完之后，云想想就离开了学校，她买了中午的机票，要飞行接近十二个小时，两地还有时差，到了米都，恰好也就是米都晚上七八点。

宋倩和艾黎她都带去，可可她们留下照顾云霖。

和陆晋会合在候机厅等飞机的时候，宋萌给云想想发了一个链接。

戳开的标题就是：两美相争，奢侈品代言花落谁家？

说的是云想想和秦玥同时看上尼古的代言，最后尼古还是选择了秦玥。

新闻还附带了云想想和贺惟去见尼古高层的照片，拍得不清楚，但也看得明白。

这种新闻一看就是众星时代要踩他们，云想想一笑置之，不打算理会。

原以为独角戏唱不下去，但就是有人不安生。

秦玥的粉丝刚开始只是高兴爱豆获胜，觉得特别荣耀，也有那么一两个尖酸刻薄。

但后来也不知道是怎么被引导和带节奏，竟然公然跑到了云想想微博下留言。

【你抢得赢一时，抢不赢一世。】

【天道有轮回，看苍天放过谁，这就是报应。】

【娱乐圈就是这样，你抢我一个角色，我抢你一个代言。】

【是金子总会发光，我们玥玥终于证明自己的实力。】

【恶势力也不能只手遮天嘛。】

云想想和贺惟坐了个飞机，到了投资方安排的酒店，三家粉丝就掐起来了！

为什么说三家，原因是秦玥的粉丝刷屏了云想想微博，云想想粉丝坚守规则，没有去秦玥的微博闹。

就只能在云想想微博回怼，这很明显就处于劣势，薛御的粉丝看不下去，也掺和了进来。

云想想开机就看到宋萌的留言，一直没有处理，也让贺惟别管，到了酒店才发微博。

【演员云想想V：坐了十二个小时飞机，头晕晕的有点缓不过来，听说尼古官宣了，恭喜金琳姐啊，我好喜欢看你的电影。@郁金琳】

云想想微博一出，三方都不掐架了，纷纷有一瞬间的懵逼，这和郁金琳有什么关系？

薛御秒懂师妹的想法，本来这件事和他关系不大，他粉丝已经掺和进去，他再出面，只会越来越乱，这时候就轮到他上场了。

【薛御V：师妹，你飞机坐晕了，尼古新代言不是金琳。】

是啊是啊，新代言人是秦玥，三方粉丝都点头。

【演员云想想V：哦哦哦，对不起啊，我听说尼古要新选代言人，就去试试，最后公司说他们依然选择和众星时代合作，我就以为还是金琳姐，飞机坐晕啦，@郁金琳 对不起，金琳姐】

云想想这么做，就是想要让那些说她抢秦玥代言的人知道，秦玥也是从别人嘴里抢来的。

云想想和秦玥还是两个公司，尼古既然宣布了要寻找新人，那么她参与竞争合情合理。

而秦玥一个新人一入公司，就从前辈手里挖走肥肉，到底是谁更难看？

不等秦玥粉丝反应过来，云想想接着又发了一条微博。

【演员云想想V：曼姐啊，你看看金琳姐多照顾新人，你也照顾照顾我。@黎曼】

【黎曼V：姐姐不用活了吗？】

黎曼相当给力地秒回，这含沙射影已经不用太明显，黎曼要活，郁金琳不用活？

最令云想想惊喜的竟然是郁金琳回复了云想想。

【郁金琳V：没关系，现在像你这么懂礼貌的新人不多。@演员云想想】

这句话只差没有直说秦玥抢她代言。

云想想由始至终没有提到秦玥一下，轻而易举扭转乾坤。

这还不够，她得让秦玥长记性！

不再管网上的事情，云想想拿出了电脑，发了个短信给贺惟。

【惟哥，把陈俊杰的电话号码发给我。】

寰娱世纪和众星时代虽然是竞争对手，但彼此间还是会有联手的时候，贺惟肯定有陈俊杰电话。

而她只需要一个电话号码，就可以获取陈俊杰手机内的所有信息。

智能电话就是一台微型电脑，但比起电脑，大多数人对手机安全系统的觉悟不高。

所以入侵一台智能电话，比入侵一台电脑更容易。

像陈俊杰这种人电脑很可能有提醒入侵的系统设置，她的级别还不够。

虽然她只学了一学期的计算机，不过有艾黎和宋冕，她从来不满足于书本知识。

当初她选择计算机系，的确有为了挑战自己的原因，更多的是为了她的事业。

她就想知道以后谁敢黑她，她不是什么大人物，也没有机密资料，高手对她的信息不屑一顾，只有那些躲在电脑背后有点三脚猫功夫的键盘侠才会没事找事。

谁敢黑她，不管他躲在什么地方，她都要掘地三尺把他挖出来！

【18××××××××××，你要做什么？】

贺惟虽然接受过特殊训练，但不是所有的训练都会涉猎计算机知识，贺惟没有想到云想想要黑陈俊杰的手机，还以为她要直接向陈俊杰开炮。

【礼服事件，我就对秦玥说过我记住她了，让她不要在我身上浪费精力，或许是看我一直没有搭理她，以为我虚张声势，我这回好好回敬她一次】

秦玥敢这么嚣张，背后没有陈俊杰撑腰她是不相信的，陈俊杰那样的人，秦玥没有给他甜头，他会这么好说话？

就算秦玥和陈俊杰过往的女人不一样，但陈俊杰做惯了高高在上的大少爷，偶尔允许秦玥搞事是情趣，还真能一直纵着？

宋冕曾经对她说过，对于真正的计算机大师，这世界没有一个绝对安全的系统。

跟着宋冕学习的时候,她突发奇想用手机做了实验,发现信号系统SS7有个安全漏洞。

并且她暗中做了个测试,也不知道是不是人们潜意识里没有重视手机,好像知道这个漏洞信息的人特别少。

但SS7是连接移动通信运营商的一个非常重要的全球网络。

每一个使用手机的用户都需要通过SS7来拨打电话或者发送短信。

细长的指尖在电脑键盘上迅速地敲击,云想想很容易就利用安全漏洞通过手机号获取了陈俊杰手机里全部的信息。

翻了半天,陈俊杰的手机里还挺干净,云想想也不想窥探什么秘密,就想找点他和秦玥的新闻。

帮助秦玥上明天娱乐圈头条啊,她就是这么善解人意。

陈俊杰和秦玥几乎不用短信,偶有一点联系也很平淡,最多是陈俊杰叫了声宝贝儿。

不过皇天不负有心人,陈俊杰的微信竟然绑定了手机号。

"大新闻啊……"云想想喝了口水,连忙通过各种办法把想要的东西弄出来,才拿起手机打给贺惟,"惟哥,你有没有不畏惧众星时代的媒体朋友?"

云想想可不想这新闻一发出去,还没有上市就被众星时代给知道并且公关。

"你刚刚做了什么?"贺惟隐隐有了不好的预感。

"我刚刚深入地了解了一下众星时代总经理。"云想想笑着回答,"顺带挖了点新闻。"

"发给我吧,我来处理。"贺惟无奈地摇头,"你要记得把痕迹抹去。"

"放心吧,我确定我没有遗留任何痕迹。"云想想担保。

宋冕教她的第一课,不是去追踪查找攻击别人,而是怎么隐藏保护自己。

云想想把得到的资料发给了贺惟,尺度有点大,让贺惟视频就别看了。

发完准备去洗漱睡觉,手机响起来,是宋冕。

"早上去了山里,没信号,网上的事情我才知道。"宋冕开口说。

云想想笑出声:"怎么?没有及时发现,给我撑腰?"

"嗯。"宋冕轻声回应。

"男朋友,如果我处理不好,我会求助你。"云想想认真地说。

每个人对爱情的期待不一样,也许有些人希望被另一半养废,无忧无虑

439

什么都不用操心。

云想想个人不喜欢这种，她希望她能够自己处理好自己的事情。

每次网上的言论，她就连贺惟都不太希望他插手，更何况是宋冕？

她不想成为没了一个人就不能生存的人，尽管她相信宋冕不会离开她。

但宋冕已经够忙，她作为他现在的女朋友，以后的妻子，做不到给他分忧可以，却不能再为他增加负担。

"好。"宋冕低声笑着。

"你吃午饭了吗？"不丹和她差了九个小时时差，现在应该是中午。

"快了。"宋冕回，"我接下来几天都会在山林，晚上我会建立一个信号系统，你把不懂的题目都发给我，我看到后会把解答过程录屏给你。"

"好。"应了一声，云想想把刚刚干的事说给宋冕，"我刚刚利用你教给我的知识……"

她才上了一学期，尽管入侵手机很容易，但很多知识还是宋冕所教，课本还没有涉及。

"我们不用智能手机你知道为什么吗？"宋冕听后问云想想。

"为什么？"云想想知道宋冕的智能手机就下了个和她聊天的微信，并且不随身携带。

他日常存电话号码的手机都是高端定制，并不是智能手机。

"智能手机不安全。"宋冕对云想想说，"我甚至不需要电话号码，只需要这部手机连接了网络，就能获取这台手机相关的一切信息。"

云想想瞪大眼睛，内心的震撼根本无法形容，想到自己刚刚那点雕虫小技，实在汗颜。

接来下宋冕的话更是让云想想差点就扔了手中的智能手机。

"如果这台手机的摄像头拍摄清晰，我可以利用摄像头监视该手机用户的一举一动。"

云想想默默地看着自己的手机，总觉得它现在已经变成了一款监视器。

察觉云想想的想法，宋冕低沉的笑声传来："我永远不会侵犯你的隐私。"

"你这样说，我觉得我手机好不安全。"

云想想虽然没有存什么见不得人的东西，但是利用摄像头监视这实在是太恐怖了。

"放心，你的手机我装了个应用软件，不但会扫描恶意软件，而且手机遭受黑客攻击，会立刻提醒你。"宋冕早就偷偷安装上去，就想看看云想想这个小迷糊什么时候发现，可惜没有网瘾的少女，愣是到现在都没有察觉。

这警惕性不够。

之所以装置这款应用软件给云想想，倒不是觉得云想想会被黑客攻击，而是担心有人获取云想想手机号，发一些血腥恐吓的信息给她。

懂编程并且运用自如的不都是高端的黑客，也有很多自学成才的。

这些人有好有坏，有些为了生存，有些仅仅只是为了恶搞，会选择骚扰名人，还有些就是疯狂粉丝。

不少艺人承受过这样的伤害，宋冕自然要把云想想全方位保护起来。

云想想划开手机，其实她很多软件至今没有打开过，也懒得理会，多了软件真没有察觉。

像她这样的人，一天二十四小时，如果不和父母亲朋打电话，平均每天用不超过半小时。

拍戏累了就补觉，没有那么辛苦的时候偶尔会用手机放放歌。

不查资料，要么就是联系人，要么就是被联系的时候才会用手机。

拍戏空余时间，她都是埋头读书。

"这个灰色……"云想想的确发现了一个手机软件，标志就是一个云朵中间是YS两个字母。

YS……云想想的云首字母，宋冕的宋首字母。

"我的狗头军师说，一对情侣一定要拥有一样属于他们独一无二的东西刻上他们名字。"

宋冕声音格外的温柔迷人，"我发现你并不喜欢佩戴首饰，所以就设计了这个软件。这个世界上，只有你和我拥有。"

这个软件是真正的独一无二，再没有人可以复制，甚至高仿。

"别人都送戒指……"说到这里，云想想立刻打住，她是扫到了右手无名指的戒指。

不过宋冕却理解成为另一个意思："女朋友这是提醒我，可以求婚了吗？"

"你想得美！"云想想迅速反驳，听到宋冕的笑声，有点恼羞，"我距离法定结婚年龄都还有一年多，我才不要二十岁就嫁给你，至少也得等我二十五六！"

作为艺人，二十五六岁是黄金时间，如果这个人不是宋冕，休想她这么早嫁人。

"六七年……"宋冕那语气哀叹而又绝望。

"哼，让你老牛吃嫩草。"云想想哼哼两声，"我要去洗漱，你早点吃午饭，晚安。"

"好好睡，照顾好自己。"考虑到云想想坐了这么久的飞机，也确实很晚，宋冕挂得干脆。

心情愉快的云想想练了会儿基本功，洗完澡出来正准备睡觉，却看到宋萌发给她的链接。

想起来了，这个时间华国是白天，网络信息的发达就是不用等着刊印。

网页戳开特大新闻：论小新人上位记。

佩服贺惟找的记者，这文笔可谓又迅速又犀利，以网上云想想搭的桥开始。

为什么秦玥这么个小新人，能够让众星时代一姐郁金琳将顶奢品牌拱手相让？

为什么秦玥这么个小新人，一入众星时代就可以成为大投资女一号？

为什么秦玥这么个小新人，能够在新剧中有老戏骨视后视帝做配？

世界欠了小编一个霸总爸爸！

配图又搞笑又应景。

霸总爸爸为红颜一掷千金，赔了盛世传媒一大笔违约金。

霸总爸爸为了心中所好，化身十分暖男，各种上下接送，时刻贴身保护。

配上了秦玥和陈俊杰出双入对的照片。

小编一直怨怪妈妈为什么没有把小编生得倾国倾城，以至于霸总爸爸永远看不到小编。

但是，小编今天才知道，就算妈妈把小编生得绝色无双，小编也做不了霸总爸爸的心尖宠，原因如图。

最后一张配了秦玥和陈俊杰肉麻的聊天图，言辞露骨大胆，以及秦玥发给陈俊杰十分大尺度的暴露性感图片。

这些图片已经是经过筛选，应该是确定不会被和谐的才发出来，真正大尺度的没法刊登。

最后来一句：清纯玉女还是青春欲女？小编要去喝一瓶82年雪碧压压惊。

其实在陈俊杰的微信里，云想想还发现了和其他女人的大尺度照片。

这些人没有得罪云想想，她不会做陷害别人的事情。

这新闻一出，因为秦玥现在风头正猛，光速上了热搜第一。

没过几分钟陈俊杰就以诬告诽谤罪名威胁新闻发布媒体，要求撤掉新闻并且道歉。

秦玥方也迅速地发了律师函，还有特别专业的修图大师信誓旦旦地要找出合成照片的原照。

新闻发布媒体方仅仅回了陈俊杰四个字：奉陪到底！

四季群里魏姗姗立刻发了信息。

【魏姗姗：哈哈哈哈……笑死老娘，秦玥也有今天，想想你看了新闻吗？】

【易言：想想应该睡了，她在米都。】

【方南渊：这记者厉害，竟然能够挖到这样隐秘的信息。】

【云想想：是我黑了陈俊杰的手机。】

【魏姗姗：……】

【方南渊：跪拜大佬，想姐，我没有得罪过你吧……】

【易言：我我我应该也没有。】

【魏姗姗：秦玥这次死定了！】

【云想想：其实我给她留了活路，只不过她太嫩……】

云想想不忍心去陷害别人，就没有把其他人和陈俊杰的照片发出来，这就有个漏洞。

如果是大量陈俊杰私生活混乱照片流出，秦玥只不过是陈俊杰其中一个，那她自然没有翻身之地。

云想想只弄了她和陈俊杰两人的照片，她若足够冷静，不是第一时间辩驳撇清发律师函，而是把陈俊杰拿下，逼他公布他们是恋人，恋人私下亲密很正常。

这么好一个扶正机会，她没有抓住。

魏姗姗几个听完云想想的话，瞬间冷汗直流。

发誓得罪谁都不能得罪云想想！

【方南渊：还以为现在娱乐记者这么厉害，原来是想姐运筹帷幄。】

【云想想：@方南渊 你不要乱来，小心玩火自焚。】

刚才如果不是看到方南渊发了那句话，云想想是不会说自己干了什么。

侵入私人设备这是违法的事情，侵犯了公民的隐私权，没什么值得拿出来说的。

她太了解这三人，一看方南渊那语气，就是在想是不是要找对方合作。

艺人和娱记之间，永远是利益大于感情，就算对方是贺惟找的可信人，也难保有一天不会翻脸不认人。

落了把柄在对方手上，无疑是在自己头上悬把刀。这也是云想想为什么明明技术一般，却放着艾黎不用的原因。

有些事情自己有本事就自己去办，没本事就换个法子，千万不要去雇佣人。

【魏姗姗：南子你想搞谁？】

魏姗姗这才反应过来，难怪方南渊最先注意到这家媒体挖料的能力。

【方南渊：搞你！】

【魏姗姗：来啊，互相伤害啊。】

【易言：姗姗你好歹是个女人，你有点女人样行不？】

【魏姗姗：哟，第一天认识我啊，我就这样，不服来战。】

云想想看着三人又在群里斗嘴，就下线睡觉，真的特别累。

方南渊要对付谁，她不会主动去管，好朋友求上门，能帮自然义不容辞，没有开口，她不是那种主动给自己揽事儿的人。

并没有睡多久云想想就起床，艾黎与宋倩和她一个套房，两人凑在电脑前小声说着话。

"搞定了？"云想想撑个懒腰坐起来。

这两个人一到酒店，就立刻检查房间的安全性，然后又各种捣鼓，弄出个临时安全系统。

"意国并不比美利坚国安全。"宋倩觉得完全有必要。

"嗯嗯嗯，著名的黑手党嘛，听说过。"云想想胡乱地应着，就去洗漱。

不过这些遥远的人物和她有一毛钱的关系？

洗漱完云想想打开手机，宋萌又给她发了信息。

秦玥反应不慢啊，竟然一两个小时就拿下了陈俊杰，陈俊杰真的公开宣布他们是恋人。

言之凿凿要告媒体侵犯隐私权，不过媒体方依然面不改色，云想想相信贺惟一定用了安全的途径把资料传给他们。

他们只是得到了真实的信息，报道出来，又没有去侵害对方的隐私，当然理直气壮。

陈俊杰那边也就是虚张声势，对方能够爆出他和秦玥，自然还有其他，他肯定不敢鱼死网破。

"反应够快。"云想想弄了点东西，一边吃一边浏览新闻。

虽然秦玥前后言辞不一，可到底是把自己差点沉的船救回来，不过人设是彻底崩了。

有利也有弊，那就是她背靠陈俊杰提到了明面上，就算现在她影响不好，但也有很多人跪舔陈俊杰捧着她。

好歹这是陈俊杰三十年第一次公开承认的女友。

【魏姗姗：秦玥真有能耐，这么快就拿下陈俊杰。】

其实他们听完云想想的话，心里觉得是秦玥拿不下陈俊杰，没有想到打脸这么快。

好不容易看到秦玥栽了跟头，以为必死无疑却只是重伤，魏姗姗心里不舒服。

【云想想：日子还长着呢，你急什么？陈瑛晖这么多年把哪个女艺人扶正了？】

陈瑛晖游走在众星时代当红艺人之中多少年，出手的确豪气大方，但哪个成为陈太太？

秦玥两个小时拿下陈俊杰，肯定是没有经过陈俊杰的老爸同意，她想入陈家的门还远着呢。

她最好是保佑陈俊杰能够娶她，或者在她扶摇直上期间没有比她更吸引陈俊杰的人出现。

否则她这个公开贴上陈俊杰标签的女人，一旦被陈俊杰抛弃，后果就有点严重了……

娱乐圈这种地方，要么就永远洁身自好，只要越线就不要自欺欺人只有对方知道。

睡了一个人，其实私下知道的人就一大片，有些长袖善舞，睡了多少人都不会被掀出来。

也不会有纠缠不清，或者解决不了的后顾之忧。

但这个圈子清清白白的人也还是有一大半，不像外面想的那么不堪。

不过是娱记为了博眼球总报道些不好的，才导致大众对这个圈子有误解。

和魏姗姗聊了会儿，云想想就去找贺惟和陆晋，有心想要出去逛逛。

两个人根本没有休息，云想想提议，自然是尊重女士的想法。

云想想其实就是趁着今天不用工作，出去买些礼物，带回去给朋友家人。

顺便享受一下地道的意国美食，领略一下意国的人文风情。

吃饭的时候，云想想有个陌生电话，一看没有备注，云想想就没有接，对方又打来。

接通之后云想想就听到了一道不喜欢的声音："云想想，是你在捣鬼对吗？"

"秦小姐，我不懂你在说什么。"吃了一口冰淇淋，云想想眯了眯眼。

"云想想，你够狠，这次是我技不如人，不过我们走着瞧。"秦玥撕破脸直接宣战。

慢条斯理又吃了一口冰淇淋，云想想才幽幽开口："秦小姐，你最好记住我之前对你说的话。"

秦玥没有回答，直接挂了电话。

云想想默默地把这个号码拉入黑名单。

"这个小姑娘，好胜心很强。"陆晋也看了新闻，听了云想想的话，就知道是谁打来的。

"她估计被狗咬过，有狂犬病后遗症。"云想想可没有陆晋那么婉转斯文。

当初《关爱》杨琦一角，本来就是她的，她自己不小心导致错过，又不是云想想害的。

她凭什么揪着云想想不放，不就是因为《关爱》火了，她觉得云想想捡了她的漏。

她这会儿估计认为云想想得到的一切都应该属于她，云想想就应该对她感恩戴德。

三番四次在背后搞小动作，还不准云想想回击她，这种双标也真强，公主病有点严重。

秦玥的宣战，云想想压根不放在心上，回到酒店就继续做作业，补课本知识。

做完题目考虑到宋冕那边是凌晨，云想想没有立刻传给他，以免打扰他休息。

早上起来的时候才传送过去，然后就和陆晋一道去了公司，广告拍摄在晚上。

拍摄地点是世界著名的歌剧院，这么早到是方便和拍摄工作人员交流。

工作人员大部分都是意国人，双方都用了英文，交流起来没有障碍。

对方拍摄广告，是相当追求每一个细节的完善，会反复推敲，公司的负责人也全程陪同。

吃了午饭之后，他们就去了歌剧院，实地场景模拟，甚至试验拍摄了两段。

广告内容很精简，大致是女主角盛装从金碧辉煌的歌剧院出来，一身珠光宝气的她艳光四射，成功吸引了很多贵公子的注意力。

他们纷纷向她伸出了礼貌绅士的手邀请，而男主角的车灯光投射过来，在灯光之中女主角缓缓望向他，他的车越过所有人的车，然后他下车缓缓走向女主角，伸出了手。

两人一个自信满满，一个魅惑妖娆，对视一眼，女主角选择了他。

最后是男主角和该车一个单独特写,他靠在车旁有一句广告词:男人的一生,王者至尊。

据说这款新跑车的名字从意国语言翻译过来,就有至尊的意思。

意国对于一段广告的拍摄,认真程度完全不输于拍一部电影,反复拍摄一定要精益求精。

由于要拍摄夜晚雕梁画栋,嵌金包银,灯光下金碧辉煌的歌剧院,云想想只有晚上的时间需要参与。

前两天拍摄的都没有达到最满意程度,第三天云想想和《魅塔》的采访时间到了。

云想想自然只能和他们说白天要去接受杂志采访,晚上再来参加拍摄,对方也大方放行。

《魅塔》的杂志采访,是陆晋的人情,虽然有《菲亚》在前,可云想想还是要去。

采访她的是一位年轻的女士,应该是《魅塔》的新编辑,她的采访很公事公办。

只是后来看到她右手的戒指问了句:"你是在热恋之中吗?"

云想想伸手摩挲了一下戒指,她很爽快地回答:"是的。"

文化差异,在西方国家不管是不是艺人,十八岁谈恋爱还是普遍被认可和接受的。

她只是个小采访,又是外文,只在米都售卖一周,她自己也不会做宣传。

根据上次《菲亚》的情况来看,云想想不认为会有华国人去关注。

云想想大方承认是不想遮掩宋冕的存在,也是为了以后做个铺垫。

意国米都华人也不少,如果她的运气就这么差,那她也会做好面对的准备。

云想想采访完的当天晚上,又拍了几遍广告,拍摄方喊了停。

原本以为要五天的时间,没有想到三天就拍完。

"生日快乐。"陆晋递给云想想一个手提袋。

拍完广告吃完宵夜,已经是十一点,再过一个小时就是云想想生日。

手提袋轻飘飘的,里面是纸张,不需要拆开,云想想就直接拿出来,竟然是一辆车。

"借花献佛,这是广告方送给我的车,正好我也不知道送你什么,就转送给你。"陆晋解释。

拒绝的话云想想一下子说不出口,这辆车不便宜,一百万的价格。

按照她和陆晋的交情，云想想自然不能让陆晋这么破费，但陆晋说是公司送给他的，他没有花钱，云想想就只能收下，毕竟不是平白地送，是以生日的名义。

"谢谢晋哥。"

"我没有准备礼物，后天带你去看时装周。"贺惟笑着说。

现在正好是米都春季时装周，贺惟早就已经安排妥当，要带着云想想去见识见识。

"谢谢惟哥。"时装周云想想还没有去过，不过私下了解过。

艺人去时装周多是为了自己代言的品牌站台，也有些是去寻找合作机会，他们属于后者。

"很晚了，早点回去歇息吧。"贺惟催促云想想。

到了酒店房门，他们就各自分开，刚刚进入房间，她的手机就响了，是宋冕来电。

"十五分钟后我会抵达你在的酒店。"宋冕是担心云想想睡了。

"你在直升机上！"云想想听到了属于直升机的声音。

"嗯，等我。"因为说话不方便，宋冕就挂断了电话。

云想想迅速地卸妆护肤，刚刚弄好换了身自己的衣服，宋倩就指了指屋顶："顶楼。"

很多高级酒店顶楼都有直升机停机坪，云想想立刻坐了电梯，到了最高一楼，外面还有人等着给她开门。

这个季节的米都天气有点深秋的感觉，不是特别冷，但也有点凉意。

云想想踏入顶层，就听到了直升机的声音，很快直升机就在酒店工作人员的指挥下停了下来，还没有停稳，宋冕就从上面跳了下来。

他的手里拎着一个盒子，转身抱了一盆盆栽，盆栽被笼罩着，云想想也不知道是什么。

顶楼的灯全部打开，才看到这里被布置得非常漂亮。

云想想站在门口，看着宋冕一步步走到她的面前，将盒子递给她，深情地说："生日快乐。"

"生日蛋糕？"盒子虽然是密封的，但是这么近，云想想还是闻到了味道。

"嗯，我做的。"宋冕早就知道云想想喜欢吃蛋糕。

旁边有个长桌，桌子上摆了罩灯，放了红酒和鲜花，云想想把蛋糕拎过去。

当她把蛋糕盒拆开之后，整个人都惊艳了，因为这个是一个纯古风的生日蛋糕。

几乎是将她息夫人的背影神还原,这张照片她拍摄的时候保留下来,只发给宋冕看过。

"技术没有学到家,只能做个背影。"宋冕很诚实地告诉云想想。

云想想感动得眼睛有些酸涩,眼泪一下子就滚出来。

"怎么哭了?"宋冕没有想到云想想是这个反应,立刻有些手忙脚乱。

云想想一边抹着泪,一边摇着头,她总不能说从来没有人为她生日这么用心过吧。

苏秀玲和云志斌不会忘记她的生日,而是他们所处位置不同,他们的安排也不同。

她只能带着哭腔控诉宋冕:"你把生日蛋糕做成这样,要我怎么吃?"

事事运筹帷幄的宋冕,第一次有了点无措,他当时只考虑到云想想的喜好和意义问题,完全忘记了吃的问题。

为了这个蛋糕,宋冕把懂技术的人请来教自己,学了很长时间才能做到这个地步。

原来他做事情也是会有不全面的时候,宋冕立刻化解自己的尴尬,将带来的盆栽推到云想想的面前:"这个才是我送你的生日礼物。"

云想想的眼睛里还有水光,看了宋冕一会儿,才伸手将套着盆栽的套子慢慢揭开。

那是一朵盛开的莲花,花瓣大部分是白色,边缘却是紫色,花香气息淡雅宁神。

"这不是……"这不是云想想经常看着宋冕侍弄的那一株特别的花吗?

"这是我在九品香水莲的基础上经过基因改造培育出来的新品种。"

宋冕的手轻轻托着一片花瓣,"好几年前去了宝岛回来就有了这个想法,一直疏于钻研,才拖了这么久,直到去年遇见你,我才又把它进行下去,幸好它没有辜负我的期望开花了。"

已经开花两天了,宋冕其实一直没有把握花会不会在云想想生日前开。

九品香水莲云想想听说过,据说是宝岛在美利坚国睡莲的基础上培养出来的新品种莲花。

因为有九种颜色才叫九品香水莲,具有很高的药用价值、观赏价值和食用价值。

但是香水莲要五月才开花,也不知道宋冕怎么弄的,这朵花竟然提前两个多月开了。

"以后你的生日,就是它的花期。"宋冕握着云想想的手。

俯身亲了亲她还没有泪干的眼睛，在她耳畔低语："我给它取了个名字——心相莲。"

云想想的心莫名就加速跳动起来。

心相莲，莲与连同音。

心相连是个想字，心相连也寓意着他们彼此的心永远相连在一起。

"喜欢吗？"宋冕低声询问。

"嗯。"云想想连连点着头，"喜欢。"

她的一句喜欢，一瞬间的破涕为笑，令宋冕如释重负，紫眸刹那灿若星辰。

云想想摸了摸花瓣，瞥见宋冕一脸笑意，轻哼一声："别以为我就原谅你了，我的蛋糕要怎么吃？"

肯定是宋冕给贺惟打过电话，贺惟才连个生日蛋糕都不给她准备，她最爱吃蛋糕。

宋冕看着自己做得像艺术品的蛋糕，做好的时候多得意，来的路上多期待云想想的开心，这会儿就多窘迫。

把无所不能的宋冕都为难到，云想想终于绷不住笑出声。

宋冕这才发现云想想是逗他："是我考虑不周，随便女朋友怎么处罚。"

"随便怎么处罚？"云想想意味深长地凝视着宋冕。

对上她狡黠的目光，宋冕有种不妙的感觉，不过还是认命地点头。

云想想拿起旁边的盘子，用刀具将蛋糕上那个抚琴的息夫人背影全部移到盘子上推给他："给你，吃完。"

宋冕不挑食，在饮食上没有任何忌口，一下子这么多的糖和奶油，他是真的没有尝试过，还没吃就觉得有点腻了。

"我给你的，甭说是甜的，就算是苦的，你也得吃。"云想想颇有点刁蛮，女朋友的蛮横。

"吃，只要是你给的，酸甜苦辣我甘之如饴。"宋冕态度良好地拿起勺子。

看着自己做了一下午才做出来的劳动成果，宋冕也有点下不去手。

"我把自己都让给你吃了，你还不高兴吗？"云想想催促着。

刚舀了一勺喂到嘴里的宋冕听了这句话，动作优雅地吃完一口甜甜的奶油加糖。

那双幽深的紫黑色眼眸宛如两个旋涡，深邃而又摄人地盯着云想想："把自己给我吃？"

本来云想想只是顺口一说，说完也没有觉得这句话有问题，可偏偏宋冕这样暧昧重复,还用这样如狼似虎的目光盯着她。

云想想顿时脸一热,羞怒地踩了宋冕一脚:"老流氓!"

"我只对你耍流氓。"宋冕一边吃一边回。

云想想觉得她处于弱势,这个话题上肯定不是宋冕的对手,恶狠狠地瞪了他一眼,转着餐盘就坐到了他的对面。

给自己切了一块蛋糕,蛋糕放到盘子里她才想起来:"哎,我忘了许愿!"

一心想要恶整宋冕,直接把蛋糕给毁了,想到这里又对宋冕投去死亡般的凝视。

"你不需要许愿。"宋冕握着勺子,凝望着云想想。

"什么?"云想想疑惑。

"我会让你拥有你想得到甚至想不到的一切。"宋冕就是这样云淡风轻说出这句话。

这是一句多么猖狂的话,让她拥有她想得到的一切。

但是他这样用并不是多郑重的语气说出来,云想想却不知道为什么觉得比山盟海誓可信。

"宋先生,小心打脸,有个词叫做欲壑难填!"云想想终于尝了一口蛋糕,瞬间眯起眼睛享受。

"还有个词,叫做欲求不满。"

"咳咳!"云想想第二次被呛到。

对上宋冕隐含笑意的双眼,她伸出脚又踩了他一下。

踩完察觉她好像很喜欢这样对宋冕,都被宋冕影响得越来越幼稚。

宋冕不再闹她,让她安静地享受她最爱的美食,静静地陪伴着她。

黑夜如洒墨,繁星密布,悠然静谧。

宋冕总是看着云想想,和宋冕的目光撞上几回,云想想突然想到一件事:"我今天接受了一个采访。"

"我知道。"

"我被问是否在热恋。"云想想把手上的戒指展开在宋冕的面前,"我说是。"

她那双琥珀色迷幻剔透的眼眸摇曳着星辉,同时闪烁着一点挑衅的光芒。

宋冕懂她的意思,上次他大量购买了《菲亚》杂志,所以她这次故意透露这样的信息,是吃准杂志小范围传播。

如果他又大量购买,杂志社就会看到市场而大量刊印,这事儿就瞒不住。

"不怕我趁势逼你？"宋冕问。

"你舍得吗？"云想想挑眉反问。

他舍不得，舍不得她一点皱眉，半点不悦。

宋冕陪着云想想吃完蛋糕，陪着她等到了凌晨一点，因为她是凌晨一点出生。

"你竟然这个都知道！"云想想惊奇。

"我可是攻克了小舅子。"宋冕浅笑迷人。

"哼，小霖还小，而且他接受你，完全是因为他信任我。"云想想冷哼，"我就看你怎么拿下我爸爸。"

云霖是个姐控没有错，但他这个姐控和别的姐控不太一样，只要她认可的，云霖都会认可，就像他自己说的那样：姐姐这么美，姐姐说什么都对。

云志斌就不一样，别看他一个普通高中教师，他见过形形色色的人。

教导过的孩子，孩子的家长，这些孩子长大后的性情，云志斌都清清楚楚。

"岳父要是见过千种人，我反而有优势。"宋冕揽着云想想坐在高楼的边缘，他们仿佛将整个城市都尽收眼底，"他一定能一眼看出我是可靠的人。"

"臭美。"云想想抿唇笑着瞥了他一眼。

"女朋友要是不信，我们试试？"宋冕试探。

夜风撩起了云想想的鬓发，她伸手将之撩至耳后，侧首认真看着宋冕："再过一年吧。"

她才刚刚十九岁，就带着男朋友回家，她能够想到云志斌和苏秀玲的心情。

她爱宋冕，也想要早点和他正大光明在一起，但不能因此不顾及云志斌他们的感受。

"他们生我养我十九年，只能让你委屈一年。"云想想轻声哄着。

宋冕面无表情地望着前方不言不语。

云想想见此，将他的脸强势掰过来，狠狠地亲了一口："不准闹情绪。"

宋冕眼帘半垂，依然面不改色。

云想想无奈，只能揪着他的衣袖："我也是为了你着想，你如果想要早点娶到我，就听我的。"

这么早就把宋冕带回家，纵使他手段再了得，让云志斌和苏秀玲放了心，云志斌还是会记恨他。

云志斌可以为了闺女不阻拦他们俩恋爱，但他就这么一个女儿，想晚几年嫁出去，不算过分吧？

到时候她还能够偷了户口本悄悄地和宋冕扯证不成？

云想想都说得这么露骨了，她从来没有对哪个男人说过这样的话，宋冕却还是没有反应。

有点生气的云想想豁然抬起头，跌进了宋冕那双黑紫色潋滟魅惑的眼里，他满眼笑意。

"好啊，你竟然捉弄我唔……"

气势汹汹的话没有说完，宋冕扣住云想想的后脑勺，侧首就堵了上去，攫住她柔软的唇。

他的吻又深又缠绵，温柔而不失霸道。

漫天星幕是背景，万家灯火是陪衬，他捧着她的脸，抵着她的额头："想要一直陪着你。"

这话一出，旖旎顿消，云想想明白："你是特意抽了时间来陪我过生日。"

"嗯，那边有些棘手的事情，我还需要再回去一趟。"宋冕语气有些歉意。

云想想的手穿过他的腰身，紧紧抱着他，靠在他的怀里："阿冕，谢谢你愿意放任我自由翱翔。我爱你，爱你的一切，你的家人，你的事业，以及你的责任。"

所以，我没有那么娇弱和计较，不会因为你没有时间陪伴而患得患失。不是不在乎，而是足够的信任。

"你是唯一一个能够让我感动的女人。"宋冕动容地回抱着云想想。

云想想不需要为他做什么，只需要能够理解他，包容他就能够给予他无尽力量。让他再没有后顾之忧，奋力地去拼搏。

宋冕来得快，走得也很快，云想想看着他从直升机跳下来，又亲自把他送上去。

直升机起飞，云想想大方地冲他挥了挥手，就抱着心相莲潇洒转身离去。

她不会目送他离开，这样只会让他心生愧疚，她也不是故作从容，而是他们还有天长地久，不需要计较一朝一夕。

除了拍戏之外，云想想很久没有这么晚才入睡，一夜酣然。

二十七号这一日是她的生日，她接到了不少祝贺的电话，也有很多人给她转了账祝贺。

就连易言和方南渊也是，他们俩是唯一知道她银行卡的人，都转了181818。

453

中午的时候就有明爱儿童慈善基金会官方艾特云想想，一是恭贺她生日快乐，二是为慈善基金会的儿童感激她的粉丝集资捐赠。

云想想的生日共有一千六百万人集资，并不全是云想想的粉丝，也有不少薛御和陆晋粉丝知道云想想这个生日活动，随手就捐赠了一块钱。

由于云想想是公开集资，并且限定一人最多只能捐赠一元钱，又以粉丝的名义捐赠，网上除了对这一行为赞赏以外，没有人挑得了一根刺。

【你的孟买V：祝女神生日快乐，转发微博抽一千人，一人9999。】

【嗷嗷嗷，土豪你又出来了，这次竟然是一千人。】

【土豪家里有矿，有矿+钻石矿。】

【哈哈哈哈，我就说女神生日快乐，土豪怎么可能不现身？】

【抽我抽我，我中了我全部捐慈善机构。】

【楼上+1。】

【+……】

云想想正好没事，看着"你的孟买"还在线，她莫名想要查询一下他的网络地址。

以后如果她去了他所在的城市，也好约他出来当面劝一劝，实在是太疯狂。

她惊觉这个网络地址竟然是受到了重重保护，她竟然攻不破他的防火墙，锁定不了。

"高手啊。"云想想惊叹，看了看艾黎，到底没有喊她。

考虑到现在宋冕很忙，云想想就没有拿这事儿去打扰宋冕。

点开了宋冕昨天之前给她发的解题视频，认真地看完之后，把错题重新做一遍。

这时候陆晋敲响了她的房门："想想，你在吗？"

宋倩开了门，云想想迎上去："晋哥有事？"

"我昨天送给你的车，银白色只有这里有，你要去看看吗？"陆晋也是才知道。

其实可以回国之后去华国的总代理那里提车，相关手续都已经办得差不多了。

不过这款车是他代言的至尊系列新品，银白色不对其他国开放。

"去看看吧。"

关于车子，云想想不太喜欢出挑的颜色，银白色和黑色是她喜欢的颜色。

这款车云想想还没有去研究过，如果银白色很好看，就在这里提了，让公司运输到国内。

他们自然有自己的渠道，会省去很多麻烦，手续依然在华国补全。

她正好把作业也做完，留在酒店也有点无聊："惟哥呢？"

路过贺惟房间门，云想想敲了敲门，没有人。

"他打了个电话就出去了，应该是为了你的代言。"陆晋知道一点。

其实经纪人一点都不比演员的工作轻松，贺惟肯定是不想让她空欢喜，所以没有说。

云想想给贺惟发了个短信，就把宋倩和艾黎都带去了。

公司总部，自然是很大，放眼望去全是豪车，云想想看到了陆晋送她的车型。

线条流畅，非常大气。

这个车型只有四种颜色，这里恰好都有，虽然也有经典款黑色，但云想想还是一眼爱上了银白色。

"我去和他们说说。"陆晋转身去寻了负责人交流。

由于陆晋也不确定云想想会不会选银白色，就没有请公司高层过来，这样交涉起来就有点麻烦，负责人也得打电话回去核实。

陆晋和负责人去了办公室，云想想在工作人员的陪同下继续看着车，工作人员也问她要不要体验，她都笑着拒绝。

"云小姐。"云想想看着看着，身后突然响起了一道熟悉的声音。

转过身，对方已经摘掉眼镜走到了她的面前。

一米九的身高，没有了上次的西装革履，牛仔裤加衬衫，大半随意了不少，却依然给人强势的压迫感。

"路西华先生。"对方用的是极其标准的中文，云想想自然也用母语。

路西华在她身后看了看，似乎是在寻找宋冕的身影："没有想到竟然在这里遇到云小姐，云小姐来米都是？"

"工作。"云想想简洁地回答，她并不想和路西华有多少废话，"路西华先生是来买车的吧，不耽误你时间。"

说完，云想想错开就想越过路西华，却没有想到路西华挡住了她。

身后的艾黎和宋倩都要往前，被云想想给拦下："路西华先生，你这是什么意思？"

"上次多莉丝对你多有冒犯，我一直深感抱歉，却苦于没有道歉的机会，想请云小姐今天能够给我个机会。"路西华说得这么婉转，但他散发出来的气息却很强势。

云想想抬起头认认真真地看着路西华，与他深邃如海的蓝色眼眸对视。

两人之间的气氛很僵硬，工作人员有心想要上前劝说，却被路西华的人直接拎走。

见此，云想想唇角一勾："路西华先生，我一直以为您是天之骄子。"

路西华用了心有疑惑的目光看着云想想。

"天生的贵族，他的骄傲是不会允许他将男人之间的战争蔓延到比他弱势的女人身上的。"

听懂云想想话的路西华不由笑了，云想想虽然不喜欢路西华，但不得不承认这个男人真的帅得犯规。

他点着头让开了路："云小姐，你知道吗？你是个令男人着迷的女人。"

提步走到路西华旁边的云想想停下，侧首平静地看着他："很遗憾，路西华先生，你并不是一个能够迷倒我的男人。"

"所以？"路西华扬眉。

"所以，不要试图来招惹我，我是个相当不好招惹的女人。"云想想算是警告。

不给路西华再说话的机会，云想想步履沉稳，她知道路西华在对她释放压力。

虽然她的皮囊还不错，可路西华这样的人什么美女没有见过？

而且她在路西华的眼里看不到一丝情感，他为难她仅仅是因为她是宋冕的未婚妻。

上次在慈善晚宴，云想想就听出来路西华和宋冕只怕不是一般的敌人。

云想想没有想到竟然这么倒霉，在这里遇上了路西华，这个男人非常邪气。

刚刚用那句戳中男人尊严的话将他给击退，这样的法子可一不可再。

上次宋冕介绍她是未婚妻，想来路西华不敢明目张胆地对付她。

被路西华的出现败坏了全部兴致，原本打算再去逛街的心也没有了。

第21章　扩展领域新合作

回到酒店，云想想直接给宋冕打了个电话，本来担心宋冕在忙，却没有想到电话接通了。

"喂，你好。"接电话的不是宋冕，而是宋冕的野人朋友。

上次听到过他的声音，宋冕说过他叫祁隽。

"阿冕的手机怎么在你的手上？"云想想担忧地问。

云想想的声音让祁隽愣了一下，立刻反应过来："原来是嫂子啊，冕冕……宋冕他下洞里去了，我在上方，他的手机在衣服里。"

云想想这才放心："他没事吧？"

"没事，就是发现一些特殊的土质，我们准备研究一下。"祁隽语气轻松。

"那就好，你让他得空之后给我个电话。"云想想还不认识祁隽，也不好和他交流。

"哎哎哎，嫂子啊，过河拆桥，也得过了河再拆桥，你这还没有过河就拆桥啊。"祁隽连忙阻拦云想想挂机。

云想想："那你要什么好处？"

"嫂子，你这样说话多伤人，我和冕……宋冕可是青梅竹马，两小无猜，你是他女朋友，我们就是一家人，一家人说好处，实在是太伤人。"

云想想原本因为路西华带来的那一点郁气瞬间没了，祁隽这么高大上的名字，它的主人不但是个词盲，还是个话痨。

宋冕说他是探险家的时候，云想想脑海里勾勒出来的是那种深沉的，敢于挑战的勇士。

这幻想破灭得实在是太快。

"那你要怎样才帮我带话？"云想想委婉措辞。

"嫂子，我们加个微信，你发一张照片给我看看，我都不知你长什么模样。"

宋冕连名字都没有给他透露，他到现在都不知道宋冕女朋友何方神圣，能够把冷血动物变成痴心汉，为了给她过生日，竟然这么折腾。

"你加我吧，我的微……"

"哎哟！"

"你怎么了？"

"我把他踢下去了。"是宋冕的声音。

"他……还好吧？"云想想听到了几次碰撞声，感觉祁隽撞得很惨。

"死不了。"宋冕漠不关心地回了一句后问，"分开不到一天，女朋友想我了？"

云想想忍不住翻个白眼："我找你是有事，我今天遇上了路西华……"

她的直觉一直很准，路西华给人感觉很危险，云想想必须防患于未然。

宋冕听了之后说："我保证，他绝对不敢对你做什么。"

"嗯。"云想想只是想要宋冕知道就行，不想再谈陌生人，就问，"你多久回家？"

"不确定。"宋冕也拿不准还需要耽搁多久。

"我明天去时装周，然后就回家。"云想想简单说了些自己的行程，"你在外面要注意安全。"

深山野林，虽然祁隽是个野外生存高手，但云想想还是担心宋冕的安全。

"放心，为了你，我也要保护好自己。"宋冕语气温柔。

这家伙真是三两句就开撩，云想想完全招架不住："你快去忙吧，我不打扰你。"

宋冕也确实有事，还有路西华那边他也得去安排一下，顺势挂了电话。

正好贺惟也回来了，将明天要穿的礼服和佩戴的首饰送过来。

时装周会有不少来自各国的艺人，她的首饰还是门罗，意国也有门罗的店。

云想想拆开礼服的盒子，将之拎出来，便看向贺惟："惟哥，你是不是把我的行踪都告诉了宋冕？"

"并没有，他不定期让人送来很多礼服。"贺惟解释，"来前我就知道你要参加时装秀，随意拿了一套带来。"

事实上，他都不知道他拿的是什么样式的礼服。

宋家送过来的礼服，有些是盒子里装着的，有些是被套子套好的。

云想想手里这套是轻纱质地，不想担心褶皱自然是放盒子里。

"很漂亮。"贺惟却不得不赞叹宋家送来的礼服，的确高级又好看，并且符合云想想的年龄。

这是一条荷叶挂脖礼服，采用浅粉色和碧色的轻纱拼接，抹胸是浅粉色，碧蓝色的细带高腰，自然过渡飘垂而下的碧色长裙，有两层喇叭袖，袖子与抹胸两边相连，一层浅粉色到手腕，一层碧色长至手掌。

礼服飘逸开阔，颇有华丽的仙灵之气，腰间有碧色和浅粉色轻纱堆出一朵荷花。

亭亭玉立，飘然摇曳，正如云想想这个人一样粉嫩迷人，纤长的细绳缀着穗子随裙摆垂到脚踝。

所以当云想想随着陆晋与贺惟一道出现在红毯上时，立刻成为焦点。

陆晋本就是意国最喜欢的华国影星，云想想东方天使的称号在欧洲还是有点名头。

不过他们三个都是来做看客的，还有其他华国影星，入场之后就打了个招呼。

"嗨，晋。"云想想三人才刚刚被主办方的人带到位置，就听到一道性感女音。

云想想回头，就看到一位意国演艺圈的国际影后伽雅，这位影后今年二十八岁。

身材高挑，高挺的鼻梁，雪白细腻的肌肤，有着古典韵味，气质圣洁典雅。

"我去去就来。"陆晋对云想想和贺惟说了句，就朝着伽雅走过去。

"这位伽雅影后，对晋哥有点意思。"女人的直觉特别准。

云想想没有想到陆晋魅力这么大，竟然能够迷倒意国超人气影后。

"他们俩没戏。"贺惟坐到他们的位置，见四周没人就和云想想聊起来。

云想想不解，虽然陆晋现在看起来对伽雅没有任何特别，可女追男隔层纱。

伽雅怎么看都是尤物，又热情主动，怎么贺惟就这么笃定没戏？

"曾经沧海难为水。"贺惟意味深长地对云想想解释。

"是谁能够迷倒晋哥！"云想想八卦心膨胀。

陆晋可是娱乐圈洁身自好男人的标准啊，童星出道到现在都没有任何绯闻，也没有恋情爆出，因此被一些无良媒体乱传过是同性恋。

云想想拍《王谋》的时候，就发现他这个人对谁都淡淡的，有点与世无争的佛系。

难道陆晋这么优秀的人竟然还是暗恋，甚至是一段无疾而终的暗恋？

云想想相当好奇，是谁这么有魅力，陆晋的粉丝要知道，岂不是要疯掉？

"斯人已逝。"贺惟说着语气也有点惋惜。

原来是这样，云想想看了看远处和伽雅始终保持着距离的陆晋。

"花想容你知道吗？"贺惟突然问。

云想想身体瞬间僵硬，她睁大眼睛不可思议地望着贺惟。

"他和你提到过？"贺惟见到云想想的反应，有些不悦地皱眉，"他和我提到过，你很像她。"

云想想忍不住问："惟哥你是说，晋哥他心中的朱砂痣是……花想容前辈？"

贺惟肃容点头："我告诉你这个，就是希望你以后能够和他保持点距离。"

贺惟不是个喜欢八卦，甚至不喜欢讨论别人隐私的人，但陆晋跟他说过，云想想很像花想容，他就不得不重视。

因为都是台球爱好者，贺惟和陆晋颇有些私交，以前贺惟没少拿陆晋督促薛御，这也是薛御看不惯陆晋的原因。

　　整个娱乐圈，除了贺惟没有人知道陆晋爱着花想容，是因为同公司，陆晋又信任他，私底下希望他能够照顾一点花想容。

　　贺惟不希望陆晋把云想想当做了代替品，更何况云想想现在已经有了喜欢的人。

　　云想想非常惊讶，花想容在人生最后的一段时光和她接触很多，似乎要将她三十年的人生经历都对云想想倾诉一遍。

　　不知道是为什么，也许是希望以后能够有人一直惦念着她，也许只是生命的最后，一种释放灵魂束缚的放纵。

　　花想容近乎是倾倒一般，一股脑儿地说，不在乎云想想记得住多少，理解得了多少，在那么多信息里，陆晋只是轻描淡写提到一两句，还是那种没有任何感情的语气。

　　一个是苦苦挣扎，拼命向上的流量女星。

　　一个是万丈光芒，少年扬名的国际影帝。

　　唯一的同一部戏，她是特别演出的女N号，他是票房担当的男一号，甚至连对手戏都没有。

　　之后他们偶尔在一些场合遇上，也只是点头之交，她从来不会去攀附谁，陆晋所到之处又是前拥后簇，话都没有说上一句。

　　"你怎么了？"贺惟察觉云想想的异样，担心地问。

　　云想想迅速回过神，整理了情绪，有些艰难地开口："我只是很吃惊，我只听过花想容老师和若非群的恋情。"

　　"是公司耽搁了她。"提到这个，贺惟也有些怅然，"他们俩是公司要求炒作开始的。"

　　这一点，云想想很清楚，当时花想容和若非群都在上升期，两人同时参加了个综艺节目，节目第一期本来没有要两人炒作。

　　后来是因为若非群重感冒依然坚持来参加节目，花想容特别钦佩，节目里就会有意无意地照顾他。

　　等到播出去之后，被剪辑得他们俩好像是一对，两人的人气大涨，很多人磕"花若"，五期节目播完，若非群要开演唱会，花想容新剧上映。

　　文澜和若非群的经纪人一合计，就决定炒作，维持彼此的热度。

　　花想容当时很反感，并不想这样做，但她那时候没有资格说不，文澜不允许，公司也不允许。

　　偏偏若非群没有意见，花想容那一点微不足道的反抗直接被无视。

　　她也就面上配合，每次公开场合都好像若非群热脸贴冷屁股，但若非群

万／丈／星／光

脾气好，也正是因此越来越多的人迷上温柔的若非群，觉得花想容上辈子拯救了银河系。

花想容冷了若非群很久，若非群却依然殷勤备至，甚至对她的纵容可谓无下限。

花想容一辈子没有被人这样让着包容着，尤其是好几次生病，若非群都第一时间赶来。

后来他们俩就这样不知不觉成为了真的情侣。

"你放心，我不会做这种事。"贺惟见云想想脸色不好，误会了她的忧虑。

贺惟不排斥别人炒作，自己却不屑炒作。

"我知道，能够成为惟哥的艺人，才是拯救了银河系。"这一点，云想想绝对相信贺惟。

其实文澜也很好，别看文澜逼花想容和若非群炒作，那也是为了共同的利益。

炒作无非就是演戏，能不能落幕之后从戏里出来，看个人。

文澜也好，花想容也好，在竞争激烈的寰娱世纪都需要出头，至少文澜没有让她走捷径。

寰娱世纪并不是没有走捷径的人，只不过寰娱世纪的经纪人不敢逼迫艺人走捷径。

但有些艺人自己愿意，经纪人自然也是乐得成全。

文澜虽然在炒作方面手段层出不穷，却严禁她手下的艺人被潜规则。

花想容不是没遇到，都是文澜保护了她，所以对于文澜，花想容由始至终心怀感激。

"你这反应可不像是拯救了银河系。"贺惟总觉得云想想有点怪，又说不上来。

"我只是替花想容老师惋惜。"云想想胡诌，"错过了晋哥。"

其实不然，花想容和陆晋永远不可能在一起，因为花想容她会自卑。

陆晋和若非群不一样，陆晋是娱乐圈仰望的神话，若非群和花想容是共同成长。

花想容遇到陆晋的时候，她已经拼尽了全力，没有力气再为一个人变得更优秀。

在那样的情况下，哪怕她没有得绝症，她也没有勇气再去接受一个更完美的男人。

由此，云想想真的感谢上苍，让她在最美好的年华遇上了宋冕。

宋冕那种润物细无声的小心呵护令她怦然心动，并且她可以用未来十年的时间，让自己变得足够璀璨夺目，配得上宋冕，才让她愿意去尝试。

"没什么可惜。"贺惟却语气平淡，"他们俩注定不可能。"

正好这个时候陆晋走回来，云想想调整好情绪之后，对待陆晋态度如常。

看完时装秀，贺惟带着云想想去认识了不少人，有些人在上次慈善晚会就见过。

多刷几次存在感的好处就是，有几家服装品牌的负责人给她留了联系方式。

云想想和贺惟他们离开的时候，突然一位一看就是精英的男士走过来，给贺惟递了名片。

"我是沙狄威的副总特助，我叫里奇。"对方客气自我介绍，然后说，"我们公司非常想要邀请云想想小姐，作为我们的亚洲代言人。"

"里奇先生，你确定你不是在开玩笑？"云想想觉得自己运气是不是太好。

全球顶级高定服装品牌，就这么主动送上门？

云想想都穿不起沙狄威，哪里有资格去代言它？

"很遗憾，这并不是一个玩笑。"里奇很幽默地回答，"云小姐现在可以去见见我们副总。"

云想想和贺惟对视一眼，又征询了陆晋的意见，三人一起跟着里奇去了公司。

沙狄威的副总恩佐是一位非常年轻，看起来二十五六岁的男子，他莫名地对云想想十分喜欢。

在他和贺惟谈论的过程中，云想想看得出他时不时对她投来了略带探究的目光。

云想想心中了然，突然开口："恩佐先生，如果我代言，我要一年一千万美币代言费。"

语不惊人死不休，就连陆晋和贺惟都不可思议地看着浅笑吟吟的云想想。

恩佐只是皱了皱眉就点头："完全没有问题。"

陆晋和贺惟这下看向恩佐的目光才是活见鬼，不过两人心里也明白了什么。

云想想继续狮子大开口："那如果我要签十年呢？"

恩佐这下就没有一口答应，而是委婉说："这个决定需要通过会议表决。"

轻轻地笑了笑，云想想站起身："恩佐先生，谢谢你这么看重我，我想我没有能力胜任。"

贺惟和陆晋也站起身，恩佐连忙劝说："云小姐，请给我一点时间！"

云想想停下脚步，转过身望着恩佐："恩佐先生，请你转达路西华先生：无功不受禄。"

这样的大品牌就看上她这个小虾米，还任由她狮子大开口，很明显是背后有人。

一年一千万美币眼睛都不眨，宋冕不会这么侮辱她，只能是人傻钱多的路西华。

离开了沙狄威的高楼大厦，云想想回过头看着这栋巍峨的建筑："惟哥，这将是我永不合作的品牌。"

不论沙狄威多么高大上，多少国际巨星趋之若鹜，但和路西华扯上关系，就是她的拒绝往来户。

慈善晚宴上宋冕就说过，路西华偷袭过他，她自然和宋冕统一战线。

她知道如果没有路西华，沙狄威估计都不知道她这号人，说什么拒绝都没有资格。

可她相信，总有一天，不需要任何人背后捣鬼，这些现在遥不可及的品牌也会朝她涌来。

"好。"贺惟的语气颇有点宠溺。

虽然商人逐利，但世界上的顶奢品牌并不少，服装界沙狄威的确是翘楚，但也不是没有能够匹敌的品牌。

"惟哥我们早点回去吧。"不想在这里和路西华纠缠。

贺惟打了个订票电话，然后询问云想想："三号？"

"没问题。"云想想点头。

时装周一般都是一个星期左右，云想想还要赶着回去参加校内比赛，肯定不能等到结束。

他们本来也不是带着任务来参加，想什么时候走都可以，三天的时间也够刷脸了。

回到酒店云想想开始整理行李，看到了宋冕给她送的心相莲："倩姐，这个我怎么带走？"

国际航空不允许携带植物，难道再让宋冕特意为了这盆花跑一趟？

"你买的什么航空航班？"宋倩拿出手机问。

"意航。"云想想听到了贺惟订票的电话。

宋倩就打了个电话，和对方交流了一下："登机之前把它送到航空公司办事处，他们会有专门途径运输。"

"还能这样啊？"云想想蓦然想到看到的新闻，有人去千佛之国，想要带两个柚子直接被扣押。

"可以啊，办个特许，你想带着它去哪儿都行。"宋倩说这个就像说天气一样简单。

云想想就想到宋家中医世家，宋老爷又弄了那么多植物养着，药材和花草估计没有少运。

解决完事情，云想想又去刷题，打开电脑宋冕已经把昨天的错题视频发给她。

时间已经不多，随着云想想每天刷一套题的缓慢进度，她的出错率越来越低。

题目不一样，但知识点却相同，只不过综合的方式换了。

云想想的日常就是刷题、看时装秀和巩固戏曲知识。

一号的下午看完时装秀，贺惟吃完午饭对云想想说："有两个合作对象找你。"

陆晋也在旁边，贺惟没有打算隐瞒，云想想认真地听。

"一个是意国的女装品牌，在意国是名牌，但在华国市场并不受多少关注。"贺惟十指虚扣放在桌子上，"另一个是还没有创立的品牌。"

"没有创立的品牌？"云想想觉得不可思议，"这是什么情况？"

"邓央你听说过吗？"贺惟问。

"听说过。"云想想点头。

著名的服装设计师，云想想看过她的专访，如今四十多岁的邓央是华国励志女性，演艺圈不少人会私下邀请她设计礼服。

"她有自己的品牌啊。"邓央的品牌还不是一般的品牌，在全球都能排上名次。

"她离婚了，品牌产权官司也输了，她现在除了她的才华，一无所有。"贺惟说。

云想想没有想到邓央竟然离婚了，并且沦落到这种地步："她的人脉不还在啊？"

邓央曾在大苹果城留学好几年，在美利坚国的人脉很广，甚至时尚界也占一席之地。

"你有多久没有听到她的消息？"贺惟不答反问。

云想想带着点羞涩："我以前想过做服装设计师，大概在六年前看过她的访谈。"

六年前邓央可是大放光芒的时候，云想想喜欢画画，想过做设计师，自然对于相关内容感兴趣，偶然会看采访。

"五年前她离婚输了官司，夫妻财产分割她拿到一半，但是她得了子宫癌，四年来都在接受治疗，去年才完全康复。"贺惟没有怀疑云想想。

"人走茶凉……"云想想明白了邓央现在的处境。

五年的时间，时尚界这种日新月异的地方，邓央都已经成为了过去式。

如果邓央还是以前大品牌的创始人，很多艺人应该还是愿意和她合作，可现在她已经不是，大牌的艺人自然有顾虑，小艺人估计邓央看不上。

高不成低不就，正好云想想这个既不算大牌，也不算小艺人的新人出现。

"她在米都吗？"云想想很佩服这样的女性。

从普通家庭出生，一路奋发拼搏，三十岁才在时尚圈崭露头角，三十五岁遇到爱情，三十八岁功成名就，四十岁被爱情背叛，一无所有还患上了癌症。

想来她这几年治病没有少花钱，如今经济状况也不理想，已经四十五岁了，还一身干劲。

云想想对这样的人，由衷敬佩。

"在，我现在给她打个电话。"贺惟其实希望云想想和邓央合作。

不过他并不想替云想想做主，一个品牌并不是那么容易创立，而且邓央已经人到中年。

这也是邓央找不到合适艺人的缘故，六年前和邓央合作的艺人，不是站在顶端，就是淹没在圈子里。

前者现在有自己固定合作的品牌，平坦大路不走，何苦去和邓央冒险？

后者，邓央自然不可能找，她需要的是陪她东山再起的人，而不是和她一样的明日黄花。

她作为服装设计师，还能够从头再来。在演艺圈一旦被淘汰，基本都是判了死刑。

邓央和六年前变化太大，她非常瘦，一头利落的短发，一身简单的西装。

但是在她的眼里，云想想看不到一丁点的颓废和郁结，只有闪烁着的光，以及浑身蓄势待发的力量。

"邓央。"她干脆地伸出手。

"云想想，邓老师你好。"云想想也伸出手和她握手。

"我的来意你肯定已经知道。"邓央不拐弯抹角,"我很诚心邀请你加入我。"

"我想知道你选择我的原因。"云想想直截了当地问。

"第一,你符合我新品牌发展形象。"

"第二,你在大苹果城有一定知名度,我将会在大苹果城创建品牌。"

"第三,没有人能够开出比我对你更有利的条件。"

"第四,你将会在我这里得到最大的成就感。"

邓央条理清晰地把自己的理由说出来。

"形象?所以你的新品牌定位是年轻女性?"云想想仔细询问。

"不是,是从小到老。"邓央说,"我选择你,是因为我的新品牌将会专注于华国传统手艺。"

云想想瞬间来了兴致。

"从用料,到设计,缝制,立意等,我都会大量融入华国技艺。"

"据我所知,您学的是西方设计。"云想想提出质疑。

"这五年,和病魔抗争的同时,我一直钻研东方设计。"邓央回答。

云想想点了点头:"你选择在大苹果城创立新品牌,而且是以华国元素为主,那么你的品牌受众方向是?"

"高端定制。"邓央想也不想回答,"这些年我养病期间,去了很多我们国家古老偏僻的地方,寻找到了很多古老的手艺,我相信我一定能够让我的品牌惊艳时尚圈。"

"其实你可以找到投资者,或者合作商。"瘦死的骆驼比马大,只要邓央愿意,云想想相信完全可以。

"上一次的失败告诉我,一切都要自己说了算。"邓央语气清冷,"我没有大笔资金投入,最快的成名方法,就是寻找一个开始在国内外崭露头角的艺人,我和贺惟了解过你的发展,你就像是为我品牌诞生的一样契合。"

她已经四十五岁,不能像过去那样一步步走,况且还有个不愿她出头的前夫。

"那就祝我们合作愉快。"云想想伸出手。

这下令果断的邓央都诧异,云想想只详细了解了前面两个原因,后面两个才是和她利益相关的原因,她竟然不问了。

"你相信我的未来,我也相信你的能力,合作的双方必须互相信任。"云想想笑容大方。

"你有令人无法拒绝的魅力。"邓央从来没有给任何人这么高的评价。

"啊,我这该死的无处安放的魅力,我也很无奈。"云想想捧着脸,俏皮笑道。

这模样把一直严肃冷静的邓央都逗乐了，气氛也变得愉快和轻松起来。

"虽然你没有问，我还是要说明，我给你两种合作方式。"邓央要把后面的话都说完，毕竟她和云想想都忙。

"第一种，我给你保底代言一百万一年，如果我的盈利超过一千万，按照我纯利润百分之十付你酬劳。

"第二种，你以形象和影响力投资我的品牌，我给你百分之十的股份。"

前者就是稳赚不赔，怎么着都有钱拿，后者就要和品牌一起承担风险。

"我选后者，细节我不是很懂，你和惟哥详谈好了。"云想想没有任何犹豫。

不说她看好邓央，就冲着邓央这个品牌的立意，弘扬华国传统文化，云想想就可以零收益，铆足劲帮她。

"那我们从今天开始，就是合伙人。"邓央举起酒杯，"祝我们合作愉快。"

"我也想参与，如果资金方面有问题，邓老师请优先考虑我。"陆晋也举起酒杯。

"等我延伸男性品牌，我一定第一个寻陆皇。"邓央笑着和他碰杯。

就这样，云想想把自己服装形象给放出去了，后面来寻的品牌全部被拒绝。

贺惟和邓央肯定之前就初步拟定过合作方案，第二天合同就出来了。

"咦，为什么有两份？"云想想翻看着。

"一份是你和邓老师的合作，这一份是你单独的。另一份是你以形象代言自己品牌的代言费，这是给公司的。"贺惟解释。

"还能这样啊？"云想想感动地望着贺惟，"惟哥，我们认个兄妹吧，你太好了。"

云想想其实一点都不介意把自己以后百分之十的股份红利分一半给公司。

没有贺惟，没有她的今天，邓央也一定不会寻上她，贺惟是寰娱世纪的人。

和文澜不一样，贺惟凭自己拿到的寰娱世纪股份是另算，他手里还有他父亲去世后留下的寰娱世纪股份。

作为寰娱世纪的股东，寰娱世纪的利益才是他的利益。

"终于不是父女了？"贺惟斜睨着云想想。

云想想露出尴尬而不失礼貌的微笑。

· 467 ·

签完合同，邓央就马不停蹄地赶往了大苹果城，云想想和贺惟他们也回到华国。

　　云想想回去的当天，陆晋就拿到了广告宣传片，他当即在网上公布，引了一大拨粉丝围观舔屏。

　　【难怪去年陆皇关注了云想想，原来是合作拍广告，陆皇好帅，那个笑容迷死我！】

　　【这个广告好高大上，云想想优雅公主范，我们陆皇绅士帅气，配了一脸。】

　　【啊啊啊啊，只有我反复看了好几遍吗？】

　　【已经脑补出一部大片，什么时候我们陆皇和云想想合作拍戏啊！】

　　毕竟是两个人的合作，云想想自然第一时间转发，这下子云想想的粉丝也沸腾。

　　俊男靓女，双方粉丝跪求他们俩合作，满足他们的期望。

　　不过两个人都没有表态，而薛御这个时候更新了微博。

　　【薛御V：新专辑已经上架，欲购从速，内含和师妹首度合作音乐短片《佛莲》。】

　　还配了一半的视频和歌曲。

　　【薛神，求你能不能放完，你放一半太过分了！】

　　【买买买买，我的完整版，我现在就想看！】

　　【想姐好美，和师兄配了一脸。】

　　【我还是觉得想姐和陆皇更配。】

　　本来是云想想的粉丝看完了广告和视频在各抒己见，结果薛御和陆晋的粉丝掺和进来，铆足劲说云想想和自己偶像更配。

　　三方庞大的粉丝，就这样愉快地把云想想送上热搜。

第22章　平地起风波

　　三方虽然竞争激烈，但都没有火药味，云想想也就不予理会。

　　转过头继续研究她的数学题，明天就是校内竞赛，她还是有点紧张。

　　比高考都要紧张，高考是一个录取概率，并且考生良莠不齐。

　　这次的数学竞赛，是囊括了整个学校的学霸，没有金刚钻不揽瓷器活，参加的基本都是高考数学满分，并且数学成绩名列前茅的数学系学霸。

　　虽然有些紧张，但这没有影响云想想的睡眠质量，她早早起床去了学校。

"想想,你终于回来了,快担心死我了。"陶曼妮扑上来抱着云想想。

云想想的微博隐藏了地址,害得她们都以为云想想还在国外,要是这场比赛不参加,指不定被喷成什么样子。

"除非我爬不起来,否则我不会缺席我自己定下的任何场合。"云想想把早餐摆出来,"给你们准备的。"

"虽然我们已经吃过,不过我还能吃。"冯晓璐接过,笑眯眯开口。

因为担心云想想赶不回来,她们一早就起床,总不能饿着,不过也没有多少胃口。

今天是周五,早上第一节没课,九点四十要开始数学比赛,云想想不用上早上的课。

"你还说一号回来,我们都在等你。"陶曼妮盯着云想想,"明天和我一起庆祝?"

"好,明天我请客。"云想想答应。

"葶葶和小媛我一会儿群里通知,杨奇要叫上吗?"马琳琳询问。

"叫上吧,我顺便把香菱和萌萌叫来,人多热闹。"昨天通知的时候,宋萌吵着还想吃烤鸭。

宋萌对那家烤鸭有了执念,云想想考虑到那边环境清幽也就答应了,在寝室的微信群里发了个地址:"吃饭在这里,有点远,要先坐地铁再转公交车。"

"郊外呢,我们骑自行车,那附近有没有唱歌的地方啊,吃完饭去唱歌吗?"陶曼妮看了地址问。

"饶了我吧,我想要早点回去,我还有好多事。"云想想立刻告饶,去那里也是希望他们不要再继续。

虽然失落,但想到云想想的确忙,冯晓璐就哼一声:"不去?那我们敞开肚皮吃!"

"吃吃吃,你要吃多少都行。"这个云想想表示毫无压力,"那里可以打麻将,打台球……我们中午就过去,陪你们玩一个下午。"

中午骑车,他们又是结伴,云想想还是比较放心。晚上早点散席,让倩倩多开一辆车,把他们安全送到家,云想想才能够安心。

正好陆晋送她的那一辆车,她看时装秀的时候就打包上路,比她还早一天到国内,让宋倩和艾黎一人开一辆,宋萌和李香菱跟着她回去住一晚。

接下来云想想就把从意国带回来的礼物分给她们,也包括隔壁寝室。

几个人说笑了一会儿,陶曼妮她们去上课,云想想去了考场。监考的系主任看到她，才算是松了一口气，有这么个学生啊，真是痛并快乐着。

距离发试卷还有五分钟的时候，系主任拿着密封袋："这次数学竞赛大一只有四十四人参加，我们的考题和往年大有差异，不仅仅考你们计算运用的能力，也考一考你们对数学的学术问题、历史问题的了解。"

此话一出，一片哀号。

学术问题还好，基本都和公式沾边，但数学历史问题那就完了。

云想想心里也没底，别看是数学历史问题，找个历史系学霸，他们未必竞争得过。

等到试卷发下来，选择题有三道数学历史性问题。

第一道：被誉为华国现代数学祖师的是？

四个答案都是华国数学家，这道题云想想是真不知道，只能根据四个人的年岁，既然是祖师，那肯定是成就最高，贡献最多，年纪最大的一个！

第二道：华国数学机械化研究的创始人是？

这道题云想想知道，宋冕在给她讲述关于数学机械化领域的时候提到过。

正巧这道题四个选项中正确的那一个也在第一道数学历史性问题答案之中。

这样上面一道题的答案就变成了三选一。

第三道：华国第一份数学刊物《算学报》是由谁创立？

四个答案，又有一个和第一道题重复，云想想明白了，这不仅仅是在考历史性问题，也是在婉转地考一个概率题。

幸运的是第二道她知道正确答案，这样她虽然不能推算出正确答案，但距离正确当然无疑更近，如果稍微知道一些其他的信息，要猜中并不难。

把十道选择题做完，就是填空题，填空题也有两道数学历史性问题。

第一道：谁是华国微积分几何派的创始人？

这个宋冕在给她讲微积分的几何派的时候提到过，云想想迅速地作答，写完之后，她又回头看了下之前三个选择题的十个答案。

这位无疑也在这十个完全不重复的答案之中。

云想想迅速地扫了第二道历史性填空题：谁是华国一个自学成才的数学家，一个传奇公式？

这道题在云想想去过的为数不多的课堂上，数学老师讲到过，算是送分题。

这个答案无疑也在选择题答案之中，心中的猜测得到证实，有些题的确是课外知识。

万/丈/星/光

但只要上课的内容听了，记住了，不需要课外积累，使用排除法，就可以倒着把选择题做对。

还有一道判断题涉及上面十个答案，判断题是对的，又排除了一个选项。

就看上课的同学们有没有用心记住这些人物，不过云想想猜想大多数人不会去记这些。

很多数学高手，把计算公式运用自如，但却从来不知道这个公式来自于何人。

云想想接着做题，大部分还是计算应用题目，她这些天的努力没有白费，已经好几道题目，用到他们现在还没有学到的知识点。

做到解答题第一道题的时候，云想想真的差点忍不住笑。

这是一道非常经典的国际最高学府测试智商的数学题。

刚刚公布出来的时候看蒙了很多人。

题目是这样的：小红的弟弟数了一下，他拥有的兄弟比姐妹多一人，问小红的兄弟比姐妹多几人。

原题的答案应该是三人，但原题标注了小红是女，而这里没有标明。

云想想估计很多人会直接忽略了这一点，谁规定小红就一定是女？

所以这个题目正确的解答方式，应该是假设小红是女，假设小红是男两种可能。

看似送分题，其实到处都埋了地雷，过了这道题就再也没有简单的题目。

当云想想做完解答题，进入计算题时，一道声音响起："老师题目有问题。"

云想想不由侧头看过去，竟然是杜婧，她没有理会，继续埋头做题。

监考老师走到了杜婧身边，杜婧指着题目："老师，这里是男是女？"

云想想轻轻摇头，如果是她要问，她肯定直接问小红是男是女，杜婧这么问，无疑是不想让太多人知道她问了什么。

"题目没有问题。"老师回了之后就走开。

"怎么会没有问题？"杜婧嘟囔。

老师当然不会告诉你，这是要假设，回答两种可能啊，不过显然她钻了牛角尖。

越往后越难，两道应用题，第一道还好，只是单纯地运用了拉格朗日乘数法。

列了个函数关系式，求了个营业额增加范围，以及利润最大值。

最后一道题，云想想看到简单的题目，简单的函数图，大片的空白，才是头大哟。

"变态！"云想想在草稿上算出来之后，不由心里暗骂。

也不知道是谁出了这么一道综合题，五个小问题，每一个都要算一大篇。

算完，云想想从草稿纸上都得找许久，怀疑人生。

有没有算对云想想来不及检验了，时间就那么点，先做完再看，可惜云想想才刚刚做完，还没有把第一个小问检查完，交卷时间就到了。

白纸覆盖卷面，离开考场。

"怎么样，想想，喝点热水。"云想想从考场出来，陶曼妮她们已经下课。

"脑细胞死亡一大片。"云想想喝了一口水，"我要回去护发，防止秃头。"

"有多少把握？"马琳琳问。

"前面还好，最后一道题我没有验算，听天由命。"云想想耸了耸肩，"饿了，吃饭去。"

都已经考完了，云想想当然是不会再去纠结，消耗了很多脑力，饿得肚子咕咕叫。

吃午饭的时候杨奇跑过来，悄悄说："想想，我三个室友也想给你庆祝生日。"

云想想顺着他来的方向，看到三个少年争先恐后冲她打招呼。

"只有他们三个吧？"云想想问。

杨奇点头："我保证就他们三个。"

"好的，不过不要带贵重礼物，不然就没有下次了。"云想想叮嘱。

杨奇是宋萌的得力助手，很多他们的活动都会带上杨奇。如果云想想拒绝杨奇一个寝室的室友，会让杨奇为难。和他们一起吃顿饭也没什么。

杨奇回去之后，几个人都发出了狼嚎声，引得其他同学纷纷注目猜测。

下午的课，云想想还是乖乖地上，成绩下周一会公布，这个校内比赛还有奖金和奖状。

其实这个针对大一的校内比赛，是为了选拔大二参加全国数学竞赛预热。

全国大学生数学竞赛，要求必须是大二及其以上学生参加，校内比赛的前三会在未来一年重点培育，云想想是不可能参加明年比赛的。

这次比赛只是为了证明自己的成绩没有造假，倒不是容不得别人一点质疑，而是她才第一学期就有人质疑，以后还有好几学期，总不能回回都被人指指点点。

趁着现在有时间反击一次，免得流言愈演愈烈。

接下来她将会越来越忙，反正她的目标就是保证全系前十，顺利毕业。

放学之后云想想接了云霖就去宋宅，跟着袁平秋学戏曲，没有宋冕在，反而多了个迷妹。

袁平秋提到过的大孙女袁菀，比她小两岁，读高二。

袁菀特别喜欢云想想，"我陪你练，比我爷爷好。"

袁菀的基本功非常扎实，也许是年龄相近，两人有说有笑，练起来的确更快。

第二天云想想要去见同学，也不回来住，就带上了袁菀一块儿。

"嘿嘿，不好意思，自摸清一色。"云想想笑眯眯地把麻将推倒。

"谁来顶我，血槽空了，再输下去这个月要吃土。"冯晓璐对着旁边打台球的男男女女哀号。

"我来我来。"楚荨顶上来。

两圈下去，楚荨和陶曼妮又换成了祝媛和杨奇，三圈过后，他们俩包括钉子户马琳琳也走了，换了杨奇三个室友。

别看这三个人麻将打得不错，不过也就挺了五圈……

所有人看着云想想都是一脸风中凌乱，因为她一杀九，一个人赢光了他们九个！

"和她打麻将就是自虐。"宋萌吃着土豆片，幸灾乐祸开口。

云想想十岁上下就会打麻将了。

"根本就是见鬼，她想要什么都能摸到，好不容易卡死她一次，我自己自摸的牌，一激动竟然撞到手扔出去……"

麻将桌上的规矩，离手就是出牌，刚好云想想吃杠，然后就杠上花。

祝媛成功地一把把杨奇和马琳琳给拖下水。

"哈哈哈哈，一会儿多吃点，要把输的吃回来。"云想想开心地数着钱。

"这个世界玄幻了，我心里想着要打六万，鬼知道我打下去怎么就变成五万……"

杨奇的室友杨奥想到最后一把，他竟然放了个清大对给云想想，就有点回不过神。

"龙七对都能自摸，我们还能说什么呢？"陶曼妮一脸生无可恋。

"我以后再也不和云想想打麻将。"冯晓璐嘤嘤嘤嘤假哭。

"终于明白，为什么川省把这个打法叫做血流成河！"楚荨一脸痛的领悟。

云想想已经很久没有这么轻松惬意,和同学一起恣意快乐享受少年时光。

跟着他们在一起,打打闹闹,哪怕只是跟着他们闲聊,也会觉得青春鲜活。

也不知道是不是输狠了,还是这里的烤鸭真的特别好吃,他们十四个人,吃了三十只,平均一人两只多,幸好这里供应足。

"哎哎哎,想想,这里在做活动。"结账的时候,在收银台,宋萌看到旁边立着的牌子。

明天是妇女节,只要消费到一定价格,就能够戳气球,气球里有打折,有实物,有抵扣券。

"是的,你可以戳一个气球。"收银员拿了一个绑了尖锐铁片的竹竿给云想想。

云想想抬起头看着纵横交错的彩带上绑着的一个个气球,五颜六色把这里装点得很漂亮。

她懒得动,举起竹竿就戳破了头顶上的气球,气球里面掉出一张卡片,上面赫然写着:一折优惠!

"哇哇哇哇,一折,一折耶!"陶曼妮是捡起卡片的人,激动地凑上前。

"这运气逆天了,无敌了。"马琳琳对云想想的好运已经深感麻木。

"哈哈哈哈,早知道我们再多吃几只。"几个男生起哄。

三十只烤鸭,他们是主力军,女生除了陶曼妮和宋萌,基本都是吃了一只,或者一只半。

吃这么多,一是因为这里烤鸭的确特别好吃,二是云想想的性格他们都有点了解,打麻将云想想赢了不少,总不能还给他们,这样就太瞧不起他们。

但她心里肯定有点过意不去,尤其是后面几把她明显在放水,可惜运气太逆天,自摸的牌打出去好几轮,还是轮到她自摸。

为了让大家都开心一点,他们才敞开肚子狠狠地吃,然而老天爷都不愿意云想想破财,戳个气球,都能够戳到一折优惠……

收银员依然笑得真诚恭喜他们:"这是我们最大的奖。"

实物也有手机什么之类,如果只吃几只鸭子,一折优惠也比不上手机,但云想想他们这是省了一大笔。

高高兴兴地用了晚饭,天才刚刚擦黑,云想想让宋倩和艾黎把他们送回学校。

看着人多,男生表示他们可以骑车回去,云想想还是坚决否定,先分批将同学送走。

等待宋倩回来接她的时间里,云想想给宋冕打了个电话:"在吃饭吗?"

云想想听到祁隽喊了句:兔腿给我。

"嗯,野外烧烤。"宋冕回答,"开心吗?"

他昨天就知道云想想今天要和同学聚餐,补过生日。

"开心。"云想想弯了眉眼,"和你一起过的不一样,我终于可以许愿。"

大家都吃得很饱,但是云想想还是切了蛋糕,同学好友给她唱生日歌让她许愿。

"是和我一起过开心,还是今天更开心?"宋冕突然坏心眼地问。

"都开心,不一样的开心。"云想想说。

"哎,风餐露宿,指着女朋友说句甜言蜜语,慰藉苍凉的心都不行。"宋冕语气黯然。

"你可真够幼稚,你难道要听谎言?"云想想硬气着说。

"那就是我做得还不够好,不能将你同学们的地位比下去。"宋冕低声,颇有些反思的意味。

云想想可真是怕了他:"谁说你比不上他们了?"

"你刚刚说的。"

云想想:……

"我今天九个同学,两个闺密,一个亲弟弟还有个粉丝,加起来的分量就刚好能够和你持平,满意了么?"云想想只能绞尽脑汁辩解。

"暂时满意。"宋冕适可而止。

"暂时满意?"云想想那个气啊。

"现阶段我还是比较满意,还有上升空间,我会再接再厉。"宋冕笑着说。

云想想不要和他瞎扯下去,问候了几句,就挂了电话,转过身就对上云霖黑幽幽的双眼。

"你站这儿多久了?"想到自己刚刚说的话,云想想颇有些心虚。

"没多久。"云霖慢悠悠地开口,"就在姐姐说,一个亲弟弟还有个粉丝,加起来的分量就刚刚够和冕哥持平。"

对上弟弟那双清凌凌的眼眸,云想想硬着头皮解释:"那啥,我就哄哄他高兴。"

"哦,所以姐姐你在骗冕哥?"云霖拖长了尾音。

"我没有。"云想想果断否决。

"那就是在骗我?"云霖鼓起腮帮子。

"也没有……"云想想觉得被太多人爱着也是一种负担。

弟弟和男朋友就这么让人头大,以后再加上爸爸,也许还有个更小的……

"我的天啊!"就在这个时候,宋萌突然一声尖锐的叫声,吓了几个人一跳。

宛如一阵风般,宋萌迅速刮到云想想身边,把手机给她:"想想,贺星洲吸毒被抓!"

别人不知道云想想拍了《王谋》,宋萌和李香菱却知道,也知道有哪些主演。

云想想拿过电话,头版头条,热搜第一,配图竟然是警察押走贺星洲的照片。

"怎么可能!"云想想不愿意相信,和贺星洲相处的那两个月,多么开朗的人。

而且他们两个月都在一起,贺星洲的状态一看就不是有毒瘾的人,这才分开两个月不到,他怎么可能染上毒瘾?

贺星洲才二十几岁,他演技精湛,前途无量,这个时候爆出吸毒,演艺生涯就毁了。

如果贺星洲吸毒真的被坐实,《王谋》就要重新找演员补拍贺星洲的戏份,整部电影的质量将会大打折扣。

可如果不抠图补拍,《王谋》就休想上映,几个亿的投资就打水漂了。

想到他们共同努力的《王谋》,想到贺星洲的为人,在剧组里相处的愉快,这件事云想想绝对不能置之不理。

【孙琦萝:我不相信星洲会吸毒。】

【侯舱:我上周才和他一起出席一个活动,他的状态不像吸毒。】

【陆晋:别着急,我这边托人打听一下具体情况。】

剧组的群里,其他三位主演很明显已经看到了新闻,他们没有第一时间担心《王谋》,而是选择相信贺星洲。

云想想觉得这才是患难见真情,心里无限希望贺星洲不要辜负他们的信任。

只要他没有做,他们一定会拼尽全力还他清白。

为了利益也好,为了友情也好,云想想相信很多人都会想办法。

但是如果他真的吸毒了,云想想是绝对不会为了《王谋》而违心。

吸毒,对于云想想而言比艺人出轨更不能原谅。

出轨只是个人私德败坏，吸毒是对法律的藐视。

云想想曾经看过一篇关于缉毒警的报道，每一年都会有数百名缉毒警死在毒贩的枪下。

而每一个吸毒者，每一次吸毒就是给毒贩提供一枚射向缉毒警的子弹。

云想想迅速地回到了家里，等待贺惟和陆晋那边的消息。

刷刷新闻和微博，网上现在开骂和带节奏的人一大片，负面报道层出不穷，说得有鼻子有眼，好像他们都是警察，已经对贺星洲盖棺定论。

贺星洲的发展很迅猛，不少人等着他跌下来，好瓜分他现在占有的地位和资源。

偏偏她参演《王谋》对外保密。在大众眼里，她和贺星洲是一点交集都没有，她完全没有说话的立场。

"惟哥，情况怎么样。"等到了贺惟的电话，云想想立刻关心。

"现在情况不容乐观，说是当场抓了现形，并且搜到的毒品量还不小。"贺惟对云想想说，"贺星洲的经纪公司已经请了律师去交涉，具体情况还得再等。"

"数量不小是多少？"云想想觉得情节可能比她想的还要严重。

"甲基苯丙胺超过十克。"贺惟语气凝重。

"甲基苯丙胺超过十克……"云想想看向李香菱。

李香菱推了推眼镜："甲基苯丙胺就是冰毒，刑法第三百四十八条：非法持有甲基苯丙胺十克以上不满五十克，处三年以下有期徒刑、拘役或者管制，并处罚金；情节严重的，处三年以上七年以下有期徒刑，并处罚金。"

"厉害。"宋萌冲着李香菱竖起大拇指。

"你现在不要担心他，你要先担心你自己。"贺惟的声音传来，"你应吴导所求，不公开你们合作过的关系。但你们合作是在这之前，除非《王谋》不上映，不然大众就会知道。"

"惟哥担心我以后被人指责？"云想想秒懂贺惟的言外之意，"最多说我不讲道义，我不在意。"

贺星洲这么大的风波，之前合作的艺人肯定要被问及，他们至少有个表态的机会，避而不谈也好，相信贺星洲也行，甚至落井下石也罢，都不会像云想想一样，只能佯装不知。

如果贺星洲无罪，《王谋》上映，大众就会知道云想想和贺星洲早就认识，却对这么大的新闻视而不见，肯定有人借此大做文章。

云想想不说还有得罪的人，就算没有，也有竞争对手。

到时候说什么是和剧组的协议,别人也不会信,只觉得这是云想想的公关策略。

娱乐圈的艺人,再完美都会有点大众觉得不足的地方,这点小风波不足为惧。

贺惟也只是作为经纪人,提前把可能遇到的风浪预警给云想想,让她心里有数就行。

有时候小波浪如果应对不及时或者不适宜,就会牵出大风暴。

"菀菀,我们练功。"挂了电话,云想想对袁菀说。

"啊?"袁菀还有点没有回过神,"我以为你会没心情……"

"为什么没心情?"云想想虽然记挂贺星洲,但也不会打乱自己的节奏,"现在我焦虑也无济于事,为什么不安安心心等待结果?"

贺星洲无罪,不会因为她焦虑就误判;贺星洲有罪,也不会因为她担心就释放。

"佩服!"袁菀觉得云想想心态太好,立刻起来陪着她练习。

并且云想想练习的时候仿佛完全不受外界干扰,好像什么事情都没有发生。

练完之后,云想想洗了澡,看到陆晋给她打了个视频电话,就回了个语音电话。

"晋哥有事吗?"那边接通之后,云想想就问。

"我猜你关心星洲的情况,打电话给你说一下。"

陆晋的声音听起来有点疲惫,"被抓的一共有四个人,都是我们圈子的人,另外三个你可能没有听说过,他们和星洲是好朋友。"

"这三人一致供认星洲是主谋,从毒品的提供,到组织他们聚会都是星洲安排,另外抓捕他们的地方,也是星洲名下的公寓。"

"为什么会有警察突袭?"云想想追问,"有人匿名举报?"

"不是,是有人入室盗窃,接到报案的警察赶过去,追寻窃贼查到了公寓。"陆晋解释。

那就是碰巧撞到他们吸毒,云想想沉默了许久:"晋哥,你真的相信星洲吸毒吗?"

"从表面上看,他不像是这样的人。"陆晋想了一会儿才回答,"但是想想,娱乐圈是压力最大的一个圈子,不仅是工作压力,还有精神压力,我们都是演员。"

"演员在面对观众的时候,面对别人的时候,永远是戴着面具。你心里再烦躁,你也得笑着对观众;你情绪再失控,你也得拼命压制住。你想要维

478

持形象,就没有资格做自己,不能拥有自己的喜怒哀乐。"

"我明白了。"陆晋这是婉转告诉她,贺星洲私底下到底是怎么样,他们都不知道。

陆晋现在的态度就是,既不盲目相信贺星洲清白,也不妄断贺星洲无罪。

"星洲呢?他自己怎么说?"云想想又问。

"唯一有利的就是星洲的体内没有检查出吸食毒品的痕迹,星洲他否认自己吸毒,并且不知道有毒品,昨天是被抓的人其中一个生日,他只是赶去祝贺,喝多了酒才会留宿。"陆晋把知道的都告诉云想想。

"星洲的经纪人和助理呢?"云想想觉得蹊跷,经纪人不可能放任贺星洲。

"他们这样聚会不是第一次,星洲从来不带经纪人和助理。"

"星洲是不是不能取保候审?"云想想问。

一切都是那么的顺其自然,贺星洲不带经纪人和助理,公寓是他名下的,另外三人口供一致称他是毒品供应者,嫌疑实在是太大。

"想想,星洲现在被怀疑贩毒,而不是吸毒。"陆晋强调。

"贩毒?"云想想瞳孔微缩,这简直是最糟糕的情况。

"第一,四个人只有星洲的检查显示没有吸毒;第二,星洲体内有大量的酒精,足够他宿醉,另外三人口径一致,警察是意外撞破他们吸毒,抓的时候还有两个昏迷不醒。"

陆晋的意思云想想听明白了,三个人被突然抓走,审讯都是分开审讯,来不及串口供。

三个人就算真的都想攀咬贺星洲,那么供词也不可能这样统一,就只有两种可能:他们早有预谋或者在陈述事实。

如果是早有预谋,他们应该趁着贺星洲醉得不省人事的时候直接给贺星洲注射毒品,这样一来贺星洲就百口莫辩了。

但他们没有这样做,他们不敢这么做,反而说明贺星洲是他们的毒品供应渠道,得罪了贺星洲他们就只能等着毒瘾发作。

种种迹象,都在表露一个讯号,那就是贺星洲贩毒。

"香菱,贺星洲这种情况,我可以去见见他吗?"挂了电话,云想想找到李香菱。

云想想对于律法这块还真不熟悉,目前为止她可没有饰演过律政类角色,就算有她也做不了太多的工作,律法是一块信息量大到爆炸的领域。

李香菱摇了摇头:"如果他是贩毒嫌疑人,就属于刑事羁押,除了律师谁都不能会见。"

"想想，贺星洲真的贩毒吗？"宋萌听了云想想和陆晋的对话，心里已经开始怀疑。

宋萌的反应让云想想有点无力，事实上这真的是正常人的反应，和贺星洲无关的路人，知道目前的案情，只怕都会怀疑甚至是认定贺星洲贩毒。

也许是因为利益关系，也许是因为曾经那两个月愉快的相处，云想想始终不愿意去相信。

"在司法盖章之前，我们无权恶意去揣测任何一个，哪怕有最大嫌疑的人。"李香菱教训宋萌。

"我是凡人，没有你这么理性。"宋萌觉得李香菱就是天生吃司法这口饭的人。

"早点睡吧，明天看看结果。"云想想叹了一声，说了句晚安就回了自己的卧室。

这件事她现在连明面上的关心都做不到，更别说插手去干预，贺星洲又不是小孩子，他有亲朋好友，有经纪公司，怎么都轮不到她，现在她唯一能做的就是等。

她的日子也需要正常地过，然而云想想万万没有想到第二天贺星洲事件雪上加霜。

一名艺人实名举报贺星洲贩毒，而且这名艺人四年前当红的时候因为吸毒而近乎终止演艺生涯。

云想想知道尤捷，多亏宋萌整天的念叨。

六年前尤捷演了一个霸道总裁，而爆红网络，一下子成为国民男神。接下来的两部古装大剧更是让他红得发紫，就在他风头最盛的时候，他被爆出吸毒，最后还被证实。

量刑并不严重，最后他服刑完毕，很长一段时间销声匿迹，近段时间才开始拿到一些无关紧要的小配角。

他言之凿凿当年就是贺星洲引他跌入了泥沼。不过他算是非常理性的人，并没有大篇指责贺星洲，而是悔恨自己识人不清，意志薄弱，他接受了惩罚，现在轮到贺星洲。

这个时候众人才反应过来，贺星洲和尤捷是一个经纪公司，他也的确是在尤捷犯事之后，迅速崛起，成为了他们公司最红的艺人，独占公司最优厚资源。

尤捷曾经的粉丝哭着发起了#贺星洲社会败类滚出娱乐圈#的话题。

这个话题瞬间被顶到了热搜第一，一时间谴责甚至诅咒贺星洲的话甚嚣尘上。

"我现在真的没办法站贺星洲了。"宋萌看了新闻之后很难过。

因为她曾经尖叫着粉过尤捷，尤捷是真的帅，也是真的有才。

云想想还记得花想容提到过的一段往事：有次花想容拍戏期间胃痛到差点昏厥，文澜不在身边，助理也恰好离开她一小会儿，是刚好来寻她的尤捷及时发现，并且帮她找到了胃药。

那部戏宣传的时候，若非群去给露华浓新剧录主题曲，两人深情合唱，举止亲密，被记者拍到，就故意拿出来问花想容。

谁都知道花想容和露华浓同一个公司，却面和心不和，花想容心情不好，娱记好像是故意找碴要激怒她，一次比一次刁钻刻薄。

在花想容差点忍无可忍的时候，是尤捷站出来说："我这个男主角没有魅力吗？你们都不关心关心我？"

就这样把话题都给引开，暗中帮了花想容一把，这也是为什么在医院，花想容这个不喜欢看娱乐新闻的人会去关注尤捷吸毒事件。

尤捷戒毒刑满之后，花想容还打电话给他，他只是说："挺好的，也算是解脱。"

就在云想想沉默，思绪纷乱的时候，电话响起，那是宋冕的电话，她迅速去接。

一大早宋冕给她电话，云想想有些担心："阿冕，怎么了？"

"你上部电影的男二号是不是贺星洲？"

云想想没有料到宋冕竟然问这个："你还看娱乐新闻？"

虽然贺星洲的事情闹得有点大，也一直是娱乐版的头条，云想想觉得宋冕这样的人，关注也应该只是关注财经啊、国家啊、医疗啊这类新闻才对。

也许他有点体育爱好，也会关注体育新闻，却没有想到宋冕远在国外这么快就知道了。

"和你有关的一切，我都关注。"宋冕说得极其自然。

"早晚被你肉麻死。"云想想忍着笑回怼之后才说，"嗯，上部电影贺星洲是男二号。"

"对你影响有多大？"宋冕接着问。

"没多大，也就是一部电影。"云想想很认真地说，"你别管了，快点把事情做完，早点回来陪我，我想你了。"

为了让宋冕不要太劳累，掺和到这件事情来，云想想都不顾李香菱和宋萌，也开始肉麻。

宋冕已经够忙了，之前珀西的事是她提出来的，宋冕二话不说就答应。

后来董晨的白血病，云想想只是回来冲着宋冕感慨了一句，哪里知道宋冕又揽到身上。

以至于现在云想想都不太愿意把自己身边的琐事告知他，就怕他又分心来帮忙。

贺星洲这件事，对云想想的影响仅限于为辛辛苦苦三个月的付出惋惜而已。

片酬她已经拿到手，《王谋》如果因为剪掉贺星洲补拍而扑街，大众也质疑不了她和其他主演，亏得血本无归的是导演和制片人以及投资商。

不是因为她的损害不大，她就不尽全力。而是她不能什么事情都依赖宋冕，不能把宋冕当做三头六臂来使用。

更重要的是，云想想相信司法的公正，也相信宋冕插手的确可以更快地解决，但不用宋冕，也有其他人能够解决，毕竟这件事牵扯的利益方很多。

时间上晚点不重要，哪里知道宋冕会这么快主动打电话询问。

宋冕低沉愉悦的笑声从电话里响起来："女朋友心疼我，说的情话最动听。"

说让他早点回来，说想他都是让他专注于手上的事情，不要在旁的事情上浪费时间。

云想想被他笑得脸皮发烫，演戏的时候再肉麻的话都说得出口，因为知道那是假的。

但现实中她是个性格比较内敛沉稳的人，露骨的话真的羞于启齿。

宋冕也没有继续打趣她："你放心，这里的事情我一定尽快，贺星洲的事情我让人看着。"

"阿冕……"云想想轻轻唤了一声，她很委婉地措辞，"阿冕，我知道你有翻云覆雨的能力，但我不希望你因为我的利益……"

后面的话云想想没有说出来，她担心宋冕误会她质疑他的品性。

她不酸有钱有权的人享受一些特权，并不是因为她现在沾宋冕的光能够享受才这样想。

人家的权势是靠自己的付出和能力赢得，自己没有这个能耐就不要去酸别人。

富二代或者三代，享受一些优待，云想想也觉得理所应当。

毕竟投胎是技术活，没有那个命，就不要嫉妒别人。

但这些优待必须是在不违法的大前提下存在，云想想才觉得能够接受。

"傻姑娘，一部三亿投资的电影就值得你男朋友去颠倒是非？"

宋冕的语气宠溺而又纵容,"大不了我投资更多的钱,让你们集体重拍一次。"

　　云想想松了口气,她是挺忐忑,就怕宋冕误会她要表达的意思。

　　"权势在我这里意味着责任,而不是妨碍司法公正。"

　　宋冕正色道,"我向你保证,只要他是清白的,没有人能够冤枉他。同理,如果他是有罪的,也没有人能够救得了他。"

　　"阿冕,你真好。"云想想语气绵软又娇柔。

　　听得电话那头的宋冕喉头滚动,声音带着点蛊惑:"等我回来,你好好与我说。"

　　这么暧昧的语气,让云想想觉得他的声音带电,仿佛从电话传到了她的手掌心。

　　"快去吃早餐,我要去做作业了。"云想想烫手一般迅速挂断电话。

　　云想想转过头就对上垂头丧气的宋萌:"电话都能调情,这个世界对单身充满了深深的恶意。"

　　云想想被宋冕调戏得面红耳赤,没时间怼宋萌,而是真的拿起作业沉下心开始做。

　　她昨天上午做完了大半,还有一小部分,周一要上的课程还需要预习。

　　预习完吃了午饭,云想想打了个电话给贺惟:"惟哥,《九色》我什么时候进组?"

　　"月中。"贺惟顿了顿补充,"十四号。"

　　今天八号,刚好上五天的课,又得请假。希望数学比赛她能够拿到一个好名次,这样系主任和院长批假应该会爽快点。

　　"是因为我参加时装周才延迟的吗?"云想想记得原本定于月初。

　　"你不知道?"这时轮到贺惟诧异。

　　"我知道什么?"云想想纳闷。

　　"上个月宋冕给我电话,说他要捐助《九色》,我已经和公司协商完毕。"贺惟以为宋冕会告诉云想想,就没有提。

　　"捐助?"云想想觉得这个词有点好笑,他们又不是穷剧组,需要捐助啥?

　　而且这个词怎么听都有点打脸寰娱世纪的嫌疑,贺惟竟然还能够让公司高层同意。

　　"就是这部戏的服装和道具……"贺惟详细地给云想想解释了一遍。

　　原来宋冕安排了一位制作旗袍的老手艺人按照剧本给她定制了三十多套

·483·

旗袍。

还请了匠人，制作了符合当时背景的一些高仿摆件，所以耽搁了些时间。

听完之后，云想想真的不知道要怎么形容内心的感受，宋冕总是在她能够接受的范围内，绞尽脑汁地帮助她，给予她最好的一切。

不干涉她自己的发挥，不会让她不劳而获。没有为她戴上光环，而是画龙点睛，为她自己赢得的光环增加亮度。

"《九色》取景在申市和渝市，你自己看着安排，去学校请假。"贺惟提醒，"我这个月不和你一起去剧组，得把贺星洲的事情处理完毕。"

必须维持云想想的热度，原本一个大学生电影节，一部五月份上映的电影刚刚好。

现在贺星洲出了事情，如果《王谋》没有如期上映，就得给云想想安排其他曝光。

考虑到云想想拍《九色》，又要读书，贺惟不打算过于压榨她，可公司还有很多人看着。

不堵住他们的嘴，就很难竞争其他资源。

"惟哥，如果《王谋》不能如期上映，就再给我接个广告吧。"云想想也了解贺惟的难处。

本来她可以有一笔非常丰厚的服装品牌代言，但贺惟从长远来看，为她选择了邓央。

不论贺惟觉得邓央的前途多么宽广，投资到底是有风险的，并不是有才华有能力就一定能够成功，很多东西还讲究时运。

幸好寰娱世纪是个大公司，如果是小公司或者是新公司，不可能走放长线钓大鱼的路线，但是股东们依然更在乎他们每年实际的收益，而不是画大饼的未来可能多少收益。

想必贺惟为云想想选择邓央合作，已经扛了压力，这个时候再迁就云想想，所有压力就都压在他身上。

"别胡思乱想，再给你增加工作，你学业怎么办？"贺惟轻斥，"我虽然不是读计算机专业的，但也知道课程是一学期比一学期繁重。"

贺惟说得一点都没有错，下学期的课程的确相对上学期要紧迫一些。

"我承受得住，也能保证前十。"虽然会艰苦一点，但云想想也不会说大话。

"我可不想有个被开除的艺人。"贺惟反驳，"就这几年，等你毕业你就知道我还纵不纵着你。"

云想想能够这么快在国内拥有极高的人气，就是因为她身为一个艺人，以第一名的成绩考上了最高等学府。

不然任凭她连续几部电影大热，也不可能这么快走到这个地步。

所以优秀的学业是云想想的招牌，如果这块招牌倒了，云想想的事业将会倒退一大步。

随之而来的负面新闻也足够将她给淹没，孰轻孰重贺惟自然心里明白。

更何况云想想这个年纪，还是要以学业为重，当下再多的风光也只是一时，要走得长久，就必须不断充实自己。

名誉、财富都是死物，只有学到的能力才能跟随一辈子，可以在任何境地拿出来灵活运用。

"可是公司那边……"

"你小小年纪操心得倒是很多。"贺惟打断她的话，"我手里还有你师兄呢。"

"老贺，你终于想到我了？"电话那头同时响起薛御的声音。

想也知道，作为经纪人，贺惟不是和她在一起就是和薛御在一起，不然就是在为他们俩的合作奔走。

"你顾好学业，你师兄顶着，他们不敢说什么，实在不行我让他一天睡四个小时，其余时间都用来赚钱。"

"老贺这种话你都说得出来，你良心不会痛吗？"

"抱歉，我对你没有良心。"

薛御：……

云想想听到电话那头这两人又怼起来，最后吃瘪的还是薛御，极力忍住不要笑出声。

谁知道薛御抢了贺惟的电话，和她说话："老贺说得没错，你有师兄顶着呢，好好读书。"

心间划过一股暖流，云想想动容地说："谢谢你师兄，我一定好好学习，不辜负你们。"

"嗯，老贺这辈子对我唯一的好，就是给我找了个你这么可爱的师妹。"薛御瞪着一旁的贺惟。

"师兄你真的觉得我可爱吗？"云想想突然起了坏心眼。

"当然，全世界我师妹最可爱。"薛御那语气就像哥哥对妹妹一样温柔。

"那我如果说，现在师兄罩着我，等师兄老了，我正好长大了，我也这么罩着师兄呢？"云想想忍着笑，"师兄有没有觉得我更可爱？"

薛御：……

翅膀还没有长硬呢，就盼着他这个师兄老，好气哦！

"师兄，你不觉得我可爱了吗？"云想想拿出她的演技，语气小心翼翼又委屈。

"可爱，我师妹怎么都可爱。以后有人养老，我高兴都来不及。"薛御声音僵硬。

自己的师妹，还能怎么办？跪着也要宠下去呗。

"哈哈哈哈……"云想想终于忍不住笑出声，"好了好了，不逗你了师兄，我师兄英俊潇洒，再过十年二十年也只会越来越有魅力。"

"师妹最有眼光……"

两人商业互吹了会儿，薛御要去开工，云想想就挂了电话。

刚刚挂了电话，微博上陆晋代言的新车，至尊系列最贵的那一款，五辆已经全部卖完。

华国官微艾特了陆晋和云想想，分享了喜讯，陆晋都转发了，云想想自然也转发。

前头才刚刚转发完，薛御也转发了微博，并且艾特了云想想。

转发的是音乐平台官方发出的数据，薛御的数字专辑在他们平台四天不到就冲到了榜首，同时实体专辑的销量也非常喜人。

【我总觉得这是双龙夺凤的大戏。】

【薛神和陆皇抬杠也不是一天。】

【楼上怎么说话的，明明是陆皇和薛神抬杠。】

【呸，我是坚定的云陆。】

【哪有云陆，只有云薛。】

【抱歉，我可能是陆薛。】

就这样薛御和陆晋的粉丝，以及云想想的粉丝又上演了一场争执。

对此云想想真是哭笑不得，想到和陆晋合作的《王谋》，如果演天天又要和薛御合作。

只怕未来他们还有得闹，突然有点想知道等她宣布结婚，新郎既不是薛御又不是陆晋，这些可爱的粉丝会是什么表情。

心情总算好转了不少的云想想，难得让宋倩把宋萌和李香菱她们送走，自己去练车。

作为云想想的驾校老师，杨欣看到云想想真的差点哭了，一个月过去了，她终于又见到了她的学生。

不过云想想五项完全没有问题，在她的陪同下开车遛了两圈，就又潇洒地走了，这下子她是真不担心云想想，就直接把考试时间告诉她。

考试的时间是下周三，到时候请个假，科目四云想想来不及连续考，必须要去巩固一下理论知识，最近没时间，等考完之后再预约。

下个月五号是大学生电影节，参选的片子必须是去年四月到今年三月上映的。

《大学梦》是去年暑假上映，作为了云想想的代表作参选，到时候不论她获不获奖，她都要出席，毕竟是他们学校举办，正好回来考科目四。

周一云想想到学校的时候，成绩还没有在院系公告栏贴出来。

不过她拎着早餐到了宿舍，难得三个人都起床，并且围了上来。

陶曼妮一边帮云想想摆放早餐，一边低落地喊她："想想。"

"嗯？"

"你考了第二。"冯晓璐也是垂头丧气。

"第二不错了啊，我至少有一千块奖金。"

这场校内比赛，前三都有奖金，第一名两千，第二一千，第三五百，还有荣誉证书。

"你不问问第一是谁吗？"陶曼妮看着完全不按照牌理出牌的云想想，有点着急。

云想想自己也没有吃早点，拿过来和她们一起吃，是王永一大早做好的。

她夹了一块马蹄糕："就你们这点伎俩还想套路我？也不看看我干哪一行。"

不就是想看她紧张害怕，会不会第一是杜婧，不过这三人演技真差，还有点浮夸。

"没劲儿。"冯晓璐坐下来吃早餐，"想想都不配合我们。"

"不是我不配合你们，而是你们的态度已经告诉我结果，另外就是杜婧第一，我也不会害怕。"云想想解释。

"你不怕她超过你？"多打脸啊，云想想竟然一点不怕，陶曼妮不解。

"我去参加数学竞赛初衷是向质疑我成绩的人证明我的成绩。"

云想想无语地望着三人，"如果她第一，我第二，只能证明她比我优秀，并不代表我就不优秀。"

她也不是圣人，在杜婧质疑她的时候，她当然也希望能够赢杜婧。

可不能本末倒置，如果她和杜婧都垫底，哪怕她以倒数第二名赢了杜婧，那也没有证明自己足够优秀。

反过来也一样，她和杜婧都名列前茅，就算杜婧比她考得好，她的目的也已经达到。

"所以，当你说出想想第二，她就不在乎杜婧第几了。"马琳琳笑着说，"还套路什么？"

"我只是没有算到想想一点好胜心都没有。"陶曼妮更气馁。

"谁说我没有好胜心，我也想赢她。"云想想不遮掩自己的心思。

"恭喜你，你赢了她，她又是第四哈哈哈哈……"冯晓璐幸灾乐祸。

"我和二有缘，她和四有缘。"云想想也跟着笑了笑，"注定我在她前面。"

今天正好有数学课，他们比赛的试卷发下来，数学老师也给了其他同学一份，让他们课外自己试着做一做，评估一下自己的数学能力。

云想想才看到150分的题，她146分，最后一题扣了4分，公式思路都没有问题，却算错了最终的结果。

第一名是上学期期末考试全系第二，这次试题得了满分，云想想输得心服口服。

下了课之后，老师前脚才刚刚走，云想想他们都没来得及离开这个教室，杜婧就风风火火地冲过来，看到云想想放在一边的卷子，一句话没说直接拿起来看。

"你这人怎么这么没礼貌？"陶曼妮不喜欢杜婧很久了。

云想想看着情绪不对劲的杜婧，拦住了陶曼妮，就见她把云想想的试卷从头到尾看了之后，有些失魂落魄地呢喃："不可能……"

期末考她和云想想不是一个考场，没有看到云想想做题解答，这一次比赛云想想就在她旁边，她看得清清楚楚。

"没有什么不可能。"云想想把自己的卷子收回来，"从一开始，我就没觉得你能赢我。"

就算没有宋冕，云想想也会自己去学习，只不过耗费的时间会更多更辛苦。

"你看不起我？"杜婧瞪着云想想。

云想想冷笑一声："我为什么要看得起你？"

"云想想你怎么能够侮辱人？"跟着杜婧一起来的同学指责。

"别人我可能没有资格，但是我有资格看不起她。"云想想一点不在意了这么多人。

"你说你辛辛苦苦，起早贪黑努力学习，你考不赢我，所以你就质疑我。难道我要在你眼皮子底下用功学习吗？你在努力，别人就没有在努力吗？"

"你明明请假两个月出去拍戏，你凭什么说你努力！"杜婧大声反驳。

"呵！"云想想似讥似讽地扯了扯唇角，"你又知道我是二十四小时在拍戏？你又知道我拍戏之余没有把课业补上来？你看不到的，就是不存在的吗？"

"我之所以没有把你放在眼里，是因为我知道你很努力，但论努力，我自问我不输人。"

云想想不是天才，她自己也是努力型的人，所以拼刻苦努力，她没有怕的人。

看着红了眼眶的杜婧，云想想拿出了一个U盘，走到讲台，把它插入电脑播放出来。

"看看吧，看看别人的努力。"云想想走下来对杜婧说。

巨大的幕布上，是寒风腊月白雪茫茫，在临时搭建、被吹得哗哗作响的帐篷里，云想想蜷缩着做题目，可以看到她露出的五指肿得像萝卜，写字都迟钝。

画面是间断性的，是云想想拍摄《大学梦》的时候，在剧组拼命刷题复习，抓紧每一分每一秒，韩静悄悄拍下来的。

原本打算等《大学梦》上映后，拿出来宣传，但因为云想想的高考成绩带热了《大学梦》，韩静征询了云想想意见之后，就没有发到网络上，留给了云想想做纪念，云想想觉得那是一段特别的回忆，她就保存下来，今天特意带上。

不仅仅有冬天，还有夏天，云想想穿了不同的衣裳，在不同的地方专注复习。

还拍到了一些当时他们剧组的饮食，因为环境条件限制，有些东西估计很多人没见过。

都是跟当地居民采购，冬天缺，夏天放不住，总不能让直升机送一日三餐。

其间云想想受了伤也没有停止过学习，脚抬着，头裹着……

看得好多人惊掉了下巴，陶曼妮几个眼眶都红了。

"这是我高考之前，上学期没有偷拍。"云想想关了播放，"我放给你看，只是要告诉你，别人比你优秀，要么比你聪明，要么在你看不见的地方比你努力。"

所以，不要轻易否定质疑别人。

人无完人，杜婧不是个坏人，虽然她有小心思，故意利用云想想名人的束缚，逼得云想想不得不自证，但她从始至终没有在背后搞小动作。

她能够以优异的成绩考入青大，并且一直名列前茅，这是一件相当难能可贵的事情。

像她这样肯吃苦,愿意拼搏努力,如果能够把她的心境开阔,以后在任何领域都能够闯出一片天地。

希望这件事情能够让她想明白一些道理,留下久久不能回神的杜婧,云想想和同学离开。

"想想,把你那个U盘给我。"中午吃饭的时候,陶曼妮伸手要。

"你要这个干吗?"云想想不解。

"宣传啊,你这次参加电影节的作品是《大学梦》,恰好这个又是你拍《大学梦》的时候留下的,我觉得拿它做宣传,肯定能够拉很多票。"陶曼妮催促,"给我给我嘛。"

"没有必要。"要宣传,云想想之前就用这个宣传了。

"有必要,这段视频多励志,不仅仅是为你造势,也是为了让更多人明白成功不是一蹴而就,吃得苦中苦方为人上人的道理。"陶曼妮义正词严。

"对对对,有必要,快给我们,其他的事情你就别管了。"冯晓璐也跟着催。

云想想无奈递给她们:"你们俩最近学业怎么样?"

"安啦,吃一堑长一智,上学期挂科这种耻辱,我绝对不会让它重演。"陶曼妮收好U盘保证。

"高中的时候拼了命地学,就是以为考了最好的大学,就能够轻松惬意地度过。"

冯晓璐撑着下巴,有点丧气,"青大的确多姿多彩,各种社团兴趣,活动组织,我的心早就被这些迷人的小妖精勾走了,也没有奔着奖学金的志气,就想及格就好,以为自己可以,考了一次才知道,是我想得太简单,我已经退了两个社团。"

"加油。"云想想看到她们俩明白就放心了。

要真正地上了大学才知道,和憧憬的很有差异。尤其是越好的大学,其实越注重培养学生的多方面技能才艺。

随之而来的兴趣社团丰富得初入大学的学生恨不得有分身术,如果是出身从小就注重培养孩子才艺的家庭,也许不会那么经不起诱惑。

但若是父母一心只想孩子专注读书的家庭,并且这些孩子又十分渴望学习那些兴趣,长期的压抑,导致到了大学看到社团活动就立刻会去参加。

陶曼妮和冯晓璐是不是这样云想想不清楚,但她们俩大一就报了很多社团,加入了学生会,可以说比拍戏的她都忙,这种情况下如果上课再分点心,结果就必然挂科。

"我从小就想学围棋,学古琴,学插花,我妈每次都让我好好学习,羡慕现在的孩子,各种各样的培训班。"陶曼妮微微嘟着嘴。

"汝之蜜糖彼之砒霜,你羡慕现在的孩子,现在不知多少孩子羡慕曾经的你。"

云想想把自己的糖醋排骨夹给陶曼妮,她最爱这个,"人生没有十全十美,不该我们的就不要去遗憾,抓住现在我们自己能够把握的才是王道。"

"嗯嗯嗯,认识你之后,我都不钻牛角尖了。"陶曼妮连连点头。

"想想接下来上课还是?"话不多的马琳琳问。

三人齐刷刷地望着她,云想想勾唇一笑:"后天我要去考驾照,下周开始我又要去拍戏。"

"拍到什么时候?"冯晓璐紧张地问,"不会又要到期末吧!"

云想想笑而不语。

"天啊,你要不要这么夸张,你真这么干,你这学期就在学校上半个月!"

"没办法,我喜欢演戏,课堂笔记和录音就靠你们啦。"云想想笑眯眯地说。

末了,不忘叮嘱:"别只记录发给我,自己也要上心。"

"好啦好啦,别老提醒我上学期挂科。"陶曼妮把蒸鸡蛋分一半给云想想。

愉快地用完午餐,陶曼妮和冯晓璐也不睡午觉,都跟着云想想和马琳琳去了图书馆。

云想想领到了一千块钱的奖金,就在她们寝室里发了个大红包,发了六个人瓜分一千块钱。

原本是觉得发五个一人两百不好玩,就等着她们五个抢完,自己留剩下的,结果她们非常客气地给她留了199元。

今天只有三节课,上午两节,下午第一节,上完课云想想正在收拾课本,准备回家练功。

"想想,你看看这个新闻。"

陶曼妮也是会刷娱乐新闻的人,尤其是认识了云想想,她对娱乐新闻的关注度仅次于宋萌。

她把手机递到云想想面前,冯晓璐和马琳琳都凑过来。

娱乐圈又爆出大新闻:当红花旦,奢华派对援交之旅。

康苒是当下最红的影视明星之一,凭借着三部大热电视剧圈粉无数,长相不算特别甜美,却有天然的古韵,任何古装造型她都能胜任,出了名的古装美人。

正在热播的一部都市剧也是她主演,这会儿正是风头大盛的时候。

但是爆出来的照片,有些虽然模糊,尺度却不小,还有跨坐靠在男人身上,被人袭胸的动态图,娱乐圈这下子炸开了锅。

贺星洲的新闻这两天一直没有冷却,这下子康苒瞬间把贺星洲的热度分流。

"你们圈子可真够乱。"冯晓璐看了新闻说。

"乱的不是圈子,是人心。"云想想纠正。

任何由人组成的圈子,一旦有了利益冲突,都会群魔乱舞,只不过娱乐圈的曝光度最高。

"这两天都是负面新闻,弄得我都不想看。"陶曼妮收了手机,抱着书本往外走。

"习惯就好。"云想想很淡定。

娱乐圈最受关注的无疑就是负面新闻,就算是好的报道出来,也没有几个人愿意相信。

宋倩来接云想想,坐上车她打了个电话给贺惟:"惟哥,康苒的新闻怎么会报道出来?"

很明显这是私人派对,这种奢华派对都是有权有势的人私下举办,娱记很难混进去。

就算娱记混了进去,但康苒既然被邀请,肯定是有人做靠山,这种新闻基本上没有曝光之前,就会被康苒的经纪公司给拦截。

经纪公司搞不定,康苒背后的靠山也搞得定。

"我有时候真怀疑你是这个圈子的老油条。"贺惟没有想到云想想能够问出这样的问题。

上次她和方南渊的新闻,关系到她自己,她能够敏锐察觉,贺惟很是欣慰。

可这次的新闻与她无关,她甚至在他的保护下一直不染纤尘,却深谙这个圈子的规则。

"是星洲的经纪公司做了手脚?"云想想把自己的猜测说出来。

贺星洲的负面报道层出不穷,贩毒吸毒的谴责声一浪高过一浪。

要平息一个舆论的法子,就是制造出一个更大的舆论。

康苒这一颗重磅炸弹,无疑会将娱乐新闻屠版。

"嗯。"贺惟十分好奇,"你还猜到了什么?"

"大家都在一个圈子,拔出萝卜带出泥。争得再难看,也不会撕破脸皮,能够让星洲的经纪公司这么破釜沉舟,星洲贩毒事件和康苒的公司脱不了关系。"

贺星洲的经纪公司这么做，不但和康苒的经纪公司撕破脸，还得罪了康苒背后的人。

不是忍无可忍，贺星洲的经纪公司怎么可能准备玉石俱焚？

"星宇公司是贺星洲的爷爷为贺星洲成立的。"贺惟也是刚刚知道这个消息。

贺星洲算是超级富二代，但很少人知道，因为贺星洲低调，并且是从龙套一步步走上来的。

他今年二十七岁，演艺圈混了七年，两年前才开始崭露头角。

在星宇他并不是第一个受力捧的艺人，也不是第一个被重点培养，没有人把星宇和他联系起来。

如果不是这次贺星洲贩毒事件，恐怕整个圈子里现在都无人知晓贺星洲的来历。

"难怪……"

难怪贺星洲可以这么任性私下不带助理不带经纪人，并不是因为他现在红了，而是因为经纪公司都是他家的。

也难怪星宇不惧康苒背后的金主，并且这么快就查到背后有康苒公司捣鬼。

按照正常的规则，贺星洲被爆出这样的新闻，他必然是死路一条，经纪公司这个时候不是保住他，而是割掉毒瘤。

康苒的经纪公司恐怕没有料到，贺星洲和星宇之间的关系，这是踢到了铁板。

"星洲的案件目前进行得怎么样？"云想想关切地问。

"又出现了非常不利的证据，贺星洲有一张忘记注销的银行卡，他自己一直没有去关心，现在被查出不定时有钱打进去，卡里竟然已经累积数百万资金。"贺惟说。

"贺星洲本人对这笔资金交代不清楚，这笔资金来源的其中一个账户，还是警方去年抓的一个毒贩的账户。"

云想想的心一沉，情况对贺星洲真是越来越不利。

"虽然情况不容乐观，但证据还不充分，贺星洲也没有认罪，现在关心这件事的人也越来越多。"贺惟宽慰一下云想想。

与贺惟说完，云想想回到家里还没开始练功，宋冕就给她打了个电话："回家了吗？"

"刚刚到家，你掐点真准。"云想想笑着说。

"我这是和你心有灵犀。"宋冕又开始糖衣炮弹。

云想想突然手痒,想捏宋冕的脸:"我听惟哥说,我新电影你捐助了戏服?"

"恰好一位前辈技痒。"宋冕低声笑着,"我就请她帮忙。"

云想想都懒得质疑是不是这么巧合,宋冕一准拿那句不会骗她堵她。

她现在算是明白了,就算不是凑巧,宋冕也有千百种法子变成凑巧。

"那这些衣服过后怎么处理?"每个剧组的衣服都有他们处理的方式,宋冕插一脚,这些就不能让剧组处理。

"放心,我有法子,绝不会让女朋友说我铺张浪费。"宋冕信誓旦旦。

你铺张浪费的时候还少吗?

云想想心里吐槽,嘴上却转移话题:"你这个点寻我,是有别的事吗?"

"贺星洲的事情不简单,你不要再关注。"宋冕叮嘱。

"不简单?"云想想也觉得越来越复杂,但她认为从宋冕口中说出来的不简单,恐怕和她想的不简单又不一样。

"到现在为止,只会出现两种可能:第一,贺星洲犯罪,作为毒贩他的上家又是谁?"

"第二,他被人设局,设局的人为什么会和真正的毒贩有关联,能够让毒贩给贺星洲卡里打钱?"

"所以,无论是哪种可能,都牵扯上了毒品犯罪集团。"云想想明白了。

毒品犯罪集团的人,可不是一般般的穷凶极恶,他们都是手段残忍的人。

过度关注或者插手,很可能会引火烧身。

"希望能够早点捣毁这个犯罪团伙。"云想想最厌恶的就是毒品犯罪团伙。

"放心,有人正愁找不到他们。"宋冕轻声笑道,"我给你个电话,如果你在国内遇到什么危险的事情,你打这个电话。"

"好,我会小心,你也要注意。"

深山野林,云想想不是个野外运动爱好者,但也拍过很多荒郊野岭的戏,就算是整个剧组都难免遇上危险。

和宋冕说完,云想想保存了他发来的电话号码,给了一个救星的备注。

贺星洲的事情牵扯这么大,云想想也少不得要提醒一下贺惟和陆晋。

看来这件事一时半会儿解决不了,贺星洲的事情一天没有结果,《王谋》出品方估计都不知道该选择什么策略。

接下来她把全部课余时间用来铆足劲恶补越剧基本功,要去渝市和申市拍,肯定没有办法请袁平秋和她一道,幸好袁平秋说两边都有他的学生,到时候可以给她补习。

周三请了假去考科二科三,考过之后和杨欣预约了电影节前一天的科四考试。

上了两天课,云想想又把假期申请表递给了系主任。

系主任看到又是三个月,差点心脏病暴发:"这学期加了新课。"

"我知道,侯老师。"云想想乖巧点头。

第23章 做演员不易

知道,但是依然要请假,侯成觉是真的拿云想想没有一点办法。

这个是云想想入学之前就有的协议,他只能拿起笔签字:"不要落下课业。"

"老师放心,我保证不会给你们开除我的机会。"云想想俏皮一笑。

"明年的全国数学大赛你怎么想?"侯成觉把假条递给云想想。

云想想有些为难:"老师,我知道那是荣誉,但我没有打算参加。"

大一的校内比赛就是为了大二的全国比赛挑选人才,基本前三名是必然会参加,这是惯例。

很多人参加校内比赛就是为了参加全国比赛,云想想只是为了证明自己成绩货真价实。

她或许比普通人聪明一点点,但她真不是天才,这次为了校内比赛就累得够呛,再参加她得忙晕。校内是个人赛,全国赛是团体赛。

个人赛输赢只关乎个人,全国赛不仅需要时间来和队友磨合培养默契,更关乎整体荣誉。

侯成觉深深叹口气,冲着云想想挥了挥手:"去吧去吧,再不去你就找不到院长了。"

长假期必须得经过层层批准,最后院长签字。院长基本看到了辅导员和系主任的签字,都是随意问两句,就爽快放人。

拿了假条,云想想就收拾东西闪人,赶明天的飞机去渝市入《九色》剧组。

十五号的开机仪式,云想想就和其他演员熟悉了一下,演员都是杜长荣自己筛选邀请来的,制片人和其他负责人大多数是寰娱世纪的人。因此,没有任何人给云想想压力。

"想想，你的粉丝知道你在渝市拍戏，打算去探你班，你接受吗？"拍了几天的戏，宋萌打电话给云想想。

上次《王谋》要求保密，云想想的定妆照就没有上传，这次第一天就被宋萌发布。

自然很多粉丝关心云想想在哪里拍戏，宋萌当然要回答他们。

"选几个代表过来就好，最多只能买一束鲜花，不要带贵重礼品。"云想想叮嘱宋萌。

本来她和粉丝的互动就特别少，如果再不接受探班，只怕他们会觉得不被重视。

"好的，我去安排，再和你商议探班的时间。"宋萌立刻着手去办。

"呕！"云想想打完电话回来，就看到同剧组的女演员蹲在旁边吐。

她身边一个人都没有，云想想手里刚好有瓶矿泉水，就走上去递给她："萍姐，你还好吧？"

孟萍饰演的是一个戏份不多，但是很重要的角色——姚珍珠。

姚珍珠其实是个潜伏在山村里的组织人员，她另外有任务才借了某村民亲戚的身份留下。

在九色为了保护村民委身恶霸后，姚珍珠就留意上了九色，九色杀了恶霸，为了不牵连村民，打算自杀了事，是姚珍珠救了她，并且替她善后，又带走了她。

"谢谢你。"孟萍喝了水缓了一会儿，对云想想虚弱地扯出一抹笑。

"萍姐，你脸色不好，要不要我帮你跟杜导请个假，你去医院看看？"云想想看着脸色煞白的孟萍，有点担忧。

孟萍其实才二十四岁，化了妆后看不出多少疲态，但云想想在剧组看多了，最清楚她现在有多劳累。

"没关系，我还有几场戏，拍完就可以杀青。"孟萍摇头摆手。

"那我扶着你回去歇会儿。"云想想也不好过分劝，别人很明显不愿意。

孟萍没有拒绝，而是动容地看着云想想："你和很多明星不一样。"

云想想和她不是一个咖位的演员，她已经入行六年，跑了很多剧组，见过了形形色色的演员。

不是没有好心的会关心比他们地位低的演员，但他们通常不会自己亲自沾手，以免被碰瓷，或者被牵连传出不好的新闻，最多也就是吩咐助理关心两句。

"萍姐，身体才是革命的本钱。"云想想轻声提醒一句。

花想容就是太拼命，才会活不过三十岁。

"你看看那边有多少群演，标志清秀的不少，我不拼别人就得拼，为了生存不拼不行。"孟萍望着群演那边，很多年轻秀丽的姑娘眼中闪烁着渴求的光。

这些要么是怀揣着一个明星梦，要么就是对演戏真的感兴趣又考不上相关大学的人，就只能扎入各个剧组之中。

伏低做小，谄媚讨好，盯着每一个可以让自己多一个镜头，多一句台词的机会。

云想想不再说什么，现实就是这样残酷，很多人看着明星的光鲜亮丽，都以为做演员，做明星就能富得流油，风光无限，却不知道任何行业都有站在金字塔顶尖的人物，而大多数却是围在金字塔的底部，成为垫脚石，这些人累死累活，受尽白眼和委屈，说不定还养不活自己。

孟萍一看就是自己养不起助理，她的经纪人也不跟着，估计手底下还有其他艺人。

云想想看着她脸色一天比一天差，正好她演的也就是个伪装重病来乡下养病的角色。

没过几天，孟萍就在拍戏的途中直接栽倒，吓得剧组人员赶忙送医院。

选了最近的医院，医生诊断出来是因为劳累过度，引起了蛛网膜下腔出血。

孟萍情况严重，必须做开颅手术，而他们的医院不行，要送到市中心。

云想想接到消息，有了不好的预感，她打了个电话给宋冕："阿冕，你能不能看看渝市有没有擅长蛛网膜下腔出血这块的医生，介绍一个到市中心医院……"

一条鲜活的人命，云想想做不到视若无睹，只能求助宋冕。

"别担心，你把病人的信息告诉我，我立刻安排。"宋冕自然对云想想有求必应。

所以孟萍刚刚被送到医院，宋冕安排的医生就赶到。

下午陪同去的剧组人员回来说，她已经脱离了生命危险。

云想想听了松了口气，不过孟萍没拍完，杜长荣等不起打算换人。

"杜导，我看萍姐戏份也拍得差不多了，我们不如做点改动，换人要重拍，也浪费资源和时间。"云想想希望留住她的劳动成果。

如果戏份删了，孟萍连片酬都拿不到，这半个月白付出，这就是基层演员的辛酸。

留下戏份，片酬可能会减少，至少还有。另外就是电影上映也能够露脸。

云想想能够为孟萍做的也就这么多。

杜长荣也不想重拍，孟萍的镜头并不是单独的，而且群众较多，重拍就得再用一次群演。

"你有什么建议？"杜长荣对云想想十分尊重。

没有云想想就没有这部戏，更不可能拥有这么充足的资金，让他可以更好地发挥。

"萍姐已经拍完了善后那段戏，后期她的戏份就删了，重新增加一个人。"

云想想看了看剧本和孟萍拍摄的进度后斟酌着说："找个和萍姐差不多背影的人，让姚珍珠将九色送走，交给另外一个人。"

姚珍珠后面还有戏份，九色被她从村子里带走，不论是上海滩算计富商，还是北平迷惑权阀，都是由姚珍珠暗地里和九色联络。

现在孟萍不能继续参演，那就把姚珍珠的戏份在这里结束，重新加一个后期联络角色。

"我琢磨琢磨。"杜长荣听了之后点头，却没有立刻答应。

这部电影虽然突出的是九色，也反映了当时的年代问题和人性思想，讽刺了当时虚弱愚昧懦弱的男人，但九色不是万能的，没有一个庞大的组织是无法完成这样的使命的。

"我建议增添男性角色。"云想想又提议。

这无疑是一部宣扬巾帼不让须眉的电影，从恶霸到富商再到权阀，一个个重要男性角色都是反面，过犹不及，这里缺乏一个正面的、果敢的男性角色。

"如果按照你的提议修改，这个角色就得增添不少戏份，并且是电影一大看点。"杜长荣读懂了云想想的意思。

"我还建议增添一点他对女主角的爱慕，这份爱慕发乎情，止乎礼。"云想想把自己的想法说出来，"在家国大义前，他只能忍痛放弃。"

九色太可怜，三个男人都是贪图她的美色，虽然不能以偏概全，可还是会给人一种男人全部是视觉动物的错觉。

这个时候一个懂得爱的男人就很重要，这样一个角色会让整部电影更加地饱满。

"这个提议好，我去琢磨下怎么加。"杜长荣眼睛一亮，就走了。

看到杜长荣去忙活，正好是休息时间，云想想拿出手机在四季群发了个信息。

【云想想：@易言 易哥，我这里有个角色，你有时间和兴趣吗？】

这个角色算是特别突出和重要，毕竟是爱着女主角的男人，关注度会相当大。

这几年方南渊和魏姗姗签约到新成立的公司辉煌娱乐，因为起点高都受到公司力捧。

方南渊就不用说了，流量小生的宝座已经坐稳，魏姗姗也是步步向上。

只有签了五年腾飞传媒的易言，一直不上不下，都快被人淡忘了。

他们是最好的朋友，云想想自然要帮扶他们，这个角色是她提议的，《九色》这部剧又是寰娱世纪投资，杜长荣不会拒绝她的推荐。

她也相信易言的演技，能够打动杜长荣，肥水不流外人田嘛！

【易言：你推荐的，没有也要有！】

【方南渊：想姐，我呢，我呢？】

【魏姗姗：你什么你，我都没有，哪里还有你？】

【方南渊：阿三，你越来越欠。】

【魏姗姗：彼此彼此。】

云想想没有想到他们都在线，她之所以不私下联系易言，就是怕以后另外两人知道，心里会不舒服，他们之间一切都应该大大方方摆在明面。

【易言：南子，三三，你们俩还需要和我争吗？】

两人也都知道易言的情况，便没有再说什么。

【云想想：那易哥你准备准备，就这几天，我通知你过来试镜。】

【易言：好，时刻准备。】

杜长荣为了改剧本，特意请了个好朋友来，然后给云想想放了两天假。

云想想也提了下易言，杜长荣很爽快地让人过来试镜，只要过关就没问题。

《关爱》是云想想的成名作，正好和易言合作，如果易言来出演这个角色，宣传的时候会增加更多话题。

这对电影会起到一定的推广作用，杜长荣自然知道这一点，所以一点也不反对。

趁着休息的两天，云想想带着艾黎和可可去了一趟市中心医院，去看望孟萍。

"我早就让你不要不自量力，你非当自己三头六臂，现在弄成这样，你只能全面停工，你这些年赚的钱还不够付你的医药费！"

云想想刚刚打听到孟萍的病房，就听到了里面略高的责备声，她的眉头皱了皱。

孟萍才做完手术几天，这个时候最应该休息。

"原来新媒娱乐旗下入行六七年的艺人竟然连几十万的手术费都付不起。"

云想想直接推门而入，目光淡淡地落在站在孟萍床前微胖的女人身上。

她应该是孟萍的经纪人，不防有人直接这么进来，她脸上的气急败坏还来不及收敛。

"孟萍虽然入行久，但比不上云小姐这么成绩优异，云小姐起点高，当然不懂底层摸爬滚打的人有多难。"孟萍的经纪人也不是简单的人，立刻就换上了职业微笑，一句话跳出云想想挖的坑，同时恭维了云想想一把。

云想想自然不好再挑刺："不知道这位姐姐怎么称呼？"

"不敢不敢，徐桃，云小姐叫我名字就行。"徐桃十分谦虚。

寰娱世纪是龙头，新媒娱乐虽然成立得早，但一直没冒头，哪里敢和寰娱世纪对上？

"徐姐，我觉得萍姐需要静养，你认为呢？"云想想浅笑。

"你说得对，我也来了这么久，手上还有事，就先走了。"徐桃装作没听懂云想想的话。

看着她叮嘱了孟萍两句，就拿起自己的包离开，云想想真佩服这人的能屈能伸，脸皮厚。

不过这种人还真更适应残酷的社会。

"想想，谢谢你。"孟萍感激。

不仅是为了刚才云想想的维护，还有她收到的片酬。

"举手之劳。"刚才也好，片酬也罢，都是几句话的事情，"给你煲了汤。"

云想想亲自煲的汤，王永被云想想留在家里照顾云霖，杜长荣要求剧组吃统一盒饭。

云想想也不想被人说搞特殊，杜长荣订的盒饭也不错，她带了很多酱就同意了。

"谢谢你。"孟萍感动得眼眶泛红，心里的温暖难以形容。

"怎么没有人来照顾你？"云想想给她倒了汤，喂她喝下去，一直没有看到人。

"我请了个护工，明天才能过来。"孟萍有些尴尬，"有事我可以叫护士。"

"你的亲人呢？"云想想皱眉，医院的护士多忙，会有照顾不到的地方。

"我父母都去世了，弟弟和妹妹都在上学……"孟萍轻声说。

她高中毕业那年父母双双遇难，留下她和一对龙凤胎弟妹，叔叔伯伯都盯着父母留下来的那点微薄财产，她刚好成年，就硬咬着牙自己抚养比她小八岁的弟弟妹妹。

"抱歉，我不知道……"云想想有些歉意。

"没事，你也是关心我。"孟萍微微摇头。

云想想终于明白孟萍为什么这么艰难，两个十六岁还在上学的弟妹，肩上的担子不是一般重。

这次她的手术费又花了一大笔，恐怕手头更紧张。

"萍姐，如果你不在了，你的弟弟妹妹一定会很难过。"云想想委婉地劝一句。

"你放心，我都明白，鬼门关走一遭，我哪里还敢不要命？"孟萍是真的懂了。

原本想要拼命赚钱，这下一病反而赔了一大把，她就算急着赚钱，也得养好身体。

和孟萍聊了会儿，云想想就离开了医院，她真的好想去逛街。

她戴了口罩和鸭舌帽，故意穿了一身有点宽大的牛仔套装，在医院能够没有被认出来已经很幸运，真的去逛街……

算了，云想想垂头丧气地坐上车，回到了暂住的酒店，前台说她有一个包裹。

"这么小，是什么？"可可拿在手上十分好奇。

"是我定制的一盒小挂件。"云想想拿着就上了楼。

从抽屉里拿出很多彩绳，抽了三根，迅速地开始编织，指尖灵活，一根双绳扭编的手绳很快就编织一半，然后从盒子里取出一个小挂件，是纯银镂空戴着小皇冠的云朵。

把挂件串入手绳，又接着编，和每个少女一样，在某一段年龄就会迷上一些小手工，云想想初中三年最喜欢捣鼓这些。

"想想，你做这个干什么？"可可觉得好看，把云想想做好的这个戴在手上。

"这个送你。"云想想又拿出三根彩绳，指尖动着，"过几天有粉丝来探班，给他们准备点小礼物。"

"从来只听说过粉丝给偶像带礼物，没听说偶像给粉丝送礼物。"可可惊愕。

"我和他们的互动很少，他们平时没有少帮我，这个也不费事，就一点心意。"云想想打开手机，把陶曼妮传给她的录音播放出来。

一边听着课一边编织着手绳，可可就没有再打扰她。

她的速度实在是太快，刚开始一个要十分钟左右，后来五分钟就能编完一个。

绳子有棕色、灰色和黑色搭配的男性化，也有浅黄色、天蓝色、粉色搭配的女性化。

一下午的时间，云想想做了五十个。

"有这么多人来探班吗？"可可看着这么多手绳。

"如果只给探班的人，他们恐怕要受到排挤，剩下的到微博弄个粉丝抽奖。"云想想笑了笑继续。

宋萌说了会有五个人来探班，云想想就做了一百零五个，一百个微博抽奖，这算是她第一次给粉丝福利。

两天之后杜长荣把新添的角色拿来和云想想讨论，云想想就立刻通知了易言。

易言来得比她想的快，当天晚上就连夜赶来，没有告诉云想想，还是第二天一早，云想想和杜长荣才知道。

就冲他这份重视的心，杜长荣就很满意，试镜的时候也就没有那么挑剔，最后这个角色落在了易言的身上。

杜长荣把剧本给他，让他迅速吃透，服装设计师给他设计衣服，能够找到现成合适的就租借。

粉丝来探班的那天是周末，云想想的戏份有点多。

这是云想想第一次和粉丝会面，来的是两男三女，两个渝市当地的大学生，一个高中生，两个刚刚步入社会的青年。

最小的高中生是个女孩子，见到云想想就直接忍不住哭了，云想想安抚了好一会儿，顺势把准备好的礼物拿出来。

原本以为能把小姑娘逗笑，结果她哭得更厉害。

"别哭了别哭了，我长得这么吓人？只听说过古时有人吓得小儿啼哭，今天我竟然把美少女吓哭。"云想想轻轻拍着她的后背。

小姑娘抽泣着说："我……我就是觉得你特别好。我特别想考青大，但是我努力了两年，我也只能考六百分，觉得自己特别没用呜呜呜……"

小姑娘说着说着又哭起来。

"你考不上青大就不粉我了？"云想想问。

小姑娘猛烈摇头。

云想想又问："你读了其他大学，我就不是我了？"

小姑娘又摇头。

"这就对了，你看看你现在没有在青大，反而能够见到我。不管你考不考得上青大，你和我都不会改变。"

小姑娘泪眼蒙眬，似懂非懂。

"我不能只有青大的粉丝呀，我总需要其他地方更多人喜欢我对不对？"

小姑娘的目光渐渐明亮起来。

这个时候必须给她一点使命感，否则她这样的状态去参加高考很可能滑铁卢。

见小姑娘的眼神慢慢清明和坚定，云想想很开心，和杜长荣请假，在附近找了家火锅店，和他们一起涮火锅。

五个人纷纷晒图，酸了一大把粉丝，云想想赶紧发微博。

【演员云想想V：亲手编织手绳一百个，转发微博抽奖，仅限我的粉丝。】

微博一出，粉丝瞬间沸腾。

更有某宝连夜赶制同款，一夜销量破十万，这是后话。

第24章　与宋先生的甜蜜

抽奖结束之后，寄礼物的事情就交给了可可，云想想自己没有想到会带火一个同款。

宋萌告诉她之后，她特意去看了看卖货的那一家，根据自己的制作成本，这家店的售价合理，云想想也就没有去理会。

如果有人趁此利用她的名誉牟取暴利，她一定不会坐视不理，这可实实在在全是她的粉丝。

她的时间全部投入到拍戏和追赶课业，顺带温习科目四要考的内容，渝市的内容在月底最后一天拍完，他们下一站是申市，申市的戏份占比最多。

拍戏不是按照剧情的顺序来，而是按照场景需求，后期再剪辑，这样就能节省人力物力。

云想想本来是打算跟着剧组先去申市两天，再从剧组赶回帝都。

她的科目四是四月四日，大学生电影节是四月五日，去申市之前贺惟给她打电话，让她多请几天假，回公司一趟。

杜长荣很爽快地批假，剧本被修改过后，增添了一些没有云想想的戏份，他们可以趁着云想想不在先拍这些。

"惟哥，你叫我回来做什么？"云想想赶回帝都，立刻去见了贺惟。

在电话里贺惟没有主动说什么事情，她有点担心是和贺星洲相关。

503

"让你替我当评委。"贺惟递了个工作牌给她，上面写着评委贺惟，有寰娱世纪标志。

"什么评委？"还和他们公司有关。

"新人选拔总决赛。"贺惟回答。

云想想才蓦然想起，寰娱世纪每年在艺考结束之后就会弄一个新人招聘赛。

初赛、复赛到决赛都是对内，只会在和寰娱世纪合作的视频网站播放。

而总决赛是对外开放，会请很多媒体来，这是贺震根据香江选美的法子弄出来的新人选拔。

头十年其实行内看了不少笑话，但贺震还是咬牙坚持下去，如今香江选美日渐没落，反倒是寰娱世纪新人选拔越来越有声有色。

每一年参赛的可能有超过五十人，但最终只取五人，淘汰率是相当高。

被淘汰的人像众星时代这样的大公司肯定不会要，可他们比素人更有基础，还是会有很多公司愿意签约。

比赛的过程中不但有曝光度，甚至可以迅速累积粉丝，在这一块贺震还是舍得砸资源。

基本冠军选出来都会有个小制作女一号，或者大制作女二号的角色。

想要一炮而红不是难事，这就要看新人的运气和演技。

总决赛的评委就是寰娱世纪的经纪人，毕竟这些艺人都是要分配到他们手里的。

"惟哥你……"云想想不知道该怎么说。

贺惟肯定不会是真没有时间去参加，就算真没有，他不去也没有人说什么，往年他又不是没有缺席过。

这次让云想想代替他，一是树立云想想的威信；二是给云想想曝光的机会；三是给云想想扩展人脉。

到时候不仅有其他公司的人和大量媒体来，并且如果新人是云想想投票的人，以后发展好了肯定也会念云想想的情，就像古代考生和考官的那种情分。

"去吧，对公司多点了解。"贺惟催促，"三号是总决赛，明天你可以休息一天。"

哪有休息的时间？云想想既然要做评委，就得对选手有一定的了解，之前根本没有看视频。

不做评委也就算了，既然做了不管她这一票重不重要，她都得负责。

这半个月拍戏也确实有点累，云想想第二天也没有去上课，就懒懒地躺在宋冕家里，看了看最后这一期新人选拔的过往视频。

现在只剩下十二人，七女五男，九人是即将从全国各地艺校毕业的应届毕业生。

另外三人则是有过一些参演经历的群演，能够走到这一步着实不易。

云想想根据几次比赛的表现着重标注，就费了半天的时间。

也不知道是不是下午的阳光洒下来令人格外慵懒，还是她真的过于疲惫。

云想想竟然这样不知不觉地睡着了，睡梦中有人轻轻将她抱起来。

鼻息间是熟悉安全的味道，云想想就没有睁开眼，继续睡过去。

宋冕看着怀里的小女朋友明明已经醒了，却又毫无防备地睡熟，又是欣慰又是心疼。

欣慰是他让她感觉到了绝对的安全，心疼是她不知道多累，才会这样贪睡。

是诱人的香气将云想想给勾醒，发现自己在床上，她就知道之前不是在做梦。

迅速跳下床，噔噔噔跑向厨房，果然看到在炒菜的宋冕，她冲上前就从后面抱住他。

脑袋在他的后背蹭了蹭，声音还有刚醒的懒散："阿冕，我好想你。"

宋冕将炒好的菜起锅，然后握着她的手转过身，把她抱在怀里，在她发间轻轻一吻："我也是。"

"不丹的事情都做完了吗？"云想想抬眼，那双迷幻剔透的眼眸幽幽地凝视着他。

"那边的事情我都交代完了。"宋冕用额头抵上她的额头，"但我得去一趟南非。"

"去给人看病？"云想想问。

宋冕摇头："那边暴发了一种新病毒，我需要亲自去看看。"

云想想抓住宋冕的手蓦然一紧："会有危险吗？"

"放心，这对于我而言是家常便饭。"宋冕安抚云想想。

新病毒会引起新的疾病，别看现在远在南非，它到底是怎么诞生，诞生的条件，都得摸清楚。

否则在自己国家爆发出来岂不是束手无策？早做防备才是应对突变的最佳方式。

"你去哪里我都不会约束你，但我要你知道，我在时刻为你牵挂，所以你一定要保护好自己。"云想想柔声叮嘱。

这是宋冕的事业，是他的责任，是他学以致用发挥所长的领域，云想想不会阻拦他。

"好，我现在已经不属于自己，而是属于你，没有你的允许，我没有资格让自己受伤。"宋冕眼底蔓延着笑意。

"说得好听。"云想想轻哼一声。

"不饿吗？"宋冕突然问。

"饿！"她睡了一个下午，能不饿吗？

"快去洗漱。"宋冕轻轻将云想想推出厨房。

吃了晚饭，云想想还赖在宋冕的屋子里，云霖不在的时候她更喜欢在楼上。

虽然宋冕不在家，可总感觉有他的气息，就连睡觉都会变得更加香甜。

不过宋冕显然很忙，开了两个视频会议，手和视线就没有怎么离开过电脑。

云想想就这样安静地做着自己的事情陪伴着他，可惜明天她要去做评委，不然可以和他腻在一起。

到了要练功的时候云想想才离开，出了门她抱着宋冕，凶巴巴地叮嘱："明早不准给我做早餐。"

这一个多月他都在深山老林肯定没有睡好，回来之后又这么多事。

"我每天都是……"

"醒了继续睡。"不等宋冕说完，云想想就按住他的嘴。

无奈之下，宋冕只好乖乖地点头："好，我一定好好补觉。"

"真乖，奖励你，晚安。"云想想踮起脚尖在他的耳边呢喃着。

回到自己的家里，云想想练完功就去看冰箱，引起宋倩的好奇："你这是饿了？"

"不是，我看看有些什么食材，明天早上给阿冕做早餐。"云想想扫视着冰箱回答。

每次都是宋冕给她做，虽然她的手艺没有宋冕那么好，但做的东西好歹能够入口。

明天她虽然要去做评委，但九点才去公司，时间非常充裕。

"姐姐，你还没有给我做过早餐……"云霖的声音冷不丁从身后响起。

心虚的云想想转过身："这么晚了你还不睡！"

"我今天作业多。"云霖看着虚张声势的姐姐。

"好了好了，明早也给你做。"云想想拿出姐姐的气势，严肃说，"快去睡觉。"

"我得感谢冕哥。"云霖突然开口。

"嗯?"

"有生之年能够吃到姐姐做的早餐,托了冕哥的福。"云霖感叹完就回了房间。

留下一脸无语的云想想:弟弟大了,有点不可爱了。

早上云想想晨练完,就立刻开始做早餐,想到宋冕之前给她做得那么精细,她尽量做得不粗糙。

"怎么样?好不好吃?"云想想急切地问云霖。

她自己吃觉得还不错,可人对自己的要求往往不高,能吃都会觉得不错。

"姐姐,我昨晚以为我是顺带,现在我发现我连顺带都不是。"云霖吃完之后才一脸委屈,"我只是个试验品。"

"你怎么可以这样想你姐姐?"云想想觉得手痒,想要揍弟弟。

"那你这么迫不及待问我做什么?"云霖不服气。

"我这不是在乎你的评价吗?"云想想强辩。

云霖用"我不信"的眼神看云想想。

云想想又莫名心虚:"快去上学,不然迟到了!"

"哦。"云霖还是很给面子地不再揭自己姐姐的短,乖乖地拿书包跟着宋倩走。

云想想又转身去厨房,把剩下的两道专门给宋冕准备的东西端出来。

刚刚走到饭厅,就看到去而复返的云霖,她手上的东西还没有摆下去。

"我落下一张表格。"云霖解释了一句,拿了表格就走了。

作为一个合格的好弟弟,还是得给姐姐留点面子。

云想想拿起手机给宋冕打了个电话:"嗯?"

这是云想想第一次听到宋冕这么慵懒的嗓音,很明显是还没有起床,虽然他很听话地补眠,可这声音也太犯规,仿佛带着钩子一样勾得人心痒痒,云想想立刻说:"快下来,我给你做了早餐。"

说完,云想想就挂了电话,莫名其妙地心就怦怦怦跳起来,不就是听了个慵懒声音么?

有那么一瞬间,云想想有种想要把这声音的主人寻过来的冲动。

拍了拍自己的脸,让自己清醒一点,云想想才亲自收拾好云霖留下的碗筷,重新摆上干净的。

宋冕来得很快,十分钟就下来,穿了一身运动套装,那一双大长腿实在是扎眼。

吃早餐的时候，宋冕总是时不时看云想想，云想想被看得怪怪的："你看什么呢？"

"看你。"宋冕一本正经，"我发现你今天有些不一样。"

"不一样，哪里不一样？"云想想蹙眉疑惑。

宋冕突然凑近，他的气息瞬间将云想想给笼罩："看我的眼神不一样。"

"什么不一样？你的错觉。"云想想缓缓地拉开距离。

宋冕却一寸寸靠近，一手还揽着她的腰："真的是我的错觉么？"

"当然！"云想想一口咬定。

瞧瞧她那心虚的小眼神，真是可爱得不行，宋冕实在是忍不住心中的爱意，嘴唇欺压上去。

温柔小心地辗转试探，一点点地加深这个甜蜜的吻。

云想想一下子就软了身体，根本不想拒绝，反而主动地慢慢地回应他。

空气的温度缓缓升高，云想想蓦然生出一种急切的渴求，她的一声嘤咛也挑断了宋冕理智的神经。

就在宋冕将她打横抱起来的时候，云想想的手机响起来，她的理智才回笼，气喘吁吁地开口："不行，我要去公司。"

这个评委任务她前天没有拒绝，那么现在就不能临时不去。

去了的话，那么多人和媒体，如果有点异样肯定会被发现。

宋冕是真的被云想想挑拨得浑身是火气，在她唇上轻轻咬了一口："下次你再撩拨我，休想逃得了。"

看着忍耐的宋冕回到楼上，云想想忍不住把脸埋在沙发里，好一会儿才缓过神，然后去换了衣裳打扮。

出来喊艾黎的时候，才想到艾黎也在，想到她刚刚和宋冕差一点擦枪走火，她竟然完全忘了艾黎还在楼上。

心里不由哀号：云想想你什么时候饥渴得连活人都能忘记？

"我什么都不知道。"艾黎似乎看出了云想想的尴尬，善解人意地解释。

云想想：……

一路上云想想都不想和艾黎说话，到了公司她看到了黎曼，黎曼胸前也挂着一个牌子。

"如果就你一个人代替经纪人做评委，不好看。"黎曼主动解释。

云想想感动，黎曼又接着道："我为我自己，我可不想你和我看上的男人传绯闻。"

第25章　娱乐圈中的故事

"曼姐，你喜欢惟哥什么？"云想想突然就好奇起来。

趁着还没有开场，新人都在准备表演彩排，她把黎曼拉到一边小声询问。

"喜欢他的不可一世。"黎曼的回答令云想想瞠目结舌。

这小表情实在是可爱，黎曼忍不住伸手捏了捏云想想的小脸："手感真好。"

那留恋的模样，令云想想觉得自己仿佛被一个流氓调戏了。

"我们那个年代和你们如今不同。"黎曼突然靠在墙上，有些感慨地开口，"寰娱世纪也没有现在的地位。"

黎曼三十三岁了，她出道的时候经济并没有现在这么发达，普通民众温饱都还是问题，哪里有闲心情追星？

那个时候都是剧火人不火，提到某一个角色大家都知道，都喜欢，但问这个角色是谁演，极少有人能够回答。

因而那时的艺人地位很低，虽然没有现在这么多无孔不入的媒体，却也有不为人知的无奈。

和韩静不一样，黎曼长得太美，是公认的尤物，打她主意的就数不胜数。

花想容刚刚入行，就看到过一篇报道，有人公开宣称，五千万，只求黎曼一夜。

那时候的五千万，是个天文数字。可见黎曼的魅力有多大。

"五千万一夜这个新闻你知道吗？"黎曼竟然主动提起这对于她而言是侮辱的报道。

云想想沉默着点头。

"十三年前能够拿得出五千万的人，那不是一般的人，对方的背景深不可测。"黎曼仿佛陷入了某种回忆，"贺震护不住我，我当时的经纪人也不行。"

那是黎曼最绝望的时候，她第一次痛恨自己长得这么招摇，她看着镜中的自己，突然就魔怔，想着是不是毁了这张脸就可以安生。

她打破了玻璃瓶，拿起碎片想要亲自毁容，正好被贺惟撞见。

贺惟的英俊一点也不输给演艺圈的男星，并且他比同龄人成熟冷静理智。

贺惟以为她要轻生，她也不知道那一刻是不是病急乱投医，抱着贺惟就哭，求贺惟救她。

贺惟也才刚刚毕业进到寰娱没有多久，没有人知道他是贺震的侄儿，在寰娱世纪大部分人眼里，他就是个刚刚签约的普通经纪人。

黎曼哭够之后，自己都觉得可笑，贺震都护不住她，她怎么能够求这么个小人物，这不是把他往死路上逼？

就在黎曼已经认命要接受现实的时候，对方竟然愿意放过她，她不可置信地再三打探，才知道真的是贺惟出了面。

为了这件事贺惟断了三根肋骨，在医院里躺了三个月。

原来是英雄救美啊，云想想没有想到贺惟和黎曼是这样的开始，换了是她也得对贺惟倾心相许。

人帅，有血性，话不多，手段高，简直是迷死人。

"醒醒，小花痴。"黎曼又捏了捏云想想的小脸，"我曾经也以为他是为了我。"

"欸……"难道不是？

黎曼有些自嘲地摇了摇头："不是，他为的是公司，也为打破规则。"

唯独没有为了她，那时候她根本不相信，她一度以为贺惟是自卑，觉得他配不上自己。

她死缠烂打，逮着机会就引诱他。

有段时间她都怀疑他是不是有什么隐疾。

他对她有正常男人对女人的反应，却没有男人对女人爱情的回应。

如果她是个可以和他金钱交易，各取所需的普通人，他或许愿意。

黎曼是艺人，还是寰娱世纪的艺人，他给不了爱情，就永远不可能碰她一根手指头。

"曼姐，值得吗？"云想想听完，都不知道怎么形容此刻的心情。

在世人眼里高傲不可一世的女王，在贺惟这里用尽了卑微的法子去追求他。

"在爱情里，没有值不值得，只有愿不愿意。"黎曼笑着说，"你还小，等你遇上那个你愿意的人，你就知道感情无法去衡量计较。"

云想想摸了摸自己的鼻子，选择保持沉默，并不是她不愿意和黎曼交心，而是三言两语说不清，也考虑到她实际年纪的原因。

黎曼告诉她这些，云想想大概知道，是不希望她爱上贺惟，同时也希望通过她，多知道一些贺惟的事情。

或者感念黎曼对自己的好，时常在贺惟面前提到黎曼。

"曼姐,你就不怕我对惟哥……"云想想忽然试探。

"噗嗤!"黎曼笑出声,"你问出这话,你们俩就不可能。"

"这话怎么了?"云想想不解。

"你不了解他,如果他对你或者对任何艺人有了男女感情,他就会离开这个圈子。"

"为什么?"

黎曼的目光望向外面忙忙碌碌的人群中:"我们这个圈子,并不是你问心无愧,我行我素就能够轻松自在的。他的责任心很重,若他喜欢上了一个艺人,他一定不会让所爱的人因为他受一点委屈。"

艺人和经纪人,尤其是同一个公司,哪怕是黎曼和贺惟,都会被传得极其龌龊。

再心胸开阔的人,也不能允许自己心中纯真美好的爱情被污蔑成权色交易。

更别说云想想还是贺惟直属的艺人,真要擦出了火花,为了保全彼此,就一定会有人退出这个圈子。

"曼姐看得这么明白,是做好了准备吧?"以黎曼对贺惟这么深沉的爱意,云想想有个猜测。

"如果他愿意娶我,我可以洗尽铅华,为他洗手做羹汤。"黎曼的脸上浮现一抹向往的柔情。

人人都说黎曼是骄傲的女王,野心直接写在脸上,谁又知道她只是个爱而不得,一心盼望有个归宿的普通女人?

"加油,曼姐。"除了鼓励黎曼,云想想不知道说什么。

贺惟对黎曼是真的一点特别感情都没有,这么多年了黎曼都没有焐热贺惟的心,云想想觉得机会有点渺茫,也不能泼黎曼冷水。

云想想以为只有她和黎曼是代经纪人来做评委,没有想到文澜竟然也让露华浓来了。

这样的场合,不提寰娱世纪这些年的积累,就说今天黎曼和云想想的到来,就引起了足够大的关注。

现在其他经纪人也是纷纷换了自己要力捧的艺人,借此给他们曝光。

文澜这个时候推出露华浓来,这是打算再捧露华浓?

"怎么,你对她有意见?"黎曼和云想想站在一起,这时候两人的助理也围上来。

不过黎曼一点没有避讳可可和自己的助理,一边任由助理打理衣服的褶皱,一边问云想想。

她见云想想看到露华浓的时候，眼眸之中有点异色，不由联想到露华浓的新闻，以为云想想是为这个。

"文澜也是没有办法，她好歹是金牌经纪人，可惜她手上的两张王牌，一个死一个雪藏。"黎曼对文澜观感还不错。

"自从花想容去世之后，她新收的两个艺人，形象还不错，就是没有灵气，不开窍。"

云想想见过薄颜，另外一个没有见过，两个人现在都还没有什么名气。

但文澜不应该着急对，一个艺人哪里是两三年就能够崭露头角的？

这种人有是有，不过太稀有，文澜又不是初入职场，是什么原因把她逼得冒险拉出露华浓？

要知道花想容去世才不到三年，这两年声讨露华浓的少了些，却依然还没有完全平息。

"澜姐似乎很着急。"云想想试探地问。

"能不着急吗？"黎曼勾唇，"两年前公司出了新合约，经纪人业绩不够会降级。"

这是她进入寰娱世纪之前出台的合约，不然她不会不知道。

贺惟不告诉她，是因为贺惟手上有薛御，除非薛御倒了，否则他不可能降级。

"曼姐，想想。"这个时候露华浓也看到了黎曼和云想想，笑着上前打招呼。

露华浓长得很漂亮，是那种既不具有攻击性，却又很难忽视的美丽，她最擅长的就是利用这张具有亲和性的脸，轻而易举地靠近任何人。

花想容不喜欢露华浓，是因为她们俩刚刚入公司的时候同一宿舍，天天看着露华浓对着镜子练习她的微笑。

如何能够笑得无害而又亲切，迅速地融入陌生群体。

每个人都会在职场戴上面具，花想容自己也会，她并不排斥这种伪装。

如果这种伪装仅仅只是用来保护自己，花想容只会佩服露华浓，可露华浓却喜欢用这种伪装来掩饰自己的利爪。

她每一次接近一个人都会带着目的，趁着这个人不注意的时候一击致命。

当初她们是四个人跟着文澜，另外两个人都被露华浓给挤掉，离开了演艺之路。

露华浓也没有想放过花想容，只不过花想容早就看惯人心复杂，从来没让她得逞。

直到后来露华浓把爪子伸向了若非群，云想想现在有点看不明白，露华浓到底是真的爱若非群，还是仅仅要借此来将花想容踩在脚底。

"你每次这样对我笑，我就不寒而栗。"黎曼完全不给露华浓面子。

说完，黎曼就拉着云想想走开，还不忘叮嘱云想想："这个女人心机深沉，你当心点。"

"曼姐，你可真霸气。"估计露华浓很少这么当众被人落脸。

"你也可以，你是他的艺人，你背后有薛御也有我，在公司不需要看任何人脸色。"黎曼对云想想那真是爱屋及乌。

"放心吧，曼姐，我可不是温顺的小白兔。"云想想做了个凶巴巴的模样。

"噗嗤。"黎曼真是觉得这丫头可爱极了，"你的确不是任人欺负的人，但她可是游走这个圈子十多年的老油条。"

"我知道。"云想想除了摆出乖巧听话的模样，还能怎么办？

"你以为文澜新收艺人是为什么？"黎曼不放心地提点。

云想想当然知道，并不是她一味偏信花想容，一则人之将死其言也善，二则和露华浓短暂的接触，已经很让她反感。

露华浓当初是怎么脱颖而出的，现在又故技重施。

露华浓是个极其自私的女人，她会为了自己的利益，不惜损害任何人，包括文澜。

不把文澜逼到非她不可，她如何有机会翻身？寰娱世纪原本刺激艺人和经纪人上进的新合约，正好给了她空子钻。

文澜是不可能接受得了自己被降级的，她好强了一辈子，这比杀了她还让她痛苦。

文澜手下的新艺人，什么都不懂。只怕已经被露华浓卖了还在为她数钱。

在公司吃了午饭，下午一点总决赛开始直播，十二个人要经历个人才艺展示、团队经典角色对戏、个人单独表演、指定角色诠释等综合环节之后，才会由每一个评委针对每一环节评分，综合成绩最高的优胜。

七个女选手中的三号选手叫做梁欣荣，她的个人才艺表演了一段杂技，露华浓点评的时候，突然就点评哭了。

云想想和黎曼都看得一脸发蒙，看她哭得情真意切，云想想又翻了资料表，确定梁欣荣和露华浓应该没有关系。

"华浓，你还好吗？"主持人关切地问，毕竟是直播，观众席上还有很多业内人和媒体。

露华浓一边小心翼翼地擦着眼睛，一边努力克制自己，最后哽咽地道歉："对不起，我只是想到故人，心里悲伤。梁欣荣的杂技表演非常棒，长得就有明星样，我很看好你，加油！"

她这话一出，云想想心里一沉，差一点就忍不住发火。

云想想知道露华浓要作妖，却没有想到露华浓竟然打算借花想容翻身，两个人的名字都有一个容，虽然字不同但音相同。

她这样点评，提到故人还这样悲恸，这播出去不知道多少人，要开始怀疑花想容的自杀另有隐情。

花想容死无对证，什么话还不是由露华浓一张嘴说？

"杂技表演中规中矩，胜在稀少。"云想想并不是因为露华浓而迁怒，而是梁欣荣的转碟在云想想看来就是没有多少特色。

当然作为才艺表演，尤其是在不懂行的人眼里，梁欣荣的表演肯定还是可圈可点。

关键是云想想对转碟懂行，小的时候她在少年宫学习才艺，接触过一个和少年宫有交集的杂技团，特意学习过当时她觉得特别好看的转碟，并且一直坚持了下来。

转碟也是花想容的拿手好戏，她们俩也因为这个共同爱好更亲切，还一起探讨切磋过。露华浓之所以要强扯花想容，这个杂技才是最主要的原因。

知道花想容会转碟的人不多，露华浓就是其中一个。

"我觉得转碟很难，想想你可能是不了解这个。"露华浓可是从花想容那里试过。

"不好意思，转碟我很了解。"云想想完全不客气地回怼，"我不了解的是，露老师想到了谁这么触景生情，我们这是选拔优秀的人才，我希望露老师不要被个人感情影响。"

这话说得有点重，如果露华浓给梁欣荣打高分，这就是在质疑露华浓的专业性，公私不分。

至于露华浓想到了谁，她可以让人去猜测，却绝对不能直接说出来，否则她借死者炒作就扣死，再没有退路。

本来露华浓这一招没有故意提起花想容，引人想入非非的招数可以为她赢得一点发挥空间。

这一下子就被云想想给堵死，露华浓不明白云想想为什么要和她作对，但她必须挽回局势："既然想想说自己很了解，那能不能给我们表演一段？这样才有说服力。"

"好啊，我就让你看看什么是业余转碟。"云想想一口答应。

快得让想要打圆场的黎曼和主持人都来不及出声，她就站起来绾着头发往台上走。

台上的梁欣荣一手四个共八个碟，都递给云想想，云想想只拿了六个："我只要这么多。"

她的选择让所有人都一愣，毕竟谁都知道转碟越多，难度就越大，她在数量上就落了下乘。

"《阳春白雪》，谢谢。"云想想点了一首古典曲。

主持人退开，把舞台让出来，将云想想的要求传达过去，很快现场就响起了轻松明快的旋律。

云想想今天穿了一身白色粉色边的运动套装，头发原本是用了个粉色运动发带套起来，这会儿被完全盘起。

她拿着转碟的手势就看得出是会的人，碟子在她的手中轻轻盈盈如风中荷叶抖动着，又像蜻蜓立在水中闪动着翅膀。

刚开始她在熟悉手感，虽然随着旋律在动，但却没有做什么高难度的动作。

等着她掌握了手感之后，她握着转碟轻松劈叉，转碟依然稳固，就赢得了掌声。

旋即她站起来，缓缓地蹲下，双手差一点触及地面，肩膀先压到地面，然后是后背。

一个倒立，手中的碟子依然像在迎风抖动的花瓣，她的身体柔软度好，这些看似高难度的动作，于她而言很简单。

下面一片惊叹声和掌声，云想想接连做了梁欣荣做的所有高难度动作之后，转动着碟子走向了长凳道具。

她将左手上的三个转碟放到了右手上，一只手控制着六个转碟，惊呆了所有人。

其实有些喜欢看杂技表演的人，都知道有高手可以一手控制七个碟，但那是专业大师。

云想想右手控制着六个碟，左手撑在了凳子上，她的身体以左手为支点倒立起来，右手上的碟缓缓举高，与她的腿平行。

这个高难度的动作让下方看的人激动不已，就连梁欣荣都热烈鼓掌，看向云想想的目光充满崇拜。

"毕竟是业余，我也只能做到这一步，献丑。"云想想做完最难的动作之后停下来。

"精彩精彩，看得我热血沸腾。"黎曼等云想想回来之后夸奖道。

515

云想想的粉丝都知道她今天做评委有直播，有时间的都守着点看，看到这一段个个都尖叫。

在她表演的过程中，热议度持续攀登，等到她表演到末尾的时候微博就出了个热搜：#云想想的杂技#。

直播点击率也在那一瞬间达到了最高潮，和最热的电视剧不相上下。

云想想的表演带来的激情退去之后，粉丝们开始梳理前因后果，为什么云想想会上台表演。

这一梳理就个个怒火高涨。

【我以为露华浓已经被雪藏，没想到还有机会看到她，狗改不了吃屎，以前坑花想容，现在又来坑我们想姐。】

【她是不是对想字有歧视？所有名字带想的艺人她都看不惯？】

【瞧瞧她那虚伪的嘴脸，哭得那么真实，不知道的还以为她和花想容多好的姐妹。】

【当然是好姐妹，不是好姐妹怎么会抢男人，捅刀子？】

本来云想想的粉丝都在自己的后援会吐槽，可偏偏露华浓的粉丝看不过去，跑到这里来辩解。

【明明是云想想先狗眼看人低！是她先找碴。】

【哈哈哈哈，楼上这只狗，这儿不是你主子的领地，护主请回去护。】

【我想姐哪里看不起梁欣荣了？在我想姐那里梁欣荣就是中规中矩，只有在你那位没见识的主子那里才是精彩绝伦，有本事你反驳我啊？】

【碴真冤枉，被你这样乱用。】

【你家主子还哭着说想到故人呢，以前你们也没有少骂花想容吧，这是被你们主子打脸。】

陆陆续续地就有露华浓的粉丝参与进来，但都是极少数，毕竟露华浓已经快三年没有任何作品，早就没有了当年的人气。

他们哪里是云想想粉丝的对手，一个个被骂得狗血淋头。

微博上的事情，云想想并不知情，中场休息的时候，云想想去休息室拿水杯，还没有转过墙角，就听到文澜严厉的声音。

"你怎么去招惹她？你不知道她是谁的人？惹毛了贺惟，你这辈子别想翻身。"

"我没有惹她，是她先怼我。"露华浓心里憋屈得不行。

本来好好一场筹谋，她现在最大的阻碍就是花想容这个死人。

死前把她坑得太惨，尤其是那段时间她差点被骂得精神分裂。

好不容易她生完孩子，公司却把她雪藏。

哪里消耗得起？趁着这两年舆论稍稍平息，她为了今天付出了多少心血？

只要在镜头前演得悲戚一点，她已经准备好了带节奏的营销号，到时候多宣扬一些她和花想容的曾经，她们两个人在公众眼里可是有不少相亲相爱的画面。

到时候她再被动发表一篇忏悔文，隐含花想容玻璃心，受不了被甩内容的微博，最后由她的粉丝出面，不说一下子翻盘，至少能够混淆视听，给自己赢来一点转机。

花想容死了快三年，人走茶凉，也就剩下一些死忠粉而已，就算辩驳也赢不了她。

哪里知道云想想竟然会跟她抬杠，一下子就把她营造的优势粉碎。

"华浓，你背后的手段我不是不知道，这个圈子就是这样残酷，薄颜她们两个如果看不透你的把戏，我也不想重用。"

文澜略带警告的声音响起，"我不拆穿你，还愿意给你机会，没有其他原因，只是把你当做薄颜她们的磨刀石。你如果再敢拿想容做文章，不要怪我无情。"

如果不是她手底下的两个新人太稚嫩，需要磨砺，文澜不可能再起用露华浓。

自己人磨砺，再过分也不会伤筋动骨，可要是到了外面去被磨砺，很可能就一蹶不振。

"澜姐，你听我说，我没有……"

两人的声音渐行渐远，云想想才转过身入了自己的休息室。

曾经的露华浓，在她最鼎盛的时候她几乎是对文澜颐指气使，如今还是能够委曲求全。

云想想都佩服她的能屈能伸，如果她没有求胜心太强，她真的会是个前途不可限量的人。

对优秀的人忌惮防备并没有问题，但如果不是通过努力让自己变得更优秀去战胜对方，而是只想着没有了对方，光环荣耀都属于你，这种人就像老鼠一样令人恶心。

休息也就是两段表演嘉宾的歌舞时间，云想想迅速地回到了赛场。

露华浓妆容精致，微笑如常，仿佛什么事情都没有发生。

她也不知道是不是长记性了，反正没有再提到花想容。

云想想没有那么多时间浪费在露华浓身上，只要她不想着借花想容上位，或者不招惹到她，云想想就任由她蹦跶，她早晚会踢到铁板。

新人比赛的结果,梁欣荣无缘冠军,却在前五顺利地进入了寰娱世纪。

一场选拔轰轰烈烈地落幕,受益最大的反而是云想想,也因为云想想,梁欣荣虽然不是冠军,但五人当中她的知名度算是最高。

第26章 被爸妈戳破恋情

在公司预订的酒楼里吃了迎新宴,云想想喝了点小酒,事先忘记带宋冕给她配置的药。

云想想的酒量特别差,并且醉后特别一言难尽,想到上次醉酒的糗事,云想想感觉到晕就立刻打住不喝了,她没有想到宋冕会亲自来接她。

坐在副驾驶,她看着他线条完美的侧脸,总觉得视线有点模糊,看起来有点不真切。

他莫名有种蛊惑力,让她忍不住想要一点点靠近。

感受到炙热的目光,宋冕的眸光深了深,把空调关了,打开了车窗,让云想想吹点自然风醒醒神。

车窗只开了一点,但凉风吹过发梢,云想想还是清醒了一点,察觉自己已经往宋冕那边倾身,她连忙坐正,看向外面。

她闭上眼睛,努力让自己什么都不想,但宋冕对她的影响太大,尤其是坐得这么近,她能够闻到属于他的气息,萦绕在她的鼻端,挥之不去。

云想想撑着车子下来回家,身体格外地无力,酒精的热气灼烧着她的肺腑,令她难受至极。

宋冕过来扶着她,她几乎是一瞬间就像一条蛇一样缠了上去。

入了电梯,狭窄的空间让靠在宋冕肩膀上的云想想忍不住就伸出舌头舔了舔宋冕的下巴。

"你的……下巴诱惑我很久了……"云想想说话间满满的酒气。

宋冕努力地克制自己,他长手长脚把云想想的四肢都给束缚住,可惜云想想一点都不明白他的苦心,四肢动不了,她就开始用身体蹭。

蹭得宋冕真的恨不能把这个不知死活的小女人给压在电梯里就地正法。

宋冕并不是柳下惠,而是这样的地方实在是有伤风化。

蹭了半天,宋冕依然不动如山,完全看不到宋冕眼角泛红的云想想不怕死地质问:"你是不是不举?"

任何正常的男人,都不能接受被质疑这方面的能力,尤其是被心爱的女人。

云想想这句话可算是摸了一把老虎的屁股,宋冕一个转身就把云想想抵在了电梯上,俯身就恶狠狠地亲了上去。

干柴烈火,一触即燃,云想想越吻越觉得不够,她需要得更多,她的手不知何时得了自由,开始在宋冕的身上煽风点火。

宋冕由着她胡乱地扯着,他按了他的电梯楼层,却没有想到云想想那一楼也有人在外面按了电梯,电梯停下之后瞥见是云想想的住宅楼层,宋冕的眉动了动。

他立刻把云想想束缚住,电梯门打开,宋冕就对上了一双最不想对上的眼睛。

来自于云想想的父亲——云志斌。

云志斌从来没有想过他会看到这样的画面,他引以为傲的女儿双颊微红,眼神迷离,唇瓣红肿地靠着电梯,双手抱着一个陌生男人。

并且一只手伸入了男人的衬衫,而这个男人双手掐着她的腰,双腿夹着她的腿……

"云想想!"这绝对是云志斌这辈子最严厉地称呼云想想。

云想想有些迟钝地转过头,眯了眯眼看清楚是她爸爸,她这会儿有点迷糊:"爸爸……爸爸你来了,我给你介绍……我的男朋友,我最爱的人,他叫宋冕!"

云志斌脸色铁青,他想到之前连着两个生日都没有办法陪伴左右,心中有愧,特意趁着清明节放假赶来,想要给女儿一个惊喜。

然而,女儿惊不惊喜他不知道,这会儿女儿倒是给了他一个狠狠的惊吓。

来得晚就不想让女儿劳累,他们自己打车过来,到家知道女儿还在公司,他心里担心,就想下去等。

为了这次过来,从教二十多年从没有缺课的他还让人代了两节课,之前有多用心,有多期待,这会儿他的心就多痛多难受。

"苏秀玲!"云志斌扶着站都站不稳的云想想,对着门内喊。

所有人都听到了云志斌压抑着怒火的声音,齐齐奔出来,就看到云想想东倒西歪。

云志斌只是抓住她,女儿大了也不好过分和女儿亲密,一看到宋倩,就把云想想推到她怀里,对着后赶出来的苏秀玲说:"扶回去,给她醒醒酒。"

"宋先生,谢谢你送我女儿回来。"云志斌的涵养没有让他失了风度,不过那拒人于千里之外的冷漠,不善的眼神摆得明明白白。

"云叔叔……"

"不敢当，我看宋先生和我不像两辈人，这声叔叔担不起。"云志斌直接打断宋冕的话。

其实宋冕虽然比云想想大八岁，但宋冕看起来也就二十出头的青年才俊，论穿着品位，宋冕自然是无可挑剔。

可刚刚电梯打开的画面，到现在还冲击着云志斌的大脑，他这会儿怎么看宋冕，怎么都觉得宋冕是个花花公子哥，专门用甜言蜜语哄骗小姑娘那种纨绔。

第一印象已经差到了极致。

如果不是为了他女儿的名誉，云想想又是个公众人物，云志斌早就报警了。

"云先生，想想她醉得不轻，为了避免她明早头疼，您提醒宋倩为她化痰降浊，通络止痛。"

宋冕已经看出云志斌这会儿十分地压抑自己，他如果再纠缠下去，对云志斌是火上浇油。

诚恳关切地叮嘱一句，宋冕就礼貌地退入电梯内，自然不敢往上走，这会儿让云志斌知道自己住云想想楼上，估计要连夜带云想想搬家。

云志斌折回屋内，就看到云想想脱了鞋子在长椅上蹦蹦跳跳，完全不清醒的状态。

看到云志斌，云想想就跳下来冲上前："爸爸，阿冕呢？爸爸，阿冕呢？"

本来怒火缓了一点的云志斌，看着女儿这副模样顿时又怒火高涨，偏偏女儿不清醒，他有火也没处发，气得胸口一起一伏，心里对宋冕更是不待见。

"哇——"突然云想想就大哭起来，"爸爸，我爱阿冕，你不要棒打鸳鸯，他对我最好……不，他是除了爸爸以外对我最好的人，我最爱爸爸，爸爸不要拆散我们呜呜呜……"

"你先醒醒酒。"云志斌冷着脸。

"呜呜呜呜呜……爸爸不爱我了，我不是你的小棉袄了呜呜呜……我没人爱了，小白菜啊啊啊啊啊，地里黄啊啊啊啊……"

"没有没有，你爸爸最爱你。"苏秀玲瞪了云志斌一眼，连忙哄着女儿。

"妈妈，妈妈！"云想想紧紧抱着苏秀玲，"妈妈，我只有妈妈了，我再也不是没人爱的可怜虫，妈妈，我好爱你……"

酒精持续在云想想的身体里发酵，她现在浑身都烧得难受，她想要号

520

叫，又觉得心里憋着好多委屈，大脑已经没有一点清醒。

"妈妈也爱你。"苏秀玲像哄着小孩子一样，轻轻拍着她的背。

云想想醉后的德行，苏秀玲最清楚，她十岁那年奶奶做大寿，被表哥骗喝了一杯白酒。

醉了之后就是这样又哭又闹，什么胡话都说得出来，偏偏又像个受了伤的小可怜，那时候云霖又小，可把他们夫妻折腾惨了。

"妈妈，我爱宋冕，我想宋冕，他在哪儿呜呜呜呜……"云想想到处找宋冕，找不到她就要往门外跑。

还是宋倩和艾黎给死死地拽住。

"你们放开我，你们都是王母娘娘！"云想想挣脱着，哭喊着，"我是可怜的织女，阿冕是可怜的牛郎，你们就是想方设法要拆散……嗝！拆散我们！"

宋倩隐隐察觉到云志斌在爆发的边缘，她趁着艾黎束缚住云想想，连忙给云想想按摩穴位。

渐渐地云想想安静了下来，但是依然醉得厉害，只不过愿意老实地趴在桌子上。

"想想喝点水，一会儿醒酒汤就好了。"苏秀玲捧着温水给云想想喝。

云想想乖乖地张开嘴，姿势让苏秀玲不好喂，水溢出来云想想也没有反应。

眼角的泪水情不自禁地流淌："妈妈，为什么不早点来，我好想好想你……"

"是妈妈不好，妈妈不该让你一个人留在这里。"苏秀玲也跟着哭起来，揽着女儿，给她擦着脸上的眼泪。

苏秀玲的眼泪砸在云想想的脸上，她愣愣地摸了摸，然后抬眼呆呆地凝望着苏秀玲。

"妈妈，不哭，别哭，我会乖乖听话，你不要丢下我……"

"妈妈不哭，妈妈不会丢下你。"苏秀玲紧紧搂着女儿，让她和自己脸贴脸。

这大概是云想想懂事以后，第一次这么可怜兮兮地在她面前哭，她不知道为什么女儿会这么悲伤，却能够感觉到她浑身的不安和孤独。

如果宋冕在这里，看到这样的云想想就会明白她潜意识里缺乏安全感。

和他在一起的时候，云想想醉后会呈现出一种害怕这是虚假的恐惧，才会由恐惧支配自己，从而不断撩拨他，企图用更亲密来证明真实感。

现在她面对父母也是一样，她一直表现得成熟稳重，不让人担心，其实只是把一些负面情绪深藏在心底。

她现在太幸福，她害怕所有的一切只是镜花水月梦一场，才会由害怕衍生出这么反常的反应。

等到宋倩的醒酒汤熬好，云想想喝下去之后，就迷迷糊糊犯困，简单配合洗漱后倒头就睡。

"你姐姐有男朋友的事情，你知不知道？"云志斌原本是打算无论如何把云想想弄醒后审问的。

但刚刚女儿抱着妻子哭得那么伤心，像个随时会被遗弃的小可怜，令他再大的火气，也于心不忍，只能逮着云霖审。

事情到了这个地步，云霖哪里还敢说谎："知道。"

"什么时候？"云志斌沉沉地盯着儿子。

"去年去大苹果城，姐姐就带我见过冕哥。"云霖老实交代。

"冕哥？你倒是叫得亲热。"云志斌警觉儿子对女儿那个所谓男朋友的亲近。

看来这个男人不仅仅会迷惑小姑娘，还会诱骗小孩子。

"爸爸，冕哥是个很好的人。"云霖替宋冕辩解。

"好？你爸爸我有眼睛。"云志斌一声冷笑。

当不喜欢一个人的时候，这个人在你眼里做什么都是错，这就是云志斌现在对宋冕的观感。

诚然他作为一个人民教师，不应该这样片面地给人判死刑，可那是他捧在手心娇养了十九年的女儿。

谁能了解一个父亲看到那种画面的心情？他现在只是个正常的人！

他女儿才十九岁，虽然法定成年了，但在他眼里就是个小女孩，竟然……

越想越气愤，越想脸色越差。

气氛一下子压抑，云霖从小就对父亲发憷，虽然他从来不打骂他们，可他的威严却不容挑衅。

"你有什么事好好说，冲着孩子发什么火？"苏秀玲安抚好云想想出来就看到这一幕，伸手拍了拍云霖的肩膀，"很晚了，快去睡觉。"

"我现在已经很克制我自己，你都不知道我刚刚看到什么！"本来就满腔怒火，云志斌又被不明真相的妻子数落，不由拔高了声音。

"回房，也不怕人看笑话。"苏秀玲拉着云志斌回房间。

这个房间还是云霖的房间，总不能让他们住宋倩和艾黎的房间，云霖很机智地说楼下是贺惟安排的员工宿舍，正好可可他们也在，他自己就搬到楼下去了。

"想想十九岁了,已经上大学,她交男朋友是迟早的事情。"苏秀玲给云志斌倒了一杯水,"你的反应太过激。"

"我过激?她都没有到法定结婚年龄!"云志斌不想和妻子说,电梯打开的那一幕,给他的视觉造成了多大的冲击。

"你小声点,别把云霆吵醒。"苏秀玲看了看熟睡的小儿子,低声警告,"我看到女儿大概猜到你看到了什么。"

苏秀玲又不傻,女儿红肿的嘴唇是为什么,一向理智的丈夫变得这么蛮不讲理是为什么,她多少能够猜到。

"比你想的还可怕。"云志斌面色阴沉。

苏秀玲坐在他的旁边:"想想是我们的女儿,她喝醉酒,如果对方要乘人之危,就不会这么快把人送回家,更不会被你撞见。"

"姓宋的一看穿着就非富即贵,谁知道他是不是有恃无恐?"

云志斌自己不是有钱人,不妨碍他见过不少有钱的学生,尤其是那些不听话的,经常要请家长的,云志斌的眼睛也锻炼得犀利。

"云志斌,你如果再和我抬杠,不和我心平气和说话,你就下去和儿子睡。"苏秀玲冷了脸。

云志斌看了看妻子,有些赌气地坐在那不发一言。

僵持了几分钟,苏秀玲才又开口:"云霆那小子别看年纪小,贼精,对他姐姐护犊子一般护着,如果对方不是真心对他好,他是小恩小惠能收买得了的?"

他们家的孩子虽然不是富养,但也没有缺衣少食,品性更是教育得很好。

苏秀玲听到云霆为宋冕说话,就知道宋冕这个人应该不错,云霆也没多什么昂贵的东西。

自己的儿子也不是金钱攻势能够拿下的,同理她的女儿也不是有钱有颜就能迷惑的。

身为母亲,苏秀玲更了解自己的子女,云霆就是个眼高于顶的性格,宋冕如果不是有特别厉害的本事,不可能让他服气。

能够得到云想想和云霆两个人的认可,苏秀玲对宋冕的印象还不错。

"我们应该先反省反省。"苏秀玲接着又说。

"我们反省?"云志斌不可置信。

"亏你还是教师,你儿子都说了人家交往大半年,为什么瞒着你和我?"苏秀玲一脸嫌弃。

"做贼心虚。"云志斌想都不想就回答。

苏秀玲冷哼一声，拿了枕头扔给他："现在就滚。"

接住枕头，云志斌却死赖着不走，这要是走了，他老婆非得给他一个月冷脸。

苏秀玲是个受过良好教育的女人，她不会吵架，只会使用比吵架更可怕的冷暴力。

"那你说我们要反省什么？"反正也不是第一次在老婆面前认怂，云志斌熟能生巧。

"反省想想为什么要隐瞒！"苏秀玲又重复一遍，"因为她知道我们会反对，但她明知道我们会反对，还是偷偷和人家交往，这说明什么？"

"说明什么？"

苏秀玲一脸恨铁不成钢："说明想想真的很在乎这个人，你如果不理智处理这件事。别怪我没有提醒你，早晚把你女儿的心越推越远。"

"为了一个男人，抛弃亲爹？"云志斌又怒。

苏秀玲冷着脸："我现在还操心你比操心我爹多呢！"

"你是我老婆！"

"你女儿一辈子不嫁人？"

"可她才十九岁！"

嫁人这么遥远的事情，云志斌压根没有想过。

"我二十一岁有了想想，你当年咋不觉得我小呢？"

云志斌：……

对上妻子满脸的鄙夷，云志斌无言以对，只能弱弱地辩驳："年代不一样……"

"心情不一样才对吧？娶老婆和嫁女儿，当然有差别。"苏秀玲不快地打断他。

云志斌乖乖闭嘴，再说下去他非得准备搓衣板不可。

"现在这种情况，你就得示弱，你要想多留你女儿几年，就放聪明些。"

既然恋爱已成事实，那就只能放长目光。

她就不信善解人意的父母，会败给一个男朋友。

想娶她女儿，早着呢！

云想想从来没有这样不想起床，鸵鸟似的想就这样一直睡下去，不用面对接下来的人和事该多好。

她真的很佩服自己酒后的疯狂，更恨自己竟然能够醒后不断片，能忘了也好啊。

上次喝醉酒的教训云想想吸取了,这次故意少喝点,就是想一点点提高酒量。这样一沾酒就醉,是真的非常不利于她以后的应酬。

因为在寰娱世纪,又有贺惟在她才大着胆子试,没有想到还是醉了,对宋冕做的事情也就算了,一回生二回熟,她也没有第一次那么尴尬。

偏偏被爸妈撞见,她还一个劲在他们面前高喊爱宋冕,真是尴尬到没法形容。

只要一想起昨天的画面,她就十分抓狂,不知道怎么去面对。

这个时候她的手机响起,是宋冕来电,云想想接了电话,语气蔫蔫:"阿冕……"

"没事的,别怕,我晚点过来。"宋冕轻声安慰,又关切询问,"头疼吗?"

云想想揉了揉脑袋:"不疼。"

"女朋友,发生的事情是意外,但成为既定的事实,我们就要勇敢去面对。"宋冕鼓励。

云想想嘟起嘴:"说得简单,又不是你去面对。"

"你要相信他们是爱你的,无论你做了什么,就算颠覆了你在他们心中的形象,他们嘴上再严厉,对你的心永远更多的是疼惜。"

"要你说,我都知道。"云想想哼了一声。

"好好好,我不说了,女朋友这么勇敢,一定不会害怕的。"宋冕低沉的笑声响起。

"哼,你笑吧,我是绝对不会为你说好话的。"云想想掀开被子起身。

本来只想龟缩的她,和宋冕聊了两句,还真的鼓起了勇气,虽然还是忐忑,可到底没有那么丧气。

宋冕没有和她多说什么,很快就挂了电话,云想想如常去晨练,花园里跑了半圈,就遇上同样晨练的云志斌。

她有些磨磨蹭蹭地小跑过去,像个犯错的孩子低着头轻声道:"爸爸。"

"嗯?"云志斌的声音正常,"一起啊。"

说完就越过云想想,弄得云想想一愣,望着晨光之中渐行渐远的父亲,她的心又开始打鼓:暴风雨来临前的平静?

等到父女俩跑完,慢走平复的时候云想想才主动开口:"爸爸,我和宋冕去年暑假认识。去年国庆节决定交往,他对我很好,我们俩一直规规矩矩,昨天晚上是我喝醉,他是费了很大的劲才把我给带回家的。"

说出口之后,云想想暗自舒了口气,憋着实在是太难受,说出来心里也好过很多。

但云想想却不敢去看云志斌的眼睛，低着头等待着他的审判，迟迟没有等到父亲的声音，云想想不由好奇抬头。

云志斌这会儿心里特别不是滋味。

昨晚妻子说，如果女儿主动坦承，那就说明她是非常在乎这个男人，并且是很理智很认真地对待这段感情。

他们不能再把女儿当做孩子，不准许她这样不准许她那样，当务之急他们是要见一见男方，如果对方人品不错，那就准许他们谈恋爱。

不论结果如何，他们第一次做了让步，如果以后是皆大欢喜，他们永远是女儿心中最好的父母。

如果以后女儿没有和对方走到最后，回想起来她的人生也没有遗憾。

孩子小的时候父母只能教他们做人的道理，但真正的处事还是要去社会上慢慢体会。

"正好我和你妈妈来了，你约个时间，我们一家人和他吃个饭。"云志斌心平气和地说。

云想想一脸见鬼地瞪大眼睛：怎么办？她现在强烈怀疑她爸爸被外星人绑架，这是个假货。

女儿这直观的反应，让云志斌心头一阵酸涩，却强忍着严肃质问："是不是觉得爸爸就应该眼睛不是眼睛，鼻子不是鼻子，对你一通数落和教育才正常？"

云想想讪讪地说："哪有……"

言不由衷的模样完全把她出卖，虽然她演技好，但她不会在父母面前说谎和演戏。

"爸爸的女儿长大了，长大了的孩子就可以融入大人的世界。"云志斌颇有点感慨。

"就像当初你想要选择演戏，爸爸愿意尊重你，今天你交了男朋友，爸爸虽然觉得心酸，但也不能一辈子束缚着你，早晚要放手让你翱翔在自己的天空。"

已经不再是需要父母呵护在羽翼下的雏鹰，就应该展翅搏击自己的方向和未来。

不得不说家有贤妻，云志斌昨晚被妻子一番疏通，这会儿是真的能够理智面对女儿成人的事情。

云想想眼眶有点酸酸涩涩，没有预期的严厉审问和责备，没有怒不可遏的质问和教训。

有的是无尽的包容和理解，觉得她真的是上辈子好事做多了，才能拥有这样的父母。

"爸爸，你真好。"云想想这会儿有点词穷，只能说出这么一句简单却发自肺腑的话。

"快把眼泪擦擦，不然回去你妈妈非得骂我不可。"云志斌逗着女儿。

云想想忍不住笑了："爸爸，你这么怕妈妈啊？"

记忆里，云志斌和苏秀玲没有吵过架，到了外面苏秀玲从来不反驳云志斌。

云想想从来没有觉得云志斌是个怕老婆的人，他对苏秀玲的关心却是实实在在的。

"不是怕，是爱。"云志斌既然不再把女儿当做孩子，有些话也就不隐晦，"你爱一个人的时候，你就会忧心，恐惧自己是不是哪里做得不好，令她不高兴……"

云志斌说了很多话，不论是以前，还是现在，这都是云志斌第一次这么恳切地和女儿谈心。

他告诉女儿这些，就是希望女儿自己恋爱的时候，能够感觉到对方是不是足够爱她。如果不够，她就会出现心理落差，不需要他们做什么，自然会和这个人分开。

如果对方足够爱她，让她觉得比父亲爱母亲更深，那么这样的人云志斌也能放心交付女儿终身。

看着女儿洋溢着一脸甜笑地挽着丈夫的胳膊进门，苏秀玲对云志斌投去了一个满意的眼神。

"妈妈，我来做早餐。"云想想对苏秀玲说了句，就立刻去换了身衣服，然后扎入厨房。

王永因为云想想的爸爸妈妈的到来，一直在等着云想想喊他，左等右等没有等到，就上门来按门铃，结果云想想已经开始。

"永哥，你帮我打下手，我们做点帝都特色的东西给我爸爸妈妈尝尝。"以免王永尴尬，云想想开口道。

有王永这个专业美食家在，云想想自然是如虎添翼，营养均衡又美味的早餐很快就做好了。

吃了早餐，云想想就打了个电话给宋冕，告诉他爸爸妈妈想见他，让他到家里来吃午饭。

女儿是个公众人物，苏秀玲注定是不可能和女儿一起去买菜，为了表示诚意就让王永带着云志斌父子去。

把吃饱喝足，又换了新尿不湿的云霆交给宋倩和可可看着会儿，苏秀玲就拉着云想想谈心:"妈妈也没有别的事情,就想知道你们在一起怎么相处,你们发展到什么地步,他是个什么人,什么性格,以免等会儿我们招待不周。"

"他是个医生,家里祖祖辈辈都是学医的,他自己也是精通中西医……"云想想说起宋冕来就滔滔不绝,眼睛里盛满了一闪一闪的小星星。

那种甜蜜的爱恋,真真切切地摆在脸上,把她和宋冕相处的点点滴滴都告诉苏秀玲,并且坦白她已经见过宋冕的爸爸,一个性格特别好,对她也特别疼爱的长辈。

只是没有刻意去提宋冕的家世,主要是怕父母对他产生偏见,希望父母真的了解到了这个人之后,再知道这个,也就会觉得没什么。

苏秀玲一直认真地听着,偶尔问一个问题,她能够看得出来,女儿对这个人的在乎比她想的还要深刻,不过听到女儿说的相处过程,苏秀玲觉得宋冕这个人很好。

至少比云志斌好,云志斌这么多年还没有这么伺候过她呢。

除了生云想想和云霖的时候,云志斌就没有一大早起床给自己做过早餐!

苏秀玲心里给云志斌暗暗记上一笔,脸上却笑得温和握着女儿的手:"听得出来,他是个细心,有责任心,并且有能力的优秀才俊,难怪我女儿会被迷住。"

再没有什么,比自己的父母认可自己所爱之人,能够让云想想觉得幸福的了,她小女儿一般靠在苏秀玲的肩膀上:"哪有!明明是他死皮赖脸要死要活地追求我。"

苏秀玲跟着笑出声:"妈妈也希望自己的孩子能够遇到幸福,我和你爸爸只能陪伴你人生最前面的四分之一光阴,陪伴你走过最长岁月的必将是你的丈夫。"

苏秀玲的手轻轻顺着女儿的头发,她的声音亲和而又温柔:"所以,你能够遇到喜欢你,你也喜欢,并且懂得呵护你的人,妈妈和爸爸都只会为你感到高兴。"

"妈妈,你是世上最好的妈妈。"云想想忍不住在苏秀玲脸上亲一口。

"别给我灌迷魂汤。"苏秀玲戳了戳女儿的额头,"妈妈不反对你恋爱,但你现在还在读书,妈妈也不是思想保守的人,不过有些影响学业的事情,妈妈希望你能够自己心里明白。"

云想想的脸一下子就烧起来:"妈妈,我们真没有……昨天晚上是我喝醉了,我上次喝醉了也差点……如果他真的要乘人之危,不用等昨天。"

和自己的妈妈说这种事情，云想想还是很难为情。

事实上的确是她强迫宋冕，人一旦喝醉就会不自觉地泄露内心的不安和恐惧。

和宋冕在一起，每一分每一秒都让云想想觉得自己是在做梦，也因此她害怕那不真实，才会……

"你自己心里有数就行，妈妈和爸爸不会干涉你。"苏秀玲十分开明。

由始至终没有对云想想提出任何一个要求，却让云想想的心里生起了浓浓的愧疚。

"妈妈，我爱他也会爱自己，我虽然没有想过成为女强人，但我不会放弃我自己的事业。"云想想认真地保证。

于云想想而言，没有事业的女人人生并不完整，事业和家庭兼顾很困难，但是无论舍弃哪一方，内心深处都会出现无法填平的缺憾。

"好，我们的谈话到此结束，以后有什么事不能再隐瞒爸爸妈妈，你要是嫌弃你爸爸暴脾气、老古板，可以私下和妈妈说悄悄话。"苏秀玲循循善诱。

云想想忙不迭点头："我以后一定对妈妈知无不言言无不尽，谁让我妈妈这么善解人意。"

可怜的云想想这会儿并不知道，她温柔娴雅的妈妈，才是最腹黑的人，就这么三言两语就把她的心给拽住。

"走，我们下去看看云霆，他现在会说很多话，天天都要喊姐姐。"苏秀玲拉着女儿去找儿子。

云霆刚好用他萌萌哒的大眼睛，一眨一眨地望着宋倩，望得宋倩心都融化了，给了他一根棒棒糖。

"苏阿姨，我没办法，他就这样水汪汪地望着我，我不忍心。"看到苏秀玲，宋倩连忙解释，"阿姨你放心，我的棒棒糖是定制，没有任何添加剂，是纯植物提取的糖分。"

"没事儿，他现在就这样，谁也抵挡不住他的目光。"苏秀玲笑着安抚宋倩。

"我弟弟真是越来越可爱，姐姐爱死你啦。"云想想把小云霆抱起来。

"姐姐。"云霆把刚刚从宋倩手里骗来的棒棒糖，喂到了云想想的唇边。

他的眼睛特别漂亮，又黑又水又大，睫毛还长，一眨不眨地睁着大眼睛望着人，真的可以把人心化作一汪水，令人无法拒绝他任何要求。

虽然宋倩的糖对身体无害，云想想也不想正在长牙的云霆吃糖，她就乖乖地含住。

"甜。"云想想是真的甜，甜到骨子里。

云霆吧唧在姐姐脸上亲一口，拍着小手："甜！"

和家里说定，云想想就和宋冕约定好时间，这一次苏秀玲亲自下厨，云想想他们打下手。

宋冕来的时候，家里已经在飘散着饭菜的香气。

他是为了准备第一次见女朋友家长的见面礼，才来得稍微晚一些。

给他开门的是苏秀玲，苏秀玲昨天都关心女儿去了，根本没有注意宋冕，乍然一见，苏秀玲自问不是个颜控，也忍不住惊艳，她还是看了很多电视剧的人，就没有看到这么好看的男人。

他的五官无可挑剔，精神头足，眼睛迷人而正派。

至少第一眼，苏秀玲对宋冕还是有很高的外观评价："想想男朋友吧？快进来。"

苏秀玲也不知道昨天晚上丈夫到底对人家说了多少难听的话，为了不让对方尴尬，苏秀玲只能先善解人意地打招呼。

"苏阿姨，你好。"宋冕十分礼貌，笑容得体，他知道云想想父母的名字。

"来就来，提这么多东西做什么？"苏秀玲连忙帮忙，宋冕提得也太多。

虽然苏秀玲不贪图东西，可心意却让她受用，有这份心比什么都重要。

"不是什么贵重的东西，都是些自己家里调配的药物。"宋冕拎着进屋，放在客厅。

云志斌虽然对女儿释怀了，可心里还是对宋冕不舒服，他也不是个会做戏的人，一脸严肃地坐在客厅。

"云叔叔。"宋冕主动打招呼。

苏秀玲帮忙放东西，背对着宋冕暗暗给云志斌投去一个警告的眼神。

"嗯。"云志斌这才不情不愿地应了一声。

"想想在厨房帮忙。"苏秀玲非常善意地给宋冕台阶。

"我去看看。"宋冕顺势就走过去。

"哼。"云志斌一声冷哼。

苏秀玲走过去就踩了云志斌一脚，然后也跟着去了厨房。端菜摆桌子的时候，苏秀玲不着痕迹地和宋冕说话，自然而然地打听了他的一切。

"医生，你这么闲？"云志斌忍不住挑刺。

"我现在主要是做学术研究这一块，时间比较自由。"宋冕认真地回答。

"实践才能出真知，书本都是死的，钻研得再透也无济于事。"云志斌逮着机会就说教。

"您说得对,我一定改正。"宋冕谦逊地应答。

云想想扶额,她真的不想让爸爸再这样挑刺下去,他要是知道宋冕是已经达到了轻易不出手的宗师境界,才专注于学术研究,不知道是什么表情。

可是这个时候如果她去阻拦云志斌,云志斌肯定会误会她是偏袒男朋友,只能求助妈妈。

"这是你女儿男朋友,不是你学生,放假了也改不了说教的老毛病。"苏秀玲就打圆场。

云志斌更忾,但是面对女儿和老婆,他还是有求生欲的:"你在哪儿工作?"

就算是做学术研究,也应该有所属的单位才是。

"我家里自己开了中医馆,我也在家里的医馆挂了职。"宋冕老实作答。

"你的学术研究是哪方面?"云志斌突然来了兴致,他对于弘扬中医还是另眼相待。

"新研究的病症是白血病。"宋冕看了一眼云想想,"学术方面不是研究中医,而是针对目前暴发率和死亡率相对较高的病症进行钻研。"

"听你的意思你们是对事不对人?"云志斌态度有所转变。

"是的。"

"那你对西医怎么看?"云志斌接着问。

"西医和中医,用我们一句老话解释:寸有所长,尺有所短……"

"你家传中医,也认可西医,倒是不错……"

两个人就这样聊了起来,云志斌是教师,平日里也是喜欢读书,虽然不专业,但也是非常有学问的人,宋冕的知识库那更是如海水不可斗量。

聊着聊着,云志斌就接二连三高声认同宋冕的某些和自己不谋而合的思想。

"你这个男朋友,不简单。"苏秀玲是个看人特别准的女人。

"还好啦。"云想想堆起笑,嘴上还是谦虚着。

看着女儿嘴角都快咧到耳后根去了,苏秀玲捏了捏她的脸:"有学问,有风度,有品位,有礼貌,有样貌。"

云想想呆了呆:"有样貌?"

她一直以为云志斌和苏秀玲是不会把外貌也列入对孩子们对象要求中的。

"能找个好看的,为什么要找个普通的?"苏秀玲笑着对女儿说,放在家里也赏心悦目。

自然她是不在乎外貌,只要长得不歪瓜裂枣,普通一点也没关系,孩子们喜欢就行。

但找到一个好看的，当然还是加分，谁能不喜欢美好的事物对不对？

"妈妈，你就不怕他长得太招蜂引蝶？"云想想有些惊奇。

"男人啊，长得再丑他心不正，你也别想他是个好的；反过来，长得再好看，只要他自己管得住自己，也不会对不起你。"苏秀玲就是这样看待男人的。

云想想点着头的同时，不由伸着脑袋看了看自己的爸爸："妈妈，你当年嫁给我爸爸图什么？"

"我们那年代，教师是铁饭碗，光荣职业，你爸爸长得也人五人六，对我也算不错。"苏秀玲简单直白。

"不是因为爱情吗？"云想想觉得和她想的不一样。

"那个年代多数是到了年纪就相亲，我和你爸爸的确是互相看对眼，可不像你们现在，有那么多时间来慢慢培养感情。"苏秀玲也不能说她和云志斌结婚前没有爱情。

对彼此肯定是有好感，又觉得对方各方面条件都和自己想的差不多，自然而然走到一起。

至于婚后，那就要一起经营。再浓烈的爱情都会随着时间冷却，婚姻和家庭，需要更多的耐心。

经营得好的婚姻，哪怕初时平平淡淡，也会像杯中美酒一般越酿越浓郁甘甜。

经营得不好的婚姻，哪怕初时轰轰烈烈，也会像掌中的流沙越紧握越流失得快。

既然女儿已经进入了恋爱阶段，虽然距离她组成新家庭还很早，但不妨碍苏秀玲与她分享。

"有个会经营家庭的妈妈，是一家的福分。"想到自己，想到云霖和云霆，这个家能够这么幸福和温馨，苏秀玲是居功至伟。

虽然她没有工作，没有给他们提供物质上的享受，但她给予他们乃至云志斌精神上的东西，是无法用价值来估量的。

"每个人的情况不一样，想法也不同，你不一定要学我，你有属于你自己的精彩。"苏秀玲冲着女儿笑了笑，就端着盘子走出去了。

饭菜摆好，苏秀玲喊了云志斌和宋冕，云志斌也不知道是真的高兴还是怎么回事，让苏秀玲开了酒，他和宋冕左一杯右一杯地喝，云志斌不松口，宋冕自然要舍命奉陪。

云想想知道云志斌心里不痛快，她这个时候乖巧得像鹌鹑，看着他们俩拼。

"爸爸挺能喝。"云想想搞不懂，怎么她就这么滴酒不能沾？

"你妈妈也不能喝酒。"苏秀玲为云想想解惑。

云想想仔细回想了一下，苏秀玲好像从来不在公开场合喝酒，私下更是滴酒不沾："妈妈，你喝醉酒后不会和我一样吧……"

"吃饭都不能堵住你的嘴。"苏秀玲夹了一片牛肉放在云想想的碗里。

云想想偷笑着吃了，原来她是遗传啊，突然有点好奇云志斌有没有见过喝醉的苏秀玲。

最后云志斌和宋冕两个人喝了一整瓶白酒，两个人都醉醺醺地趴下，还是王永将他们分别架到房间。

云志斌自然是去了云霖的房间，宋冕总不能扔在客厅，也不能把他往艾黎和宋倩房间送，所以他就很荣幸地睡了云想想的闺房。

趁着苏秀玲拿着热水去给云志斌擦脸，云想想也去看看宋冕。

安安静静地睡着的宋冕，在云想想俯下身的那一瞬间，抓住云想想一个用力，把云想想拉入怀中，接着翻滚后就把云想想紧紧搂在怀里。

"你没醉！"云想想怒瞪着这个一身酒气的男人。

"我要是不装醉，岳父多没面子。"宋冕低声笑着，不过呼吸间还是有很重的酒味儿。

"快放开我，一会儿让我妈妈看到，有你好果子吃。"云想想低声警告。

"给我抱会儿，你放心，有人进来，我听得到。"宋冕紧紧搂着云想想。

第27章 双料影后

得到了未来岳父岳母的认可，宋冕表现得越发殷勤，给云志斌和苏秀玲更多机会和时间了解自己。

时间过得很快，转眼就是大学生电影节，今年的大学生电影节是云想想的主场，在青大举行。

邓央接手了云想想的礼服。这是和云想想合作后，第一次公开场合亮相，邓央尤为重视。

她的发型这次是中分，两边有精致的辫子往后，下方的头发全部绾起来，内扣在边缘，斜戴着一个覆盖着蕾丝的装饰小帽子。

蕾丝的边缘，恰好斜过右眼的眉毛，耳环是白玉长坠子，同款白玉手镯，依然是门罗的产品，整个造型很有民国名媛的风格。

整条礼服以白色为主，上半身和旗袍没有太大的区别，精致的旗袍领，肩膀和衣袖都是透明的薄纱，形成了一个挂脖形式，锁骨那一片用金银两色的丝线，绣了凤羽。

一直到大腿中部正面偏右从两边分开，身后飘垂而下像燕尾服，也像披风。腰间有根金银两色的细绳拧成的细带，细带垂挂着几片飘飞的金色和银色翎羽。

这套衣服既甜美又不失大气，既复古又不缺时尚，配上一双淡金色细跟系带凉鞋，整个人又增添了高雅和华贵。

"师妹啊，你真是又一次美出新高度啊。"薛御来接云想想的时候，惊艳不已。

"师兄今天也很帅。"

薛御今天穿了一身独特的长款西装，西装的衣领是交领，非常新颖，并且西装上有刺绣。

"哈哈哈哈，得配得上师妹不是？"薛御给云想想打开了车门，"请吧，女王。"

云想想的那一身，上半身看起来像个端庄淑女的公主，下半身就是气场全开的女王。

虽然这条裙子，从右边的大腿中部就往两边分开，但邓央严格按照云想想的身材量身定做，不论是走着还是坐下，都不会出现走光风险，这就是优秀的设计师独到之处。

当风吹来，或者云想想行走间带动了风，后面的裙摆会轻轻翻扬，整个臀部都是旗袍式的包臀，不仅勾勒出来云想想完美的曲线，也紧紧地保护了云想想。

贺惟之所以安排云想想和薛御一起进场，那就是要么走在前面，要么走在压轴，不用等候长长的排队，这一次因为云想想是主场，又有薛御同行，他们俩直接开了场。

开场就迎来了无数的尖叫，毕竟现在是假期，整个青大的学生除了面临毕业的学长学姐，几乎都在，自己人当然是最支持自己人。

【以前只觉得我女神美，这会儿才知道我女神身材是魔鬼！】

【女神的裙子是哪儿买的？太他妈完美了，把所有优势都凸显！】

【幸好我抱着纸巾，不然我鼻血流光了可咋整？】

【太漂亮太漂亮，这绝对是我们女神最美造型！】

【对啊，气场开了一米八，啊啊啊啊，我女神艳压群芳不接受反驳。】

【我还有两个月高考，我也要考青大！】

前所未有的尖叫声，几乎是从红毯开始到走完没有停过。

签了名之后，云想想趁着薛御还在签的时候，转过身对现场做了个飞吻。

【嗷嗷嗷嗷嗷嗷，那是我的吻。】

【接住接住，放心里，那是女神给我的吻。】

【醉了醉了，我的心醉了。】

这一个吻又引来一阵尖叫，云想想就和签好名字的薛御在工作人员的引导下入了内场。

因为进场早，除了校领导和广电以及其他学校的领导人，没有其他艺人。

但是云想想一眼就看到了那一个站在众人中间，如鹤立鸡群的顾长身影。

侯成觉自然是要大力推荐自己的学生，招呼着云想想到了近前，一个个介绍，轮到宋冕的时候，侯成觉是这样介绍的："这位宋先生，是我们学校的荣誉教授。"

"宋教授，你好。"云想想伸出手，笑眯眯地看着他。

宋冕也一本正经："云小姐，你好。"

"宋教授可真年轻。"云想想又说了一句。

"哈哈哈哈，他是真的年轻有为，不过他学医的。"侯成觉一点没有发现两个人间的暧昧。

侯成觉只是分外欣赏自己的学生，要知道没有几个人能够初见宋冕反应这么平淡。

虽然宋冕现在戴了美瞳，隐去了那双黑紫色的眼眸，变成了纯黑幽深，但少了一点魅惑，却多了一分深沉，这种男人别说小姑娘，就算是有了阅历的女人也未必抵挡得住。

"那真是遗憾，我还说难得遇见这么个年轻教授，想听听教授的课。"云想想颇为惋惜地开口。

"他可是贵人事忙，我们学校的面子都不好使，请不来，你就不用遗憾了。"侯成觉又说。

"云小姐这么美丽的姑娘盛情相邀，我会考虑。"宋冕拆侯成觉台。

"你小子……"侯成觉瞪着宋冕。

"侯老师，我有朋友进来，我和师兄先过去。"云想想正好瞥见了方南渊，就趁此开口。

侯成觉自然不为难云想想，他也察觉到宋冕在调戏云想想。

云想想走远了，还能听到侯成觉低声问："你认真的？"

"比真金还真。"

云想想不由自主地勾起唇，她能够听到，薛御自然能够听到："想想，那位宋教授的确长得不错，这么年轻能够成为青大的荣誉教授也是年轻有为，可你是名花有主的人啊。"

"你怎么知道？"云想想还不知道他爹暴露了她。

"你爸爸说的。"薛御直接出卖。

云想想无语，不过猜也知道云志斌不可能单独和薛御说这个，肯定是对贺惟说的时候薛御在场。

"师兄你放心，我不会脚踏两只船。"云想想知道薛御是担心她处理不好，被传出丑闻，"再说了，你师妹是那样的人吗？"

"不是，我师妹肯定是最专一的人，我这不是怕你太优秀，狂蜂浪蝶太多，或者有人自以为是误会你的想法嘛。"薛御解释。

这个时候方南渊和熟悉的人打了招呼走了过来，云想想也就不再说什么。

"想姐，可真是明艳动人，你都不知道现在多少人恨着你。"方南渊忍着笑说。

本来好多女明星都是盛装打扮，能入演艺圈就没有丑的，都很美，也都有自己的个性。

但谁让云想想颜值太高，以前她还懂得藏拙，穿得都十分乖巧甜美，今天可真的是太夺目。还走在了开场，这一下子就让后面的人有点被对比的尴尬。

"我也觉得我今天美极了。"云想想穿了几次礼服，真的是最满意今天的样子。

不过刚才宋冕那双眼睛溜过她又直又细的双腿，可不是很高兴。

想到这里，云想想就忍不住得意。

她穿礼服可从来没有露背露胸，以前最多露个香肩，这是第一次露腿。

这和人家穿超短裤也没有差别，瞧瞧宋冕那大男子主义的眼神，可算被她逮着一次。

"你可是真的一点也不怕树敌。"方南渊摇头。

"谁不是精心打扮，谁不是抱着艳冠群芳的心？只准自己压别人，不准别人压她们？"云想想嗤笑，"如果有人因为这个原因恨我，那我真的没办法，谁让我妈没事把我生得这么美？"

"这大概就是天生丽质难自弃的烦恼，我等俗人享受不了。"方南渊轻叹

536

一声。

"得了吧，你还俗人，我可是听说网上有个帖子，新生代四大美男子，你可是高居榜首。"云想想毫不留情地拆穿他。

"四大美男子，他居榜首？"薛御一听不乐意了，指着自己，"我呢？"

颜值方面薛御一直是非常有自信，虽然他承认方南渊是很出色，可这个评论素来不会真的去分一个颜值高低，还有咖位和人气的衡量，否则粉丝不服。

"咳咳。"云想想干咳两声，"师兄，你听漏了三个字，是新生代。"

说完，云想想指了指方南渊，又指了指薛御："你们俩是两代。"

薛御：……

方南渊使劲儿憋着不让自己失礼地笑出声，尤其是薛御算得上是他的偶像和前辈。

"你们在说什么呢，这么热闹？"这时候又一道声音传来，正好化解薛御的尴尬。

可是薛御并不想这道声音来化解他的尴尬，因为来的人是他最讨厌的陆晋！

"我们熟人之间的玩笑，就不好分享给陆皇。"薛御一开口就带刺。

"我和想想也很熟。"陆晋也不客气，"算起来我和想想合作似乎要多一点。"

"我们是同门师兄妹！"薛御不服气。

"感情这种东西并不是有名义上的牵绊就会深厚，还是要相处得多才更有基础。"

"呵，自以为是。"

"也许是一厢情愿？"

"那个二位……"云想想感觉这两人之间的火药味越来越浓，连忙指了指远处，"会场里面也是有记者的。"

两人抬眼看过去，果然有记者在对着他们，毕竟他们两个人都是超一线的巨星，又站在一起。

还有方南渊这个超人气偶像，云想想这个绝色佳人，四人同框实在是想不引起注意都不行。

"陆老师今天西装不错。"薛御堆起笑，言不由衷地夸赞。

"薛老师今天面色红润。"陆晋非常官方地回了一句。

从远处拍下照片不知道多和谐，多相谈甚欢，只能说这二位不愧是国际影帝。

"你们俩不尴尬，我都替你们尴尬。"云想想真受不了。

方南渊也是觉得空气都流动着尴尬二字，都说最怕空气突然安静，这会儿是多希望他们俩能够安静，不过云想想能这么说，他却不能这么说。

"师妹，走，我们回我们的座位。"薛御得意地拉起云想想的手腕就朝着他们的位置去。

坐下之后打算给陆晋一个挑衅的眼神，不知道主办方怎么安排的，他在云想想左边，陆晋在云想想右边，方南渊不偏不倚正好在云想想后面。

而最令云想想尴尬的是，宋冕坐在了云想想隔了一排的正前方。

云想想这个位置算得上是拍摄最佳区，前面两排都是领导们坐的位置，一般不会入镜。

"星洲的事情应该快有结果，吴导透露的消息，《王谋》极有可能五一黄金周上映。"陆晋偏头低声对云想想说。

云想想目光一亮，如果说是五一黄金周上映，那么只能说明贺星洲无罪，否则剪切补拍不可能这么快。

想到之前宋冕也说很快就会有结果，吴导只怕是想在贺星洲无罪释放之后，趁着这个热度让《王谋》上映。

"是个好消息。"云想想抿唇一笑。

"师妹啊，你去花都拍戏要多久？《飞天》八月要试镜。"薛御突然也开口。

云想想又偏向薛御："《飞天》八月试镜，你确定？"

贺惟都没有通知她，她还以为一直没有定下。

"导演是我曾经合作过的导演，我也是前几天和他聊天，才从他那里知道的。"薛御解释，"他还没有给公司准确的回复，公司自然不知道。"

还能这样啊，云想想的目光更明亮，如果知道准确的时间，到时候和米勒思商量一下，给她几天时间回来试镜，米勒思应该不会介意。

试镜完之后还要等通知，通知之后剧组还要筹备，入剧组也得等十月过后，绝对有时间拍完《初恋》。

"谢谢师兄。"云想想一直担忧的心头大石就这么落下。

这时候陆晋又找她说话，她又转过去，没说几句，薛御又掺和进来。

方南渊坐在他们三个后面，看着云想想都累，为了解救云想想，他也主动和云想想搭话。

电影节就在他们几个聊天之中开始，大学生电影节的奖项还是很多。

薛御是作为颁奖嘉宾参与，而陆晋则是带了作品参与。

前期一直没有他们什么事儿，直到来到第一个高潮，最受大学生喜爱的电影男女演员。

陆晋被提名了最受喜爱的男演员奖,并且最终抱走了大奖,他站起身从容挥手走到台上。

"江湖传说,陆皇和薛神是王不见王,今天你们坐在一起,陆晋对此有什么感想?"领完奖主持人却没有轻轻松松放陆晋走。

"江湖传说都是道听途说,在我看来薛老师是非常优秀的男演员,有值得我学习的地方。"陆晋的回答,一如他的笑容那样标准官方,挑剔不出丝毫差错。

"虚伪。"薛御嘴上这样说着,脸上笑得非常得体,不给任何人做文章的机会。

"师兄,你现在的表情非常完美诠释了这两个字。"

"谁是你师兄?你怎么胳膊肘往外拐?"薛御依然保持着微笑。

云想想伸手捂嘴。

"陆老师今天身边坐了一位大美女,有没有什么特别想法?"主持人又问。随着她的问题,镜头就落在了云想想的身上,云想想一怔,她前一秒还在幸灾乐祸薛御呢,怎么一转眼就轮到她了?

"师妹,做人要厚道,你看,这不就是遭报应了吗?"这下轮到薛御幸灾乐祸。

"太感谢主办方对我这么厚爱,在此也呼吁以后的主办方,这种荣幸的事情都交给我吧。"陆晋非常幽默地回答。

"哈哈哈哈,看来陆老师对美女还是十分呵护。"主持人笑着说,"接下来就是最受喜爱电影女演员,陆老师身边的那位美女也有作品参加,不知道陆老师觉得她会被提名吗?"

"在我心里肯定会。"陆晋毫不犹豫地回答。

在一片掌声中,主持人才放过了陆晋,然后请上了颁奖嘉宾。

颁奖嘉宾说了些开场白,就进入主题:"获得最受喜爱电影女演员提名的是……《大学梦》云想想,《独白》乔琪琪,《暗》朱可心,《最后一曲》王含。"

这四部电影都是去年比较有代表性的作品,也都是适合大学生观看的作品。

云想想看过《独白》,讲述的是一个聋哑姑娘苦心追求舞蹈梦想的故事,很励志,并且演员的演技非常好,只不过在票房上差了《大学梦》一大截。

另外两部仅仅是有了解过,没有去看,因为没时间。

"获得最受大学生喜爱的电影女演员奖的是……"颁奖人故意停顿了片

刻才说,"恭喜《大学梦》云想想!"

灯光打在云想想的身上,云想想优雅大方地站起身,陆晋给她让路,她一步步走到舞台上,和颁奖嘉宾握手,然后接过这座奖杯。

主持人伸手示意云想想上前,话筒就在正前方,她缓步走过去:"其实获得这个奖,在我意料之中。"

云想想的第一句话,就让所有人为之一静,从来没有人获奖之后这样说,这不是公然藐视对手吗?

哪里知道云想想话锋一转:"毕竟是我的主场,我或多或少是受到了偏爱。"

什么是最高的谦逊?这才是最高的谦逊。

"作为青大的一分子,我从来没有想过能够站在自己母校的领地获得这样的荣誉,这一份荣誉也将会因此变得更具有意义。

"我感谢我的粉丝,感谢认可我颁给我这项荣誉的所有人。最要谢谢的是我的同学们,他们为了我能够得到这项荣誉,付出了很多。能够来到青大,遇见你们,是我此生之幸,谢谢大家。"

云想想说得下面的陶曼妮等人眼眶莫名就红了,影展的时候卖力地宣传、拉票,他们比自己去兼职更卖力,那时候也会觉得很累。

但是却从来没有问过自己值不值得,可是这时候看到云想想在高台上感激他们,他们莫名就觉得太值得了。

云想想的话说得有点感性,有先天的优势,工作人员中,观众席上,青大的人还是占了很大比例,掌声自然是震耳欲聋,也因此主持人没有来得及叫住她,她就下了台。

这位主持人有点刁钻,偏偏是那种不让人讨厌的刁钻,早点溜之大吉为妙。

等云想想坐下去的时候,她和陆晋一人一座奖杯,一个是最受喜爱男演员,一个是最受喜爱女演员,陆晋故意把奖杯放在一起。

薛御怎么看怎么觉得扎眼。

不过很快就有人来请薛御去准备颁奖,终于不用左右为难,云想想松了口气。

这两个人,镜头下也不好发作,又怕他们吵起来,真是应付得够累。

颁奖一直在进行,很快就来到了最高潮的最佳男女主角颁奖。

最先颁发的还是最佳男演员,宣布完名单只有三位,云想想有点纳闷:"为什么只有三个人?"

"如果星洲在,这座奖杯也有可能属于他。"陆晋有点遗憾。

原来如此,贺星洲的作品进入了提名名单,只不过他现在丑闻缠身,人又在拘留之中,这奖项肯定是不能颁给他。

哪些作品获得了提名,私下都会提前通知公司,包括寰娱世纪也得到了云想想奖项提名消息,只不过贺惟从来不会搞小动作,早知道晚知道都一样,就没有告诉云想想。

云想想也不是那种会去打听的人,有些奖项如果提名会直接官方告诉演员,但并不是所有奖项都这样,所以云想想是真不知道自己获得了最受喜爱女演员提名。

最后最佳男主角被一位资深老演员给抱走,云想想看了电影片段,是很有深度的电影,并且这部电影也获得过其他奖项。

"现在我们有请颁奖嘉宾上来为我们揭晓大学生电影节最佳女主角。"主持人的话音一落,云想想就看到了薛御上台。

原来薛御受邀颁发的是最佳女主角的奖项,并不是他一个人,还有一位演员,两人一搭一唱,很快就进入主题,由薛御来念:"获得最佳女主角提名的有:《独白》乔琪琪,《活着》陈丽程,《我的爸爸》付佳佳,《大学梦》云想想。"

云想想没有想到她竟然又获得了提名,她有些意外,因为好像到目前为止没有人同时获得最佳女主角和最受喜爱女演员奖,如果中了这就是"双料影后"。

云想想并不是心如止水的人,这一刻她都难免有些紧张起来。

"本届大学生电影节获得最佳女主角的是……"薛御的目光含着笑意落在云想想的身上,"我师妹云想想,恭喜!"

云想想一瞬间捂住嘴,还是陆晋拍了拍她的肩膀:"快去吧。"

云想想回过神,有些惊喜地走上了颁奖台,从满脸笑意的薛御手中接过了那座奖杯。这是她人生中第一座影后奖!

"想想好像很惊讶,没有想到自己能够拿到最佳女主角?"主持人走过来调侃。

云想想老实摇头:"没有想到过,一直觉得自己还很稚嫩,距离这座奖杯的距离还很远。"

"想想太谦虚,我们都有看过你的作品,虽然不多,但贵在精。"主持人笑着说,"我相信此时此刻想想肯定又忐忑又激动,现在有什么话要对大家说?"

云想想走到话筒前,她深吸一口气:"其实我真的很意外,也很感动,我刚才眼眶泛酸,那种付出被人认可的喜悦真的很容易令人喜极而泣。但我不会让自己落泪,因为拿到奖是一件值得开心的事情,我相信喜欢我的人也希望永远看到的是我明媚灿烂的笑容。未来的路很长,我不知道我能走多久,走多远,但我会尽我最大的努力,让我带给你们的都是阳光般的微笑。"